戴望舒

中国现代散文经典文库

戴望舒

黄勇/主编

汕頭大學出版社

图书在版编目(CIP)数据

中国现代散文经典文库．戴望舒/黄勇主编．—汕头：汕头大学出版社．2012.1(2021.6 重印)

ISBN 978-7-5658-0576-9

Ⅰ.①中… Ⅱ.①黄… Ⅲ.①散文集—中国—现代 Ⅳ.①I266

中国版本图书馆 CIP 数据核字(2012)第 008758 号

戴望舒

DAI WANG SHU

总 策 划 赵 坚
主　　编 黄 勇
责任编辑 胡开祥
责任技编 黄东生
装帧设计 袁 野
出版发行 汕头大学出版社
广东省汕头市大学路 243 号
汕头大学校园内
邮政编码 515063
电　　话 0754-82904613

印　　刷 永清县晔盛亚胶印有限公司
开　　本 705mm×960mm 1/16
印　　张 15
字　　数 253 千字
版　　次 2012 年 1 月第 1 版
印　　次 2021 年 6 月第 4 次印刷
定　　价 39.80 元
书　　号 ISBN 978-7-5658-0576-9

前 言

提到戴望舒（1905—1950），人们大都会想起他那首绝美的诗作《雨巷》，这首被叶圣陶赞许为“替新诗底音节开了一个新纪元”的名篇，也让戴望舒拥有了“雨巷诗人”的美誉。其实诗文同宗，戴望舒不但诗写得美幻绝伦，他的散文也同样弥散着浓浓的诗的意蕴。

戴望舒原名戴丞，字朝宷，小名海山，1905 年出生于浙江杭州。读中学时即热衷于文学创作，曾在鸳鸯蝴蝶派的刊物上发表过多篇小说。1923 年升入上海大学文学系，因多由共产党人主持教务，故戴望舒在这里不仅继续提升自己的文学素养，而且还接触了先进的社会科学理论和实际的革命活动。1925 年上大被封，戴望舒转到震旦大学法文班学习，其间涉猎了大量的法国浪漫派与象征派诗人的作品，这对他日后的诗文创作产生了极深远的影响。大学四年开启了戴望舒对中西方诗歌传统的继承、贯通和创新的最初阶段，《雨巷》便是诗人这一时期的代表作。1928 年戴望舒与友人合办《无轨列车》半月刊，仅刊行八期便被当局以宣传“赤化”查禁。次年又创办了水沫书店，作者自编的第一部诗集《我底记忆》即由该店出版。1932 年戴望舒赴法留学，开始了三年的游学生活。这期间他先后翻译出欧洲多国的短篇小说集，同时还编订了第二本诗集《望舒草》。回国后于 1936 年与穆时英之妹穆丽娟结婚，但这段婚姻并没有持续太久。次年诗人的第三本诗集《望舒的诗》出版。抗战爆发后，戴望舒携家来到香港，因从事抗战活动被日本宪兵抓捕入狱，出狱后继续从事写诗、翻译及古典文学的研究，由此进入他创作生涯的多产期。1942 年诗人与杨静结婚，并于抗战胜利后返回上海，任教于各大学校，发表了他的第四本诗集《灾难的岁月》，它标志了诗人思想和诗艺的成熟。内战的残酷现实使戴望舒的思想发生根本的转变，他断绝了犹豫和顾虑，于1949年毅然从香港冒风险回到北京，跨入了浩荡的与人民命运息息相连的革命道路。正当诗人人生的历史展开新的一页的时候，他的哮喘病加剧了，1950年2月不幸于北京逝世。

戴望舒的散文创作是伴随着他的新诗创作一起发展的，其中以游记、随笔、日记、书信居多，同时他也创作了大量的文学研究的短文，它们闪耀着学人戴望舒独到的思想光辉。诚如他的诗作经历了不同时期风格的演变一样，戴望舒的散文创作虽然没有形成系统的构架，但我们并不难体味到不同时期作家笔端的变化，前期的细婉柔美，后期的朴实疏朗，其中都包蕴着戴望舒作为诗人所特有的品格与激情，又不乏学者的严谨与厚道。

生活在一个历史大动荡时代的戴望舒对中国新文学特别是诗歌的发展作出了不可磨灭的贡献。本书收录了戴望舒散文创作的代表性作品，透过他的散文，我们可以领略到诗人不断追求的人生经历和深邃精进的创作风貌。

目 录

夜 莺

在神秘的银月的光辉中，树叶儿啁啾地似在私语，绛缭地似在潜行；这时候的世界，好似一个不能解答的谜语，处处都含着幽奇和神秘的意味。

有一只可爱的夜莺在密荫深处高啭，一时那林中充满了她婉转的歌声。

我们慢慢地走到饶有诗意的树荫下来，悠然听了会鸟声，望了会月色。我们同时说："多美丽的诗境！"于是我们便坐下来说夜莺的故事。

"你听她的歌声是多悲凉！"我的一位朋友先说了，"她是那伟大的太阳的使女：每天在日暮的时候，她看见日儿的残光现着惨红的颜色，一丝丝的向辽远的西方消逝了，悲思便充满了她幽微的心窍，所以她要整夜的悲啼着……"

"这是不对的，"还有位朋友说，"夜莺实是月儿的爱人：你可不听见她的情歌是怎地缠绵？她赞美着月儿，月儿便用清辉将她拥抱着。从她的歌声，你可听不出她灵魂是沉醉着？"

我们正想再听一会夜莺的啼声，想要她启示我们的怀疑，但是她拍着翅儿飞去了，却将神秘作为她的礼物留给我们。

（载《璎珞》第一期，一九二六年三月）

我的旅伴

——西班牙旅行记之一

从法国入西班牙境，海道除外，通常总取两条道路：一条是经东北的蒲港（Port – Bou），一条是经西北的伊隆（Irún）。从里昂出发，比较是经由蒲港的那条路近一点，可是，因为可以经过法国第四大城鲍尔陀（Bordeaux），可以穿过“平静而美丽”的伐斯各尼亚（Vasconia），可以到蒲尔哥斯（Burgos）去瞻览世界闻名的大伽蓝，可以到伐略道里兹（Váilladolid）去寻访赛尔房德思（Cervantes）的故居，可以在“绅士的”阿维拉（Avila）小作勾留，我便舍近而求远，取了从伊隆入西班牙境的那条路程。

一九三四年八月二十二日下午五时，带着简单的行囊，我到了里昂的贝拉式车站。择定了车厢，安放好了行李，坐定了位子之后，开车的时候便很近了。送行的只有友人罗大刚一人，颇有点冷清清的气象，可是久居异乡，随遇而安，离开这一个国土而到那一个国土，也就像迁一家旅舍一样，并不使我起什么怅惘之思，而况在我前面还有一个在我梦想中已变成那样神秘的西班牙在等待着我。因此，旅客们的喧骚声，开车的哨子声，汽笛声，车轮徐徐的转动声，大刚的清爽的 Bon voyage 声，在我听来便好像是一阕快乐的前奏曲了。

火车已开出站了，扬起的帽子，挥动的素巾，都已消隐在远处了。我还是凭着车窗望着，惊讶着自己又在这永远伴着我的旅途上了。车窗外的风景转着圈子，展开去，像是一轴无尽的山水长卷：苍茫的云树，青翠的牧场，起伏的山峦，绵亘的耕地，这些都在我眼前飘忽过去，但并没有引起我的注意。我的心神是在更远的地方。这样地，一个小站，两个小站过去了，而我却还在窗前伫立着，出着神，一直到一个奇怪的声音把我从梦想中拉出来。

一个奇怪的声音在我的车厢中响着，好像是婴孩的啼声，又好像是妇女的哭声。它从我的脚边发出来；接着，又有什么东西踏在我脚上。我惊奇地回头过去：四张微笑着的脸儿。我向我的脚边望去：一只黄色的小狗。于是我离开了窗口，茫然地在座位上坐了下去。

“这使你惊奇吗，先生?”坐在我旁边的一位中年人说，接着便像一个很熟的朋友似的溜溜地对我说起来：“我们在河沿上鸟铺前经过，于是这个小东西就使我女人看了中意了。女人的怪癖！你说它可爱吗，这头小狗？我呢，我还是喜欢猫。哦，猫！它只有两个礼拜呢，这小东西。我们还为它买了牛奶。”他向坐在他旁边的妻子看了一眼，“你说，先生，这可不是自讨麻烦吗？——嘟嘟，别那么乱嚷乱跑！——它可弄脏了你的鞋子吗，先生?”

“没有，先生，”我说，“倒是很好玩的呢，这只小狗。”

“可不是吗？我说人人见了它会欢喜的，”我隔座的女人说，“而且人们会觉得不寂寞一点。”

是的，不寂寞。这头小小的生物用它的尖锐的唤声充满了这在辘辘的车轮声中摇荡里的小小的车厢，像利刃一般地刺到我耳中。

这时，这一对夫妇忙着照顾他们新买来的小狗，给它预备牛奶，我们刚才开始的对话，便因而中止了。趁着这个机会，我便去观察一下我的旅伴们。

坐在我旁边的中年人大约有三十五六岁，养着一撮小胡子，胖胖的脸儿发着红光，好像刚喝过了酒，额上有几条皱纹，眼睛却炯炯有光，像一个少年人。灰色条纹的裤子。上衣因为车厢中闷热已脱去了，露出了白色短袖的 Lacoste 式丝衬衫。从他的音调中，可以听出他是马赛人或都隆一带的人。他的言语服饰举止，都显露出他是一个小 rentier，一个十足的法国小资产阶级者。坐在他右手的他的妻子，看上去有三十岁光景。染成金黄色的棕色的头发，栗色的大眼睛，上了黑膏的睫毛，敷着发黄色的胭脂的颊儿，染成红色的指甲，葵黄色的衫子，鳄鱼皮的鞋子。在年轻的时候，她一定曾经美丽过，所以就是现在已经发胖起来，衰老下去，她还没有忘记了她的爱装饰的老习惯。依然还保持着她的往日的是她的腿胫。在栗色的丝袜下，它们描着圆润的轮廓。

坐在我对面的胖子有四十多岁，脸儿很红润，胡须剃得光光的，满面笑容。他在把上衣脱去了，使劲地用一份报纸当扇子挥摇着。在他的脚边，放着一瓶酒，只剩了大半瓶，大约在上车后已喝过了。他头上的搁篮上，又是两瓶酒。我想他之所以能够这样白白胖胖欣然自得，大概就是这种葡萄酒的作用。从他的神气看来，我猜想是开铺子的（后来知道他是做酒生意的）。薄薄的嘴唇证明他是一个好说话的人，可是自从我离开窗口以后，我还没有听到他说过话。大约还没有到时候。恐怕一开口就不会停。

坐在这位胖先生旁边，缩在一隅，好像想避开别人的注意而反引起别人的注意似的，是一个不算难看的二十来岁的女人。穿着黑色的衣衫，老在那儿发呆，好像流过眼泪的有点红肿的眼睛，老是望着一个地方。她也没有带什么行李，大约只作一个短程的旅行，不久就要下车的。

在我把我的同车厢中的人观察了一遍之后，那位有点发胖的太太已经把她的小狗喂过了牛乳，抱在膝上了。

“你瞧它多乖!”她向那现在已不呜呜地叫唤的小狗望了一眼，好像对自己又好像对别人地说。

“呃，这是‘新地’种，”坐在我对面的胖先生开始发言了，“你别瞧它现在那么安静，以后它脾气就会坏的，变得很凶。你们将来瞧着吧，在十六七个月之后。呃，你们住在乡下吗？我的意思是说，你们住在巡警之力所不及的僻静的地方吗?”

“为什么?”两夫妇同声说。

“为什么？为什么？为了这是‘新地’种，是看家的好狗。难道你们不知道吗？它会很快地长大起来，长得高高的，它的耳朵，也渐渐地会拖得更长，垂下去。它会变得很凶猛。在夜里，你们把它放在门口，你们便可以敞开了大门高枕无忧地睡觉。”

“啊!”那妇人喊了一声，把那只小狗一下放在她丈夫的膝上。

“为什么，太太?”那胖子说，“能够高枕无忧，这还不好吗？而且‘新地’种是很不错的。”

“我不要这个。我们住在城里很热闹的街上，我们用不到一头守夜狗。我所要的是一只好玩的小狗，一只可以在出去散步时随手牵着的小狗，一只会使人感到不大寂寞一点的小狗。”那女人回答，接着就去埋怨她的丈夫了：“你为什么会这样糊涂！我不是已对你说过好多次了吗，我要买一头小狗玩玩?”

“我知道什么呢?”那丈夫像一个牺牲者似的回答，“这都是你自己不好，也不问一问伙计，而且那时离开车的时间又很近了。是你自己指定了买的，我只不过付钱罢了。”接着对那胖先生说，“我根本就不喜欢狗。对于狗这一门，我是完全外行。我还是喜欢猫。关于猫，我还懂得一点，暹罗种，昂高拉种；狗呢，我一点也不在行。有什么办法呢！”他耸了一耸肩，不说下去了。

“啊，太太，我懂了。你所要的是那种小种狗。”那胖先生说，接着他更卖弄出他的关于狗种的渊博的知识来：“可是小种狗也有许多种，Dandie - dinmont，King Charles，Skye - terrier，Pékinois，loulou，Biehon de malt，Japonais，Bouledogue，teerier anglais à poils durs，以及其他等等，说也说不清楚。你所要的是哪一种样子的呢？像用刀切出来的方方正正的那种小狗呢，还是长长的毛一直披到地上又遮住了脸儿的那一种？”

“不是，是那种头很大，脸上起皱，身体很胖的有点儿像小猪的那种。以前我们街上有一家人家就养了这样一只，一副蠢劲儿，怪好玩的。”

“啊啊！那叫 Bouledogue，有小种的，也有大种的。我个人不大喜欢它，正就因为它那副蠢劲儿。我个人倒喜欢 King Charles 或是 Japonais。”说到这里，他转过脸来对我说：“呃，先生，你是日本人吗？”

“不，”我说，“中国人。”

“啊！”他接下去说，“其实 Pékinois 也不错，我的妹夫就养着一条。这种狗是出产在你们国里的，是吗？”

我含糊地答应了他一声，怕他再和我说下去，便拿出了小提箱中的高谛艾（Th. Gautier）的《西班牙旅行记》来翻看。可是那位胖先生倒并没有说下去，却拿起了放在脚边的酒瓶倾瓶来喝。同时，在那一对夫妻之间，便你一句我一句地争论起来了。

快九点钟了。我到餐车中去吃饭。在吃得醺醺然地回来的时候，车厢中只剩了胖先生一个人在那儿吃夹肉面包喝葡萄酒。买狗的夫妇和黑衣的少妇都已下车去了。我问胖先生是到哪里去的。他回答我是鲍尔陀。我们于是商量定，关上了车厢的门，放下窗幔，熄了灯，各占一张长椅而卧，免得上车来的人占据了我们的座位，使我们不得安睡。商量既定，我们便都挺直了身子躺在长椅上。不到十几分钟，我便听到胖先生的呼呼的鼾声了。

（载《新中华》第四卷第一期，一九三六年一月十日）

鲍尔陀一日

——西班牙旅行记之二

清晨五点钟。受着对座客人的“早安”的敬礼，我在辘辘的车声中醒来了。这位胖先生是先我而醒的，一只手拿着酒瓶，另一只手拿着一块饼干，大约已把我当做一个奇怪的动物似的注视了好久了。

“鲍尔陀快到了吧？”我问。

“一小时之后就到了。您昨夜睡得好吗？”

“多谢，在火车中睡觉是再舒适也没有了。它摇着你，摇着你，使人们好像在摇篮中似的。”说着我便向车窗口望出去。

风景已改变了。现在已不是起伏的山峦，广阔的牧场，苍翠的树林了，在我眼前展开着的是一望无际的葡萄已经成熟了，我仿佛看见了暗绿色的葡萄叶，攀在支柱上的藤蔓，和发着宝石的光彩的葡萄。

“你瞧见这些葡萄田吗？”那胖先生说，接着，也不管我听与不听，他又像昨天谈狗经似的对我谈起酒经来了，“你要晓得，我们鲍尔陀是法国著名产葡萄酒的地方，说起‘鲍尔陀酒’，世界上是没有一处人不知道的。这是我们法国的命脉，也是我的命脉。这也有两个意义：第一，正如你所见到的一样，我是一天也不能离开葡萄酒的；”他喝了一口酒，放下了瓶子接下去说，“第二呢，我是做酒生意的，我在鲍尔陀开着一个小小的酒庄。葡萄酒双倍地维持着我的生活，所以也难怪我对于酒发着颂词了。喝啤酒的人会有一个混浊而阴险的头脑，像德国人一样；喝烧酒（Liqueur）的人会变成一种中酒精毒的疯狂的人；而喝了葡萄酒的人却永远是爽直的、喜乐的、满足的，最大的毛病是多说话而已，但多说话并不是一件缺德的事。……”

“鲍尔陀葡萄酒的种类很多吧?”我趁空羼进去问了一句。

“这真是说也说不清呢。一般说来，是红酒白酒，在稍为在行一点的人却以葡萄的产地来分，如‘美道克’(Médoc)，‘海岸’(Côtcs)，‘沙滩’(Graves)，‘沙田’(Palus)，‘梭代尔纳’(Sauternes) 等等。这是大致的分法，但每一种也因酒的品质和制造者的不同而分了许多种类，‘美道克’葡萄酒有‘拉斐特堡’(Chateau – Lafite)，‘拉都堡’ (Chateau – Latour)，‘莱奥维尔’(Léoville) 等类；‘海岸’有‘圣爱米略奈’(St. Emilionais)，‘李布尔奈’(Libournais)，‘弗龙沙代’(Fronsadais) 等类；‘沙田’葡萄酒和‘沙滩’酒品质比较差一点，但也不乏名酒；享受到世界名誉的是‘梭代尔纳’的白酒，那里的产酒区如鲍麦 (Bommes)，巴尔沙克 (Barsac)，泊莱涅克 (Preignac)，法尔格 (Fargues) 等，都出好酒，特别以‘伊甘堡’(Chateau – Yquem) 为最著名。因为他们对于葡萄酒的品质十分注意，就是采葡萄制酒的时候，至少也分三次采，每次都只采成熟了的葡萄……而且每一个制造者都有着他们世袭的秘法，就是我们也无从知晓。总之,”在说了这一番关于鲍尔陀酒的类别之后，他下着这样的结论，“如果你到了鲍尔陀之后，我第一要奉劝的便是请你去尝一尝鲍尔陀的好酒，这才可以说不枉到过鲍尔陀。……”

“对不起,”一半也是害怕他再滔滔不绝地说下去，我站起身来说，“我得去洗一个脸呢，我们回头谈吧。”

回到车厢中的时候，火车离鲍尔陀已只有十几分钟的路程了。胖先生在车厢外的走廊上笑眯眯地望着车窗外的葡萄田，好像在那些累累的葡萄上看到了他自己的满溢的生命一样。我也不去打搅他，整理好行囊，便依着车窗闲望了。

这时在我的心头起伏着的是一种莫名其妙的不安。这种不安是读了高谛艾的《西班牙旅行记》而引起的，对到鲍尔陀站时，高谛艾这样写着他的印象:

> 下车来的时候，你就受到一大群的伕役的攻击，他们分配着你的行李，合起二十个人来扛一双靴子：这还一点也不算稀奇；最奇怪的是那些由客栈老板埋伏着截拦旅客的牢什子。这一批混蛋逼着嗓子闹得天翻地覆地倾泻出一大串颂词和咒骂来：一个人抓住你的胳膊，另一个人攀住你的腿，这个人拉住你的衣服的后襟，那个人拉住你的大氅的钮子：“先生，到囊特旅馆里去吧，

> 那里好极啦!”——“先生不要到那里去，那是一个臭虫的旅馆，臭虫旅馆这才是它的真正的店号。”那对敌的客店的代表急忙这样说。——“罗昂旅馆!”“法兰西旅馆!”那一大群人跟在你后面嚷着。——“先生，他们是永远也不洗他们的沙锅的，他们用臭猪油烧菜，他们的房间里漏得像下雨，你会被他们剥削、抢盗、谋杀。”每一个人都设法使你讨厌那些他们对敌的客栈，而这一大批跟班只在你断然踏进了一家旅馆的时候才离开你。那时他们自己之间便口角起来，相互拔出皮併头来，你骂我强盗，我骂你贼，以及其他类似的咒骂，接着他们又急急忙忙地追另一个猎物。

到了鲍尔陀的圣约翰站，匆匆地和胖先生告了别之后，我便是在这样的心境中下了火车。我下了火车：没有脚伕来抢拿我的小皮箱；我走出了车站：没有旅馆接客来拽我的衣裾。这才使我安心下来，心里想着现在的鲍尔陀的确比一八四〇年的鲍尔陀文明得多了。

我不想立刻找一个旅馆，所以我便提着轻便的小提囊安步当车顺着大路踱过去。这正是上市的时候，买菜的人挟着大篮子在我面前经过，熙熙攘攘，使我连游目骋怀之心也被打散了。一直走过了闹市之后，我的心才渐渐地宽舒起来。高谛艾说：“在鲍尔陀，西班牙的影响便开始显著起来了。差不多全部的市招都是用两种文字写的；在书店里，西班牙文的书至少和法文书一样多。许多人都说着吉诃德爷和古士芝·达尔法拉契的方言……”我开始注意市招：全都是法文的；我望了一望一家书店的橱窗：一本西班牙文的书也没有；我倾听着过路人的谈话：都是道地的法语，只是有点重浊的本地口音而已。这次，我又太相信高谛艾了。

这样地，我不知不觉走到了鲍尔陀最热闹的克格芝梭大街上。咖啡店也开门了，把藤椅一张张地搬到檐前去。我走进一家咖啡店去，遵照同车胖先生的话叫了一杯白葡萄酒，又叫了一杯咖啡，一客夹肉面包。

也许是车中没有睡好，也许是闲走累了，也许是葡萄酒发生了作用，一片懒惰的波浪软软地飘荡着我，使我感到有睡意了。我想：晚间十二点要动身，而我在鲍尔陀又只打算走马看花地玩一下，那么我何不找一个旅馆去睡几小时，就是玩起来的时候也可以精神抖擞一点。

罗兰路。勃拉丹旅馆。在吩咐侍者在正午以前唤醒我之后，我便很快地睡着了。

侍者在十一点半唤醒了我，在洗盥既毕出门去的时候，天已在微微地下雨了。我冒着微雨到圣昂德莱大伽蓝巡礼去，这是英国人所建筑的，还是中世纪的遗物，藏着乔尔丹（Jordaëns）和维洛奈思（Véronèse）等名画家的画。从这里出来后，我到喜剧院广场的鲍尔陀咖啡饭店去丰盛地进了午餐。在把肚子里装满了鲍尔陀的名酒和佳肴之后，正打算继续去览胜的时候，雨却倾盆似地泻下来。一片南方的雨，急骤而短促。我不得不喝着咖啡等了半小时。

出了饭馆之后，在一整个下午之中我总计走马看花地玩了这许多地方：圣母祠、甘龚斯广场、圣米式尔寺、公园、博物馆。关于这些，我并不想多说什么，《蓝皮指南》以及《倍德凯尔》等导游书的作者，已经有更详细的记载了。

使我引为憾事的是没有到圣米式尔寺的地窖里去看一看。那里保藏着一些成为木乃伊的尸体，据高谛艾说：“就是诗人们和画家们的想象，也从来没有产生过比这更可怕的噩梦过。”但博物馆中几幅吕班思（Rubens)、房第克（Van Dyck)、鲍谛契里（Botticelli）的画，黄昏中在清静的公园中的散步，也就补偿了这遗憾了。

依旧丰盛地进了晚餐之后，我在大街上信步闲走了两点多钟，然后坐到咖啡馆中去，听听音乐，读读报纸，看看人。这时，我第一次证明了高谛艾没有对我说谎。他说：“使这个城有生气的，是那些娼妓和下流社会的妇人，她们都的确是很漂亮：差不多都生着笔直的鼻子，没有颧骨的颊儿，大大的黑眼睛，爱娇而苍白的鹅蛋形脸儿。”

这样捱到了十一点光景，我回到旅馆里去算了账，便到圣约翰站去乘那在十二点半出发到西班牙边境去的夜车。

（载《新中华》第四卷第二期，一九三六年一月）

在一个边境的站上

——西班牙旅行记之三

夜间十二点半从鲍尔陀开出的急行列车，在侵晨六点钟到了法兰西和西班牙的边境伊隆。在朦胧的意识中，我感到急骤的速率宽弛下来，终于静止了。有人在用法西两国语言报告着："伊隆，大家下车！"

睁开睡眼向车窗外一看，呈在我眼前的只是一个像法国一切小车站一样的小车站而已。冷清清的月台，两三个似乎还未睡醒的搬运夫，几个态度很舒闲地下车去的旅客。我真不相信我已到了西班牙的边境了，但是一个声音却在更响亮地叫过来："伊隆，大家下车！"

匆匆下了车，我第一个感到的就是有点寒冷。是侵晓的冷气呢，是新秋的薄寒呢，还是从比雷奈山间夹着雾吹过来的山风？我翻起了大氅的领，提着行囊就望出口走。

走出这小门就是一间大敞间，里面设着一圈行李检查台和几道低木栅，此外就没有什么别的东西。这是法兰西和西班牙的交界点，走过了这个敞间，那便是西班牙了。我把行李照别的旅客一样地放在行李检查台上，便有一个检查员来翻看了一阵，问我有什么报税的东西，接着在我的提箱上用粉笔画了一个字，便打发我走了。再走上去是护照查验处。那是一个像车站卖票处一样的小窗洞。电灯下面坐着一个留着胡子的中年人。单看他的炯炯有光的眼睛和他手头的那本厚厚的大册子，你就会感到不安了。我把护照递给了他。他翻开来看了看里昂西班牙领事的签字，把护照上的照片看了一下，向我好奇地看了一眼，问我一声到西班牙的目的，把我的姓名录到那本大册子中去，在护照上捺了印；接着，和我最初的印象相反地，他露出微笑来，把护照交还了我，依然微笑着对我说："西班牙是一个可爱的地方，到了那里你会不想回去呢。”

真的，西班牙是一个可爱的地方，连这个护照查验员也有他的固有的可爱的风味。

这样地，经过了一重木栅，我踏上了西班牙的土地。

过了这一重木栅，便好像一切都改变了：招纸、揭示牌都用西班牙文写着，那是不用说的，就是刚才在行李检查处和搬运夫用沉浊的法国南部语音开着玩笑的工人型的男子，这时也用清朗的加斯谛略语和一个老妇人交谈起来。天气是显然地起了变化，暗沉沉的天空已澄碧起来，而在云里透出来的太阳，也驱散了刚才的薄寒，而带来了温煦。然而最明显的改变却是在时间上。在下火车的时候，我曾经向站上的时钟望过一眼：六点零一分。检查行李、验护照等事，大概要花去我半小时，那么现在至少是要六点半了吧。并不如此。在西班牙的伊隆站的时钟上，时针明明地标记着五点半，事实是西班牙时间和法兰西的时间因为经纬度的不同而相差一小时，而当时在我的印象中，却觉得西班牙是永远比法兰西年轻一点。

因为是五点半，所以除了搬运夫和洒扫工役已开始活动外，车站上还是冷清清的。卖票处，行李房，兑换处，书报摊，烟店等等都没有开，旅客也疏朗朗地没有几个。这时，除了枯坐在月台的长椅上或在站上往来蹀躞以外，你是没有办法消磨时间的。到蒲尔哥斯的快车要在八点二十分才开。到伊隆镇上去走一圈呢，带着行李究竟不大方便，而且说不定要走多少路，再说，这样大清早就是跑到镇上也是没有什么多大意思的。因此，把行囊散在长椅上，我便在这个边境的车站上踱起来了。

如果你以为这个国境的城市是一个险要的地方，扼守着重兵，活动着国际间谍，压着国家的、军事的大秘密，那么你就错误了。这只是一个消失在比雷奈山边的西班牙的小镇而已。提着筐子，筐子里盛着鸡鸭，或是肩着箱笼，三三两两地来乘第一班火车的，是头上裹着包头布的山村的老妇人，面色黝黑的农民，白了头发的老匠人，像是学徒的孩子。整个西班牙小镇的灵魂都可以在这些小小的人物身上找到。而这个小小的车站，它也何尝不是十足西班牙底呢？灰色的砖石，黯黑的木柱子，已经有点腐蚀了的洋铅遮檐，贴在墙上在风中飘着的斑驳的招纸，停在车站尽头处的破旧的货车：这一切都向你说着西班牙的式微、安命、坚忍。西德（Cid）的西班牙，侗黄（Don Juan）的西班牙，吉诃德（Quixote）的西班牙，大仲马或梅里美心目中的西班牙，现在都已过去了，或者竟可以说本来就没有存在过。

的确，西班牙的存在是多方面的。第一是一切旅行指南和游记中的西班牙，那就是说历史上的和艺术上的西班牙。这个西班牙浓厚地渲染着釉彩，充满了典型人物。在音乐上，绘图上，舞蹈上，文学上，西班牙都在这个面目之下出现于全世界，而做着它的正式代表。一般人对于西班牙的观念，也是由这个代表者而引起的。当人们提起了西班牙的时候，你立刻会想到蒲尔哥斯的大伽蓝，格腊拿达的大食故宫，斗牛，当歌舞（Tango），侗黄式的浪子，吉诃德式的梦想者！塞赖丝谛拿（La Celestina）式的老虔婆，珈尔曼式的吉卜赛女子，扇子，披肩巾，罩在高冠上的遮面纱等等，而勉强西班牙人做了你的想象底受难者；而当你到了西班牙而见不到那些开着悠久的岁月的绣花的陈迹，传说中的人物，以及你心目中的西班牙固有产物的时候，你会感到失望而作“去年白雪今安在”之喟叹。然而你要知道这是最表面的西班牙，它的实际的存在是已经在一片迷茫的烟雾之中，而行将只在书史和艺术作品中赓续它的生命了。西班牙的第二个存在是更卑微一点，更穆静一点。那便是风景的西班牙。的确，在整个欧罗巴洲之中，西班牙是风景最胜最多变化的国家。恬静而笼着雾和阴影的伐斯各尼亚，典雅而充溢着光辉的加斯谛拉，雄警而壮阔的昂达鲁西亚，煦和而明朗的伐朗西亚，会使人“感到心被窃获了”的清澄的喀达鲁涅。在西班牙，我们几乎可以看到欧洲每一个国家的典型。或则草木葱茏，山川明媚；或则大山屴崱，峭壁幽深；或则古堡荒寒，困焦幽独；或则千圜澄碧，百里花香，……这都是能使你目不暇给，而至于留连忘返的。这是更有实际的生命，具有易解性（除非是村夫俗子）而容易取好于人的西班牙，因为它开拓了你对于自然之美的爱好之心，而使你衷心地生出一种舒徐的，悠长的，寥寂的默想来，然而最真实的，最深沉的，因而最难以受人了解的却是西班牙的第三个存在。这个存在是西班牙的底奥，它蕴藏着整个西班牙，用一种静默的语言向你说着整个西班牙，代表着它的每日生活，静默至于好像绝灭，可是如果你能够留意观察，用你的小心去理解，那么你就可以把握住这个卑微而静默的存在，特别是在那些小城中。这是一个式微的，悲剧的，现实的存在，没有光荣，没有梦想。现在，你在清晨或是午后走进任何一个小城去吧。你在狭窄的小路上，在深深的平静中徘徊着。阳光从静静的闭着门的阳台上坠下来，落着一个砌着碎石的小方场。什么也不来搅扰这寂静；街坊上的叫卖声在远处寂灭了。寺院的钟声已消沉下去了，你穿过小方场，经过一个作坊，一切任何作坊，铁匠底、木匠底或羊毛匠底。你伫立一会儿，看着他们带着那一种的热心，坚忍和爱操作着，你来到一所大屋子前面：半开着的门已朽腐了，门环上满是铁锈，涂着石灰的白墙已经斑驳或生满黑霉了，从门间，你望见了被野草和草苔所侵占了的院子。你当然不推门进去，但是在这墙后面，在这门里面，你会感到有苦痛、沉哀或不遂的愿望静静地躺着。你再走上去，街路上依然是沉静的，一个喷泉淙淙地响着，三两只鸽子振羽作声。一个老妇扶着一个女孩伛偻着走过。寺院的钟迟迟地响起来了，又迟迟地消歇了。……这就是最深沉的西班牙，它过着一个寒伧、静默、坚忍而安命的生活，但是它却具有怎样的使人充塞了深深的爱的魅力啊。而这个小小的车站呢，它可不是也将这奥秘的西班牙呈显给我们看了吗？

当我在车站上来往蹀躞着的时候，我心中这样地思想着。在不知不觉之中，车站中已渐渐地有生气起来了。卖票处，烟摊，报摊，都已陆续地开了门，从镇上来的旅客们，也开始用他们的嘈杂的语音充满了这个小小的车站了。

我从我的沉思中走了出来，去换了些西班牙钱，到卖票处去买了里程车票，出来买了一份昨天的《太阳报》(El Sol)，一包烟，然后回到安放着我的手提箱的长椅上去。

长椅上已有人坐着了，一个老妇和几个孩子。一个，两个，三个，四个……一共是四个孩子。而且最大的一个十一二岁的孩子，已经在开始一张一张地撕去那贴在我提箱上的各地旅馆的贴纸了。我移开箱子坐了下来。这时候，有两个在我看来很别致的人物出现了。

那是邮差，军人，和京戏上所见的文官这三种人物的混合体。他们穿着绿色的制服，佩着剑，头面上却戴着像乌纱帽一般的黑色漆布做的帽子。这制服的色彩和灰暗而笼罩着阴阴的尼斯各尼亚的土地以及这个寒伧的小车站显着一种异样的不调和，那是不用说的；而就是在一身之上，这制服，佩剑，和帽子之间，也表现着绝端的不一致。“这是西班牙固有的驳杂底一部分吧。”我这样想。

七点钟了。开到了一列火车，然而这是到桑当德尔（Santander）去的。火车开了，车站一时又清冷起来。要等到八点二十分呢。

我静穆地望着铁轨，目光随着那在初阳之下闪着光的两条铁路的线伸展过去，一直到了迷茫的天际；在那里，我的神思便飘举起来了。

（载《新中华》第四卷第五期，一九三六年三月）

西班牙的铁路

——西班牙旅行记之四

田野底青色小径上
铁的生客就要经过，
一只铁腕行将收尽
晨曦所播下的禾黍。

这是俄罗斯现代大诗人叶赛宁的诗句。当看见了俄罗斯的恬静的乡村一天天地被铁路所侵略，并被这个“铁的生客”所带来的近代文明所摧毁的时候，这位憧憬着古旧的、青色的俄罗斯，歌咏着猫、鸡、马、牛，以及整个梦境一般美丽的自然界的，俄罗斯的“最后的田园诗人”，便不禁发出这绝望的哀歌来，而终于和他的古旧的俄罗斯同归于尽。

和那吹着冰雪的风，飘着忧郁的云的俄罗斯比起来，西班牙的土地是更饶于诗情一点。在那里，一切都邀人入梦，催人怀古：一溪一石，一树一花，山头碉堡，风际牛羊……当你静静地观察着的时候，你的神思便会飞越到一个更迢遥更幽古的地方去，而感到自己走到了一种恍惚一般的状态之中去，走到了那些古诗人的诗境中去。

这种恍惚，这种清丽的或雄伟的诗境，是和近代文明绝缘的。让魏特曼或凡尔哈仑去歌颂机械和近代生活吧，我们呢，我们宁可让自己沉浸在往昔的梦里。你要看一看在“铁的生客”未来到以前的西班牙吗？在《大食故宫余载》（一八三二）中，华盛顿·欧文这样地记着他从塞维拉到格腊拿达途中的风景的一个片断：

……见旧堡，遂徘徊于堡中久之。……堡踞小山，山趺瓜低拉河萦绕如带，河身非广，澌澌作声，绕堡而逝。山花覆水，红鲜欲滴。绿阴中间出石榴佛手之树，夜莺嘤鸣其间，柔婉动听。去堡不远，有小桥跨河而渡；激流触石，直犯水礁。礁房环以黄石，那当日堡人用以屑面者。渔膝巨网，晒堵黄石之墉；小舟横陈，即隐绿阴之下。村妇衣红衣过桥，倒影入水作绛色，渡过绿漪而没。等流连景光，恨不能画……（据林纾译文）

这是幽蒨的风光，使人流连忘返的；而在乔治·鲍罗的《圣经在西班牙》（一八四三）中，我们又可以看到加斯谛尔平原的雄警壮阔的姿态：

这天酷热异常，于是我们便缓缓地在旧加斯谛尔的平原上取道前进。说起西班牙，旷阔和宏壮是总要联想起的：它的山岳是雄伟的，而它的平原也雄伟不少逊；它舒展出去，坱圠无垠，但却也并不坦坦荡荡，满目荒芜，像俄罗斯的草原那样。崎岖垸埆的土地触目皆是：这里是寒泉所冲泻成的深涧和幽壑；那里是一个嶙峋而荒蛮的培喱，而在它的顶上，显出了一个寂寥的孤村。欢欣快乐的成分很少，而忧郁的成分却很多。我们偶然可以看见有几个孤独的农夫，在田野间操作——那是没有分界的田野，不知橡树、榆树或槐树为何物；只有悒郁而悲凉的松树，在那里炫耀着它的金字塔一般的形式，而绿草也是找不到的。这些地域中的旅人是谁呢？大部分是驴夫，以及他们的一长列一长列系着单调地响着的铃子的驴子。……

在这样的背景上，你想吧，近代文明会呈显着怎样的丑陋和不调和，而“铁的生客”的出现，又会怎样地破坏了那古旧的山川天地之间相互的默契和熟稔，怎样地破坏了人和自然界之间的融和的氛围气！那爱着古旧的西班牙，带着一种深深的怅惘数说着它的一切往昔的事物的阿索林，在他的那本百读不厌的小书《加斯谛拉》中，把西班牙的历史缩成了三幅动人的画图——十六世纪的、十九世纪的和现代的——，现在，我们展开这最后一幅画图来吧：

……那边，在地平线的尽头，那些映现在澄澈的天宇上的山岗，好像已经被一把刀所砍断了。一道深深的挺直的罅隙穿过了它们；从这罅隙间，在地上，两条又长又光亮的平行的铁条穿了出来，节节地越过了整个原野。立刻，在那些山岗的断处，显现出了一个小黑点：它动着，急骤地前进，一边在天上遗留下一长条的烟。它已来到平原上了。现在，我们看见一个奇特的铁车和它的喷出一道浓烟来的烟突，而在它的后面，我们看见了一列开着小窗的黑色的箱子，从那些小窗间，我们可以辨出许多男子的和妇女的脸儿来，每天早晨，这个铁车和它的那些黑色的箱子在远方现出来；它散播着一道道的烟，发着尖锐的啸声，急骤得使人目眩地奔跑着而进城市的一个近郊去……

铁路是在哪一种姿态之下在那古旧的西班牙出现，我们已可以在这幅画图中清楚地看到了。

的确，看见机关车的浓烟染黑了他们的光辉的和朦朦的风景，喧嚣的车声打破了他们的恬静，单调的铁轨毁坏了他们的山川的柔和或刚强的线条，西班牙人是怀着深深的遗憾的。西班牙的一切，从峻嶒的比雷奈山起一直到那伽尔陀思（Galedós）所谓“逐出外国的侵犯”的那种发着辛烈的臭味的煎油为止，都是抵抗着那现代文明的闯入的。所以，那“铁的生客”的出现，比在欧美各国都要迟一点，西班牙最早的几条铁路，从巴塞洛拿（Barcelona）到马达罗（Mataró）那条是在一八四八年建立的，从马德里到阿朗胡爱斯（Araniuez）的那条更迟四年，是在一八五一年才筑成。而在建筑铁路之前，又是经过多少的困难和周折啊。

在一八三〇年，西班牙人已知道什么是铁路了。马尔赛里诺·加莱罗（Marcelino Calero）在一八三〇年出版了他的那本在英国印刷的，建筑一个从边境的海雷斯到圣玛丽港的铁路的计划书。在这本计划书后面，还附着一张地图和一幅插绘，是出自“拉蒙·赛沙·德·龚谛手笔”的。插绘上画着一列火车，喷着黑烟，驰行在海滨，而在海上，却航行着一只有着又高又细的烟筒的汽船。这插绘是有点幼稚的，然而它却至少带了一些火车的概念来给当时的西班牙人。加莱罗的这个计划没有实现，那是当然的事，然而在那些喜欢新的事物的人们间，火车便常被提到了。

七年之后，在一八三七年，季崖尔莫·罗佩（GuillermoLobè）作了一次旅行，从古巴到美国，从美国又到欧洲。而在一八三九年，他在纽约出版了他的那部《在美国，法国和英国的旅行中给我的孩子们的书翰》。罗佩曾在美国和欧洲研究铁路，而在他的信上，铁路是常常讲到的。他希望西班牙全国都布满了铁路，然而他的愿望也没有很快地实现。以后，文人学士的关于铁路的记载渐渐地多起来了。在一八四一年美索奈罗·洛马诺思（Mesonero Romanos）发表了他的《法比旅行回忆记》；次年，莫代思多·拉福安德（Modesto Lauyente）发表了他的《修士海龙第奥的旅行记》第二卷。这两部游记中对于铁路都有详细的叙述，而尤以后者为更精密而有系统。这两位游记的作者都一致地公认火车旅行的诗意（这是我们所难以领略的）。美索奈罗在他的记游文中描写着铁路的诗意底各方面，在白昼的或在黑夜的。而拉福安德也沉醉于车行中所见的光景。他写着，“这是一幅绝世的惊人的画图；而在暗黑的深夜中看起来，那便千倍地格外有趣味，格外有诗意。”

然而，就在这一八四二年的三月十四日，当元老院开会议论开筑一条从邦泊洛拿经巴斯当谷通到法兰西去的普通官路的时候，那元老议员却说：“我的意见是，我们永远无论如何也不应该弄平了比雷奈山；反之，我们应该在原来的比雷奈山上，再加上一重比雷奈山。”多少的西班牙人会同意于这个意见啊！

在一八四四年，西班牙著名的数学家玛里阿诺·伐烈何（Mriano Vallejo）出版了一本题名为《铁路的新建筑》的书。这位数学家是一位折中主义者。他愿望旅行运输的便利，但他也好像不大愿意机关车的黑烟污了西班牙的青天，不大愿意它的尖锐的汽笛声冲破了西班牙的原野的平静。我们的这位伐烈何主张仍旧用牲口去牵车子，只不过那车子是在铁轨上滑行着罢了。可是，这个计划也还是没有被采用。

从一八四五年起，西班牙筑铁路的计划渐次地具体化了。报纸上继续地论着铁路的利益，资本家踊跃地想投资，而一批一批的铁路专家技师，又被从国外聘请来。一八四五年五月三十日，马德里的《传声报》记载着阿维拉、莱洪、马德里铁路企业公司的主持者之一华尔麦思来（Sir J. Walmsley）抵京进行开筑铁路的消息；六月二十二日，马德里的《日报》上载着五位英国技师经过伐拉道里兹，测量从比尔鲍到马德里的铁路路线的消息；七月三日，《传声报》又公布了筑造法兰西西班牙铁路的计划，并说一个英国工程师的委员会，也已制成了路线的草案并把关于筑路的一切都筹划好了；而在九月十八日的《日报》上，我们又可以看到工程师勃鲁麦尔（Brumell）和西班牙北方皇家铁路公司的一行技师的到来。以后，这一类的消息还是不绝如缕，然而这些计划的实现却还需要许多岁月，还要经过十年，十五年，二十年。一八四八年巴塞洛拿和马达罗之间的铁路，一八五一年马德里和阿朗胡爱斯之间的铁路，只能算是一种好奇心的满足而已。

从这些看来，我们可以见到这“铁的生客”在西班牙是遇到了多么冷漠的款待，多么顽强的抵抗。那些生野的西班牙人宁可让自己深闭在他们的家园里（真的，西班牙是一个大园林），亲切地，沉默地看着那些熟稔的花开出来又凋谢，看着那些祖先所抚摩过的遗物渐渐地涂上了岁月底色泽；而对于一切不速之客，他们都怀着一种隐隐的憎恨。

现在，在我面前的这条从法兰西西班牙的边境到马德里去的铁路，是什么时候完成的呢？这个文献我一时找不到。我所知道的是，一直到一八六〇年为止，这条路线还没有完工。一八五九年，阿尔都罗·马尔高阿尔都（Arturo Marcoartú）在他替《一八六〇闰年“伊倍里亚”政治文艺年鉴》所写的那篇关于铁路的文章中，这样地告诉我们：在一八五九年终，北方铁路公司已有六五〇基罗米突的铁路正在筑造中；没有动工的尚有七十三基罗米突。

在我前面，两条平行的铁轨在清晨的太阳下闪着光，一直延伸出去，然后在天涯消隐了。现在，西班牙已不再拒绝这“铁的生客”了。它翻过了西班牙的重重的山峦，驰过了它的广阔的平原，跨过它的潺湲的溪涧，湛湛的江河，披拂着它的晓雾暮霭，掠过它的松树的针，白杨的叶，橙树的花，喷着浓厚的黑烟，发着刺耳的汽笛声，隆隆的车轮声，每日地，在整个西班牙骤急地驰骋着了。沉在梦想中的西班牙人，你们感到有点轻微的怅惘吗，你们感到有点轻微的惋惜吗？

而我，一个东方古国的梦想者，我就要跟着这“铁的生客”，怀着进香者一般虔诚的心，到这梦想的国土中来巡礼了。生野的西班牙人，生野的西班牙土地，不要对我有什么顾虑吧。我只不过来谦卑地，小心地，静默地分一点你们的太阳，你们的梦，你们的怅惘和你们的惋惜而已。

（载《新中华》第四卷第六期，一九三六年三月二十五日）

记诗人许拜维艾尔

二十年前还是默默无闻的许拜维艾尔，现在已渐渐地超过了他的显赫一时的同代人，升到巴尔拿斯的最高峰上了。和高克多（Cocteau），约可伯（Jacob），达达主义者们，超现实主义者们等相反，他的上升是舒徐的，不喧哗的，无中止的，少波折的。他继续地升上去，像一只飞到青空中去的云雀一样，像一只云雀一样地，他渐渐地使大地和太空都应响着他的声音。

现代的诗人多少是诗的理论家，而他们的诗呢，符合这些理论的例子。爱略特（T. S. Eliot）如是，耶芝（W. B. Yeats）如是，马里奈谛（Marinetti）如是，玛牙可夫斯基（Mayakovsky）如是，瓦雷里（Va'léry）亦未尝不如是。他们并不把诗作为他们最后的目的，却自己制就了樊笼，而把自己幽囚起来。许拜维艾尔是那能摆脱这种苦痛的劳役的少数人之一，他不倡理论，不树派别，却用那南美洲大草原的青色所赋予他，大西洋海底珊瑚所赋予他，喧嚣的“沉默”，微语的星和驯熟的夜所赋予他的辽远，沉着而熟稔的音调，向生者，死者，大地，宇宙，生物，无生物吟哦。如果我们相信诗人是天生的话，那么他就是其中之一。

一九三五年，当春天还没有抛开了它的风，寒冷和雨的大氅的时候，我又回到了古旧的巴黎。一个机缘呈到了我面前，使我能在踏上归途之前和这位给了我许多新的欢乐的诗人把晤了一次（我得感谢那位把自己一生献给上帝以及诗的 Abbé Duperray）。

诗人是住在处于巴黎的边缘的拉纳大街（Boulevard Lannes）上，在蒲洛涅林（Bois de Boulogne）附近。在一个阴暗的傍晚，我到了那里。在那清静而少人迹的街道上彳亍着找寻诗人之家的时候，我想起了他的诗句：

有着岁月前来闻嗔的你的石建筑物，
拉纳大街，你在天的中央干什么？
你是那么地远离开巴黎的太阳和它的月亮，
竟至街灯不知道它应该灭呢还应该明，
竟至那送牛乳的女子自问，
那是否真是屋子，凸出着真正的露台，
那在她手指边叮当响着的，是牛乳瓶呢还是世界。

找到了拉纳大街四十七号的时候，天已开始微雨了，我走到一所大厦的门边，我按铃。铃声清晰地在空敞的门轩中响了好一些时候。一个男子慢慢地走了出来。

“诗人许拜维艾尔先生住在这里吗？”我问。

“在二楼，要我领你去吗？”

“不必，我自己上去就是了。”

我在一扇门前站住。第二次，铃声又响了。这次，来给我开门的是一个女仆，她用惊讶的眼睛望着我，好像这诗人之居的恬静，是很少有异国的访客来搅扰的。

“许拜维艾尔在家吗？”我问。

“在家。您有名片吗？”

她接了我的名片，关了门，领我到一间客厅里，然后去通报诗人。

我在一张大圈椅上坐下来，开始对于这已经是诗人的一部分的客厅，投了短促的一瞥。古旧的家具，先人的肖像，紫檀的镂花中国屏风，厚厚的地毯：这些都是一个普通的法国人家所应有尽有的，然而一想到这些都是兴感诗人，走进他的生活中去，而做着他的诗的卑微然而重要的元行的时候，这些便都披上了一层异样的光泽了。但是那女仆出来了，她对我说她的主人很愿意见我，虽然他在患牙痛。接着，在开门的声音中，许拜维艾尔已经在门框间现身出来了。

这是一位高大的人，瘦瘦的身体，长长的脸儿，宽阔的前额，和眼睛很接近的浓眉毛，从鼻子的两翼出发下垂到嘴角边的深深的皱槽。虽则已到了五十以上的年龄，但是我们的诗人还显得很年轻，特别是他的那双奕奕有光的眼睛。有许多人是不大感到年岁的重负的，诗人也就是这一类人之一，虽然他不得不在心头时时重整精力，去用他的鲜血给“时间的群马”解渴。

“欢迎你!”这是诗人的第一声，“我们昨天刚听到念你的诗，想不到今天就看到了你。”

当我开始对他说我对于他的景仰，向他道歉我打搅他等等的时候，“不要说这些，”他说，“请到我书房里去坐吧，那里人们感到更不生疏一点。”于是他便开大了门，让我走到隔壁他的书房里去。

任何都不能使许拜维艾尔惊奇，我的访问也不。他和一切东西默契着：和星，和树，和海，和石，和海底的鱼，和墓里的死者。就在相遇的一瞬间，许拜维艾尔已和我成为很熟稔的了，好像我们曾在什么地方相识过一样，好像有什么东西曾把我们系在一起过一样。

我在一张沙发上坐下来，舒适地，像在我自己家中一样。而他，在横身在一张长榻上之后，便用他的好像是记忆中的声音开始说话了：

“是的，我昨晚才听到念你的诗。它们带来了一个新的愉快给我，我向你忏白，我不能有像你的《答客问》那样澄明静止的心。我闭在我的世界中，我不能忘情于它的一切。”

的确，这“无罪的囚徒”并不是一位出世主义者，虽然他竭力摆脱自己，摆脱自己的心。他所需要的是一个更广大深厚得多的世界，包涵日，月，星辰，太空的无空间限制的世界，混合过去、现在与未来的无时间限制的世界；在那里，没有死者和生者的区别，一切东西都是有生命有灵魂的生物。

“我相信能够了解你，”我说，“如果你能够恕我的僭越的话，我可以向你提起你的那首《一头灰色的中国牛》吗？遥远地处于东西两个极端的生物，是有着它们不同的性格，那是当然的，正如乌拉圭的牛沉醉于Pampa的太阳和青空，而中国的牛彳亍于青青的稻田中一样，但是却有一种就是心灵也难以把握得住的东西，使它们默契，把它们联在一起，这东西，我想就是‘诗’。”

“这倒是真的，”诗人微笑着说，眼睛发着光，“我们总好像觉得自己是孤独地生活着，被关在一个窄狭到有时几乎不能喘息的范围里，因而我们便不得不常常想到这湫隘的囚牢以外的世界，以及这世界以外的宇宙……”诗人似乎在沉思了；接着，他突然说：“想不到你对于我的诗那么熟悉。你觉得它怎样，这首《一头灰色的中国牛》？这是我比较满意的诗中的一首。”

“它启发了我对于你的认识，并使我去更清楚地了解你。”

因为说到中国，许拜维艾尔便和我谈起中国来了。他说他曾经历过许多国土，不过他至今引以为遗憾的，便是他尚未到过中国。他说他的友人昂利·米书（Henry Michaux）曾到过中国，写过一本关于中国的书，对他盛称中国之美，说那自认为最文明的欧洲人，在亚洲只是一个野蛮人而已。我没有读过米书的作品，所以也没有和许拜维艾尔多说下去。可是他却兴奋了起来，好像立时要补偿他的憾恨似地，向我询问起旅行中国的问题来，如旅程要多少日子，旅费大概要多少，入境要经过什么手续，生活程度如何，语言的隔膜如何打破等等。而在从我这里得到一个相当的解决之后，他下着这样的结论：

“我总得到中国去一次。”于是他好像又沉思起来了。

我趁空把这书室打量了一下。那是一间长方形的房间，书架上排列着诗人所爱读的书，书案是在近窗的地方，而在案头，我看见一本新出的Mesures。窗扉都关闭了，不能望见窗外的远景，而在电灯光下，壁上的名画便格外烘托出来了；在这里面，我辨出了马谛思（Matisse），塞公沙克（D. de Segonzac），比加索（Picasso）等法国当代画伯的作品。我们是在房间的后部，在那里，散放着几张沙发，一两张小几和一张长榻，而我们的诗人便倚在这靠壁的长榻上；榻旁的小几上放着几张白纸，大概是记录诗人的灵感的。

诗人站了起来，在房里走了几步，于是：

“你最爱哪几位法国诗人？”他这样问我。

“这很难说，”我回答，“或许是韩波（Rimbaud）和罗特亥阿蒙（Lautréamont）；在当代人之间呢，我从前喜欢过耶麦（Jammes），福尔（Paul Fort），高克多（Cocteau），雷佛尔第（Reverdy），现在呢，我已把我的偏好移到你和爱吕阿尔（Eluard）身上了。你瞧，这样的驳杂！”

听我数说完了这些名字的时候，许拜维艾尔认真地说：“这也很自然的。除了少数一二人以外，我的趣味也差不多和你相同的。福尔先生是我尤其感激的，我最初的诗集还是他给我写的序文呢。而罗特亥阿蒙！想不到罗特亥阿蒙也是你所爱好的诗人！那么拉福尔格（Laforguo）呢？”

我们要晓得，拉福尔格和罗特亥阿蒙都是颇有影响于许拜维艾尔的，像他们一样，他是出生于乌拉圭国的蒙德维艾陀（Monteviedo）的，像他们一样，他的祖先是比雷奈山乡人，像他们一样，他是法国诗人。在《引力集》中，我们可以看到下面的诗句：

不论在什么地方我都掘着地，希望你会从地下出来，
我用肘子推开房屋和森林，去看你在不在后面，
我会整夜地大开着门窗等着你，
面前放着两杯酒，而不愿去沾一沾口。
但是，罗特亥阿蒙，
你却不来。

“拉福尔格吗?”我说，“可惜我没有多读他的作品，还在我记忆中保存着的，只《来临的冬天》（L’hiver qui vient）等数首而已。”接着，我便对他说起他新近出版的诗集《不相识的朋友们》（Les Amis Inconnus）：“我最近读了你的诗集《不相识的朋友们》。”

“是吗?你已经买了吗?我应该送你一册的，可惜我现在手头只剩一本了。你读了吗，你的感想怎样?”

我没有直接回答他，却向他念了一节《不相识的朋友们》中的诗句：

我将来的弟兄们，你们有一天会说，
一位诗人取了我们日常的言语，
用一种无限地更悲哀而稍不残忍一点的
新的悲哀去驱逐他的悲哀……

在他的瘦长的脸上，又浮上了一片微笑，一片会心的微笑，一边出神地凝视着我。沉默降了下来。

在沉默中，我听到了六下钟声。我来了已有一个多钟头了，我应该走了。我站了起来：“对不起，我忘记了你牙痛了，我不该再搅扰你，我应该走了。”

“啊！连我自己也忘了牙痛，我还忘了我已约定牙医的时间了，我们都觉得互相有许多话要说。你住在巴黎吗?我们可以约一个时间再谈，你什么时候有空吗?”

“我明天就要离开巴黎，”我说，“而且不久就要离开法国了。”

“是吗?”他惊愕地说，“那么我们这次最初的见面也许就是最后一次了。”

“我希望我能够再到法国来，或你能够实现你的中国旅行。”

“希望如此吧。不错，我不能这样就让你走的，请你等一等。”他说着就走到后面的房间中去。一会儿，他带了一本书出来：

“这是我的第三本诗集《码头》（Débarcadères），现在已经绝版，在市上找不到的了，请你收了做个纪念吧！”接着他便取出笔来，在题页上写了这几个字：给诗人戴望舒作为我们初次把晤的纪念。茹勒·许拜维艾尔谨赠。

当我一边称谢一边向他告别的时候，他说：“等一等，我们一道出去吧。我得去找牙医。我们还可以在路上谈一会儿。”

他进去了，我隐隐听见他和家人谈话的声音，接着他便带了大氅雨伞出来，因为外面在下雨。向这诗人的书斋投射了最后一眼，我便走出了。诗人给我开了门，让我走在前面，他在后面跟着。

“你没有带伞吗？”在楼梯上他对我说，“天在下雨。不要紧，你乘地道车回去吗？我也乘地道车，我可以送你到那里。你不会淋湿的。”

到了大门口，他把伞张开了。天在下着密密的细雨，而且斜风吹着。于是，在这斜风细雨中，在淋湿的铺道上，在他的伞下面，我们开始漫步着了。

“你近来有新作吗？”我问。

“我在写一部戏曲，写成了大约交给茹佛（Louis Jouvet）去演。说起，你看过我的《林中美人》（La Belle au Bois）吗？”

“那简直可以说是一首绝好的诗。而比多艾夫夫妇（Ludmilla et Georges Pitoëff）的演技，那真是一个奇迹！可惜我没有机会再看一遍了。”

我想起了他的诗作的西班牙文选译集：

“我在西班牙的时候读到你的诗的西班牙译本。如果没有读过你的诗的话，人们一定会当你做一个当代西班牙大诗人呢。的确，在有些地方，你是和西班牙现代诗人有着共同之点的，是吗？”

“约翰·加梭（Jean Cassou）也这样说过。这也是可能的事，有许多关系把我和西班牙连联在一起。那些西班牙现代的新诗人们，加尔西亚·洛尔迦（Garcia Lorca），阿尔倍谛（Alberti），沙里纳思（Salinas），季兰（Guillen），阿尔陀拉季雷（Alto’aguirre），都是我的很好的朋友。说起，你也常读这些西班牙诗人的诗吗？”

“我所爱的西班牙现代诗人是洛尔迦和沙里纳思。”

我们转了一个弯，经过了一个小方场，夹着雨的风打到我们的脸上来。许拜维艾尔把伞放低了一些。

“我很想选你一些诗译成中国文，”沉默了一些时候之后我对他说，“你可以告诉我你自己爱好的是哪几首吗？”

“唔，让我想想看。”他接着就沉浸在思索中了。

地道车站到了。当我们默不作声地走下地道去的时候，许拜维艾尔对我说：“你身边有纸吗？”

我从衣袋里取出一张纸给他。他接了纸，取出自来水笔。于是，靠着一个冷清清的报摊，他便把他自己所选的几首诗的诗题写了给我。而当我向他称谢的时候：

“总之，你自己看吧。”他说。

我们走进站去，车立刻就到了。上了拥挤的地道车后，我们都好像被一种窒息的空气以外的东西所封锁住喉咙。我们都缄默着。

Étoile 站快到了，我不得不换车回我的居所去。我向诗人握手告别。

“希望我们能够再见吧！”许拜维艾尔紧紧地握着我的手说。

我匆匆地下了车，茫然在月台上站立着。

车隆隆地响着，又开了，载着那还在向我招手的诗人许拜维艾尔，穿到暗黑的隧道中去。

（载《新诗》第一卷第一期，一九三六年十月）

巴黎的书摊

在滞留巴黎的时候，在羁旅之情中可以算做我的赏心乐事的有两件：一是看画，二是访书。在索居无聊的下午或傍晚，我总是出去，把我迟迟的时间消磨在各画廊中和河沿上的。关于前者，我想在另一篇短文中说及，这里，我只想来谈一谈访书的情趣。

其实，说是“访书”，还不如说在河沿上走走或在街头巷尾的各旧书铺进出而已。我没有要觅什么奇书孤本的蓄心，再说，现在已不是在两个铜元一本的木匣里翻出一本 Pâtissier francais 的时候了。我之所以这样做，无非为了自己的癖好，就是摩挲观赏一回空手而返，私心也是很满足的，况且薄暮的赛纳河又是这样地窈窕多姿！

我寄寓的地方是 Rue de L’ Echaudé，走到赛纳河边的书摊，只须沿着赛纳路步行约摸三分钟就到了。但是我不大抄这近路，这样走的时候，赛纳路上的那些画廊总会把我的脚步牵住的，再说，我有一个从头看到尾的癖，我宁可兜远路顺着约可伯路，大学路一直走到巴克路，然后从巴克路走到王桥头。

赛纳河左岸的书摊，便是从那里开始的，从那里到加路赛尔桥，可以算是书摊的第一个地带，虽然位置在巴黎的贵族的第七区，却一点也找不出冠盖的气味来。在这一地带的书摊，大约可以分这几类：第一是卖廉价的新书的，大都是各书店出清的底货，价钱的确公道，只是要你会还价，例如旧书铺里要卖到五六百法郎的勒纳尔（J. Renard）的《日记》，在那里你只须花二百法郎光景就可以买到，而且是崭新的。我的加梭所译的赛尔房德思的《模范小说》，整批的《欧罗巴杂志丛书》，便都是从那儿买来的。这一类书在别处也有，只是没有这一带集中吧。其次是卖英文书的，这大概和附近的外交部或奥莱昂车站多少有点关系吧。可是这些英文书的买主却并不多，所以花两三个法郎从那些冷清清的摊子里把一本初版本的《万牲园里的一个人》带回寓所去，这种机会，也是常有的。第三是卖地道的古版书的，十七世纪的白羊皮面书，十八世纪饰花的皮脊书等等，都小心地盛在玻璃的书框里，上了锁，不能任意地翻看，其他价值较次的古书，则杂乱地在木匣中堆积着，对着这一大堆你挨我挤着的古老的东西，真不知道如何下手。这种书摊前比较热闹一点，买书大多数是中年人或老人。这些书摊上的书，如果书摊主是知道值钱的，你便会被他敲了去，如果他不识货，你便占了便宜来。我曾经从那一带的一位很精明的书摊老板手里，花了五个法郎买到一本一七六五年初版本的 Du Laurens 的 Imirce，至今犹有得意之色：第一因为 Imirce 是一部干禁书，其次这价钱实在太便宜也。第四类是卖淫书的，这种书摊在这一带上只有一两个，而所谓淫书者，实际也仅仅是表面的，骨子里并没有什么了不得，大都是现代人的东西，写来骗骗人的。记得靠近王桥的第一家书摊就是这一类的，老板娘是一个四五十岁的虔婆，当我有一回逗留了一下的时候，她就把我当做好主顾而怂恿我买，使我留下极坏的印象，以后就敬而远之了。其实那些地道的“珍秘”的书，如果你不愿出大价钱，还是要费力气角角落落去寻的，我曾在一家犹太人开的破货店里一大堆废书中，翻到过一本原文的 Cleland 的 Fonny Hill，只出了一个法郎买回来，真是意想不到的事。

从加路赛尔桥到新桥，可以算是书摊的第二个地带。在这一带，对面的美术学校和钱币局的影响是显著的。在这里，书摊老板是兼卖版画图片的，有时小小的书摊上挂得满目琳琅，原张的蚀雕，从书本上拆下的插图，戏院的招贴，花卉鸟兽人物的彩图，地图，风景片，大大小小各色俱全，反而把书列居次位了。在这些书摊上，我们是难得碰到什么值得一翻的书的，书都破旧不堪，满是灰尘，而且有一大部分是无用的教科书，展览会和画商拍卖的目录。此外，在这一带我们还可以发现两个专卖旧钱币纹章等而不卖书的摊子，夹在书摊中间，作一个很特别的点缀。这些卖画卖钱币的摊子，我总是望望然而去之的，（记得有一天一位法国朋友拉着我在这些钱币摊子前逗留了长久，他看得津津有味，我却委实十分难受，以后到河沿上走，总不愿和别人一道了。）然而在这一带却也有一两个很好的书摊子。一个摊子是一个老年人摆的，并不是他的书特别比别人丰富，却是他为人特别和气，和他交易，成功的回数居多。我有一本高克多

(Cocteau)亲笔签字赠给诗人费尔囊·提华尔(Fernand Divoire)的Le Grand Ecart，便是从他那儿以极廉的价钱买来的，而我在加里马尔书店买的高克多亲笔签名赠给诗人法尔格(Fargue)的初版本Opéra，却使我花了七十法郎。但是我相信这是他错给我的，因为书是用蜡纸包封着，他没有拆开来看一看；看见了那献辞的时候，他也许不会这样便宜卖给我。另一个摊子是一个青年人摆的，书的选择颇精，大都是现代作品的初版和善本，所以常常得到我的光顾。我只知道这青年人的名字叫昂德莱，因为他的同行们这样称呼他，人很圆滑，自言和各书店很熟，可以弄得到价廉物美的后门货，如果顾客指定要什么书，他都可以设法。可是我请他弄一部《纪德全集》，他始终没有给我办到。

可以划在第三地带的是从新桥经过圣米式尔场到小桥这一段。这一段是赛纳河左岸书摊中的最繁荣的一段。在这一带，书摊比较都整齐一点，而且方面也多一点，太太们家里没事想到这里来找几本小说消闲，也有；学生们贪便宜想到这里来买教科书参考书，也有；文艺爱好者到这里来寻几本新出版的书，也有；学者们要研究书，藏书家要善本书，猎奇者要珍秘书，都可以在这一带获得满意而回。在这一带，书价是要比他处高一些，然而总比到旧书铺里去买便宜。健吾兄觅了长久才在圣米式尔大场的一家旧书店中觅到了一部《龚果尔日记》，花了六百法郎喜欣欣的捧了回去，以为便宜万分，可是在不久之后我就在这一带的一个书摊上发现了同样的一部，而装订却考究得多，索价就只要二百五十法郎，使他悔之不及。可是这种事是可遇而不可求的，跑跑旧书摊的人第一不要抱什么一定的目的，第二要有闲暇有耐心，翻得有劲儿便多翻翻，翻倦了便看看街头熙来攘往的行人，看看旁边赛纳河静静的逝水，否则跑得腿酸汗流，眼花神倦，还是一场没结果回去。话又说远了，还是来说这一带的书摊吧。我说这一带的书较别带为贵，也不是胡说的，例如整套的Echanges杂志，在第一地带中买只须十五个法郎，这里却一定要二十个，少一个不卖；当时新出版原价是二十四法郎的Céline的Voyage au bout de la nuit，在那里买也非十八法郎不可，竟只等于原价的七五折。这些情形有时会令人生气，可是为了要读，也不得不买回去。价格最高的是靠近圣米式尔场的那两个专卖教科书参考书的摊子。学生们为了要用，也不得不硬了头皮去买，总比买新书便宜点。我从来没有做过这些摊子的主顾，反之他们倒做过我的主顾。因为我用不着的参考书，在穷极无聊的时候总是拿去卖给他们的。这里，我要说一句公平话：他们所给的价钱的确比季倍尔书店高一点。这一带专卖近代善本书的摊子只有一个，在过了圣米式尔场不远快到小桥的地方。摊主是一个不大开口的中年人，价钱也不算顶贵，只是他一开口你就莫想还价，就是答应你还也是相差有限的，所以看着他陈列着的《泊鲁思特全集》，插图的《天方夜谭》全译本，Chirico 插图的阿保里奈尔的 Calligrammes，也只好眼红而已。在这一带，诗集似乎比别处多一些，名家的诗集花四五个法郎就可以买一册回去，至于较新一点的诗人的集子，你只要到一法郎或甚至五十生丁的木匣里去找就是了。我的那本仅印百册的 Jean Gris 插图的 Reverdy 的《沉睡的古琴集》，超现实主义诗人 Gui Rosey 的《三十年战争集》等等，便都是从这些廉价的木匣子里翻出来的。还有，我忘记说了，这一带还有一两个专卖乐谱的书铺，只是对于此道我是门外汉，从来没有去领教过罢了。

从小桥到须里桥那一段，可以算是河沿书摊的第四地带，也就是最后的地带。从这里起，书摊便渐渐地趋于冷落了。在近小桥的一带，你还可以找到一点你所需要的东西，例如有一个摊子就有大批 N. R. F. 和 Grasset 出版的书，可是那位老板娘讨价却实在太狠，定价十五法郎的书总要讨你十二三个法郎，而且又往往要自以为在行，凡是她心目中的现代大作家，如摩里阿克，摩洛阿，爱眉（Aymé）等，就要敲你一笔竹杠，一点也不肯让价；反之，像拉尔波，茹昂陀，拉第该，阿朗等优秀作家的作品，她倒肯廉价卖给你。从小桥一带再走过去，便每况愈下了。起先是虽然没有什么好书，但总还能维持河沿书摊的尊严的摊子，以后呢，卖破旧不堪的通俗小说杂志的也有了，卖陈旧的教科书和一无用处的废纸的也有了，快到须里桥那一带，竟连卖破铜烂铁，旧摆设，假古董的也有了；而那些摊子的主人呢，他们的样子和那在下面赛纳河岸上喝劣酒，钓鱼或睡午觉的街头巡阅使（Clochard），简直就没有什么大两样。到了这个时候，巴黎左岸书摊的气运已经尽了，你的腿也走乏了，你的眼睛也看倦了，如果你袋中尚有余钱，你便可以到圣日尔曼大街口的小咖啡店里去坐一会儿，喝一杯儿热热的浓浓的咖啡，然后把你沿路的收获打开来，预先摩挲一遍，否则如果你已倾了囊，那么你就走上须里桥去，倚着桥栏，俯看那满载着古愁并饱和着圣母祠的钟声的，赛纳河的悠悠的流水，然后在华灯初上之中，闲步缓缓归去，倒也是一个经济而又有诗情的办法。

说到这里，我所说的都是赛纳河左岸的书摊，至于右岸的呢，虽则有从新桥到沙德莱场，从沙德莱场到市政厅附近这两段，可是因为传统的关系，因为所处的地位的关系，也因为货色的关系，它们都没有左岸的重要。只在走完了左岸的书摊尚有余兴的时候或从卢佛尔（Louvre）出来的时候，我才顺便去走走，虽然间有所获，如查拉的 L’homme approximatif 或卢梭（HenriRousseau）的画集，但这是极其偶然的事；通常，我不是空手而归，便是被那街上的鱼虫花鸟店所吸引了过去。所以，原意去“访书”而结果买了一头红颈雀回来，也是有过的事。

（载《宇宙风》四十五期，一九三七年七月十六日）

都德的一个故居

凡是读过阿尔封思·都德（Alphonse Daudet）的那些使人心醉的短篇小说和《小物件》的人，大概总记得他记叙儿时在里昂的生活的那几页吧。（按：《小物件》原名 Le Petit Chose，觉得还是译作《小东西》妥当。）

都德的家乡本来是尼麦，因为他父亲做生意失败了，才举家迁移到里昂去。他们之所以选了里昂，无疑因为它是法国第二大名城，对于重兴家业是很有希望的。所以，在一八四九年，那父亲万桑·都德（Vincent Daudet）便带着他的一家子，那就是说他的妻子，他的三个儿子，他的女儿阿娜，和那就是没有工钱也愿意跟着老东家的忠心的女仆阿奴，从尼麦搭船顺着罗纳河来到了里昂。这段路竟走了三天。在《小物件》中，我们可以看见他们到里昂时的情景：

> 在第三天傍晚，我以为我们要淋一阵雨了。天突然阴暗起来，一片浓浓的雾在河上飘舞着。在船头上，已点起了一盏大灯，真的：看到这些兆头，我着急起来了……在这个时候，有人在我旁边说："里昂到了！"同时，那个大钟敲了起来。这就是里昂。

里昂是多雾出名的，一年四季晴朗的日子少，阴霾的日子多，尤其是入冬以后，差不多就终日在黑沉沉的冷雾里度生活，一开窗雾就望屋子里扑，一出门雾就朝鼻子里钻，使人好像要窒息似的。在《小物件》里，我们可以看到都德这样说：

> 我记得那罩着一层烟煤的天，从两条河上升起来的一片永恒的雾。天并不下雨，它下着雾，而在一种软软的氛围气中，墙壁淌着眼泪，地上出着水，楼梯的扶手摸上去发黏。居民的神色，态度，语言，都觉得空气潮湿的意味。

一到了这个雾城之后，都德一家就住到拉封路去。这是一条狭小的路，离罗纳河不远，就在市政厅西面。我曾经花了不少的时间去找，问别人也不知道，说出是都德的故居也摇头。谁知竟是一条阴暗的陋巷，还是自己瞎撞撞到的。

那是一排很俗气的屋子，因为街道狭的原故，里面暗是不用说，路是石块铺的，高低不平，加之里昂那种天气，晴天也像下雨，一步一滑，走起来很吃劲。找到了那个门口，以为会柳暗花明又一村，却仍然是那股俗气：一扇死板板的门，虚掩着，窗子上倒加了铁栅，黝黑的墙壁淌着泪水，像都德所说的一样，伸出手去摸门，居然是发黏的。这就是都德的一个故居！而他们竟在这里住了三年。

这就是《小物件》里所说的“偷油婆婆”（Babarotte）的屋子。所谓“偷油婆婆”者，是一种跟蟑螂类似的虫，大概出现在厨房里，而在这所屋里它们四处地爬。我们看都德怎样说吧：

> 在拉封路的那所屋子里，当那女仆阿奴安顿到她的厨房里的时候，一跨进门槛就发了一声急喊：“偷油婆婆！偷油婆！”我们赶过去。怎样的一种光景啊！厨房里满是那些坏虫子。在碗橱上，墙上，抽屉里，在壁炉架上，在食橱上，什么地方都有！我们不存心地踏死它们。噗！阿奴已经弄死了许多只了，可是她越是弄死它们，它们越是来。它们从洗碟盆的洞里来。我们把洞塞住了。可是第二天早上，它们又从别一个地方来了……

而现在这个“偷油婆婆”的屋子就在我面前了。

在这“偷油婆婆”的屋子里，都德一家六口，再加上一个女仆阿奴，从一八四九年一直住到一八五一年。在一八五一年的户口调查表上，我们看到都德的家况：

万桑·都德，业布匹印花，四十三岁；阿黛琳·雷诺，都德妻，四十四岁；曷奈思特·都德，学生，十四岁；阿尔封思·都德，学生，十一岁；阿娜·都德，幼女，三岁；昂利·都德，学生，十九岁。

昂利是要做教士的，他不久就到阿里克斯的神学校读书去了。他是早年就夭折了的。在《小物件》中，你们大概总还记得写这神学校生徒的死的那动人的一章吧："他死了，替他祷告吧。"

在那张户口调查表上，在都德家属以外，还有这那么怕"偷油婆婆"的女仆阿奴："阿奈特·特兰盖，女仆，三十三岁。"

万桑·都德便在拉封路上又重理起他的旧业来，可是生活却很困难，不得不节衣缩食，用尽方法减省。阿尔封思被送到圣别尔代戴罗的唱歌学校去，曷奈斯特在里昂中学里读书，不久阿尔封思也改进了这个学校。后来阿尔封思得到了奖学金，读得毕业，而那做哥哥的曷奈思特，却不得不因为家境困难的关系，辍学去帮助父亲挣那一份家。关于这些，《小物件》中自然没有，可是在曷奈思特·都德的一本回忆记《我的弟弟和我》中，却记载得很详细。

现在，我是来到这消磨了那《磨坊文札》的作者一部分的童年的所谓"偷油婆婆"的屋子前面了。门是虚掩着。我轻轻地叩了两下，没有人答应。我退后一步，抬起头来，向靠街的楼窗望上去：窗闭着，我看见静静的窗帷，白色的和淡青色的。而在大门上面和二层楼的窗下，我又看到了一块石头的牌子，它告诉我这位那么优秀的作家曾在这儿住过，像我所知道的一样。我又走上前面叩门，这一次是重一点了，但还是没有人答应。我伫立着，等待什么人出来。

我听到里面有轻微的脚步声慢慢地近来，一直到我的面前。虚掩着的门开了，但只是一半；从那里，探出了一个老妇人的皱瘪的脸儿来，先把我从头到脚打量了一番：

"先生，你找谁?"她然后这样问。

我告诉她我并不找什么人，却是想来参观一下一位小说家的旧居。那位小说家就是阿尔封思·都德，在八十多年前，曾在这里的四层楼上住过。

"什么，你来看一位在八十多年前住在这儿的人!"她怀疑地望着我。

“我的意思是说想看看这位小说家住过的地方。譬如说你老人家从前住在一个什么城里，现在经过这个城，去看看你从前住过的地方怎样了。我呢，我读过这位小说家的书，知道他在这里住过，顺便来看看，就是这个意思。”

“你说哪一个小说家?”

“阿尔封思·都德。”我说。

“不知道。你说他从前住在这里的四层楼上?”

“正是，我可以去看看吗?”

“这办不到，先生，”她断然地说，“那里有人住着，是盖奈先生。再说你也看不到什么，那是很普通的几间屋子。”

而正当我要开口的时候，她又打量了我一眼，说：

“对不起，先生，再见。”就缩进头去，把门关上了。

我踌躇了一会儿，又摸了一下发黏的门，望了一眼门顶上的石牌，想着里昂人的纪念这位大小说家只有这一片顽石，不觉有点怅惘，打算走了。

可是在这时候，天突然阴暗起来，我急速向南靠罗纳河那面走出这条路去：天并不下雨，它又在那里下雾了，而在罗纳河上，我看见一片浓浓的雾飘舞着，像在一八四九年那幼小的阿尔封思·都德初到里昂的时候一样。

（载《宇宙风》第六十二期，一九三八年三月）

记马德里的书市

无匹的散文家阿索林，曾经在一篇短文中，将法国的书店和西班牙的书店，作了一个比较。他说：

> 在法兰西，差不多一切书店都可以自由地进去，行人可以披览书籍而并不引起书贾的不安；书贾很明白，书籍的爱好者不必常常要购买，而他的走进书店去，也并不目的是为了买书；可是，在翻阅之下，偶然有一部书引起了他的兴趣，他就买了它去。在西班牙呢，那些书店都像神圣的圣体龛子那样严封密闭着，而一个陌生人走进书店里去，摩挲书籍，翻阅一会儿，然而又从来路而去这等的事，那简直是荒诞不经，闻所未闻的。

阿索林对于他本国书店的批评，未免过分严格一点。巴黎的书店也尽有严封密闭着，像右岸大街的一些书店那样，而马德里的书店之可以进出无人过问翻看随你的，却也不在少数。如果阿索林先生愿意，我是很可以举出这两地的书店的名称来作证的。

公正地说，法国的书贾对于顾客的心理研究得更深切一点。他们知道，常常来翻翻看看的人，临了总会买一两本回去的；如果这次不买，那么也许是因为他对于那本书的作者还陌生，也许他觉得那版本不够好，也许他身边没有带够钱，也许他根本只是到书店来消磨一刻空闲的时间。而对于这些人，最好的办法是不理不睬，由他去翻看一个饱。如果殷勤招待，问长问短，那就反而招致他们的麻烦，因而以后就不敢常常来了。

的确，我们走进一家书店去，并不像那些学期开始时抄好书单的学生一样，先有了成见要买什么书的。我们看看某个或某个作家是不是有新书出版；我们看看那已在报上刊出广告来的某一本书，内容是否和书评符合；我们把某一部书的版本，和我们已有的同一部书的版本作一个比较；或仅仅是我们约了一位朋友在三点钟会面，而现在只是两点半。走进一家书店去，在我们就像别的人踏进一家咖啡店一样，其目的并不在喝一杯苦水也。因此我们最怕主人的殷勤。第一，他分散了你的注意力，使你不得不想出话去应付他；其次，他会使你警悟到一种歉意，觉得这样非买一部书不可。这样，你全部的闲情逸致就给他们一扫而尽了。你感到受人注意着，监视着，感到担着一重义务，负着一笔必须偿付的债了。

西班牙的书店之所以受阿索林的责备，其原因就是他们不明顾客的心理。他们大都是过分殷勤讨好。他们的态度是没有恶意的，然而对于顾客所发生的效果，却适得其反。记得一九三四年在马德里的时候，一天闲着没事，到最大的“爱斯巴沙加尔贝书店”去浏览，一进门就受到殷勤的店员招待，陪着走来走去，问长问短，介绍这部，推荐那部，不但不给一点空闲，连自由也没有了。自然不好意思不买，结果选购了一本廉价的奥尔德加伊加赛德的小书，满身不舒服地辞了出来。自此以后，就不敢再踏进门槛去了。

在“文艺复兴书店”也遇到类似的情形，可是那次却是硬着头皮一本也不买走出来的。而在马德里我买书最多的地方，却反而是对于主顾并不殷勤招待的圣倍拿陀大街的“迦尔西亚书店”，王子街的“倍尔特朗书店”，特别是“书市”。

“书市”是在农工商部对面的小路沿墙一带。从太阳门出发，经过加雷达思街，沿着阿多恰街走过去，走到南火车站附近，在左面，我们碰到了那农工商部，而在这黑黝黝的建筑的对面小路口，我们就看到了几个黑墨写着的字：La Feria de los Libros，那意思就是“书市”。在往时，据说这传统的书市是在农工商部对面的那一条宽阔的林荫道上的，而我在马德里的时候，它却的确移到小路上去了。

这传统的书市是在每年的九月下旬开始，十月底结束的。在这些秋高气爽的日子，到书市中去漫走一下，寻寻，翻翻，看看那些古旧的书，褪了色的版画，各色各样的印刷品，大概也可以算是人生的一乐吧。书市的规模并不大，一列木板盖搭的，肮脏，零乱的小屋，一共有十来间。其中也有一两家兼卖古董的，但到底卖书的还是占着极大的多数。而使人更感到可喜的，便是我们可以随便翻看那些书而不必负起任何购买的义务。

新出版的诗文集和小说，是和羊皮或小牛皮封面的古本杂放在一起。当你看见圣女戴蕾沙的《居室》和共产主义诗人阿尔倍谛的诗集对立着，古代法典《七部》和《马德里卖淫业调查》并排着的时候，你一定会失笑吧。然而那迷人之处，却正存在于这种杂乱和漫不经心之处。把书籍分门别类，排列得整整齐齐，固然能叫人一目了然，但是这种安排却会使人望而却步，因为这样就使人不敢随便抽看，怕搗乱了人家固有的秩序；如果本来就是这样乱七八糟的，我们就百无禁忌了。再说，旧书店的妙处就在其杂乱，杂乱而后见繁复，繁复然后生趣味。如果你能够从这一大堆的混乱之中发现一部正是你踏破铁鞋无觅处的书来，那是怎样大的喜悦啊！

书价低廉是那里的最大的长处。书店要卖七个以至十个贝色达的新书，那里出两三个贝色达就可以携归了。寒斋的阿耶拉全集，阿索林，乌拿莫诺，巴罗哈，瓦利英克朗，米罗等现代作家的小说和散文集，洛尔迦，阿尔倍谛，季兰，沙里纳思等当代诗人的诗集，珍贵的小杂志，都是从那里陆续购得的。我现在也还记得那第三间小木舍的被人叫做华尼多大叔的须眉皆白的店主。我记得他，因为他的书籍的丰富，他的态度的和易，特别是因为那个坐在书城中，把青春的新鲜和故纸的古老成着奇特的对比的，张着青色忧悒的大眼睛望着远方的云树的，他的美丽的孙女儿。

我在马德里的大部分闲暇时间，甚至在革命发生，街头枪声四起，铁骑纵横的时候，也都是在那书市的故纸堆里消磨了的。在傍晚，听着南火车站的汽笛声，踏着疲倦的步子，臂间挟着厚厚的已绝版的赛哈道的《赛尔房德思辞典》或是薄薄的阿尔陀拉季雷的签字本诗集，慢慢地沿着灯光已明的阿多恰大街，越过熙来攘往的太阳门广场，慢慢地踱回寓所去对灯披览，这种乐趣恐怕是很少有人能够领略的吧。

然而十月在不知不觉之中快流尽了。树叶子开始凋零，夹衣在风中也感到微寒了。马德里的残秋是忧郁的，有几天简直不想闲逛了。公寓生活是有趣的，和同寓的大学生聊聊天，和舞姬调调情，就很快地过了几天。接着，有一天你打叠起精神，再踱到书市去，想看看有什么合意的书，或仅仅看看那青色的忧悒的大眼睛。可是，出乎意外地，那些小木屋都已紧闭着门了。小路显得更宽敞一点，更清冷一点，南火车站的汽笛声显得更频繁而清晰一点。而在路上，凋零的残叶夹杂着纸片书页，给冷冷的风寂寞地吹了过来，又寂寞地吹了过去。

（载《文艺春秋》第三卷第五期，一九四六年十一月）

山居杂缀

山风

窗外，隔着夜的帡幪，迷茫的山岚大概已把整个峰峦笼罩住了吧。冷冷的风从山上吹下来，带着潮湿，带着太阳的气味，或是带着几点从山涧中飞溅出来的水，来叩我的玻璃窗了。

敬礼啊，山风！我敞开窗门欢迎你，我敞开衣襟欢迎你。

抚过云的边缘，抚过崖边的小花，抚过有野兽躺过的岩石，抚过缄默的泥土，抚过歌唱的泉流，你现在来轻轻地抚我了。说啊，山风，你是否从我胸头感到了云的飘忽，花的寂寥，岩石的坚实，泥土的沉郁，泉流的活泼？你会不会说：这是一个奇异的生物！

雨

雨停止了，檐溜还是叮叮地响着，给梦拍着柔和的拍子，好像在江南的一只乌篷船中一样。“春水碧如天，画船听雨眠”，韦庄的词句又浮到脑中来了。奇迹也许突然发生了吧，也许我已被魔法移到苕溪或是西湖的小船中了吧……

然而突然，香港的倾盆大雨又降下来了。

树

路上的列树已斩伐尽了，疏疏朗朗地残留着可怜的树根。路显得宽阔了一点，短了一点，天和人的距离似乎更接近了。太阳直射到头顶上，雨直淋到身上……是的，我们需要阳光，但是我们也需要阴荫啊！早晨鸟雀的啁啾声没有了，傍晚舒徐的散步没有了。空虚的路，寂寞的路！

离门前不远的地方，本来有一棵合欢树，去年秋天，我也还采过那长长的荚果给我的女儿玩的。它曾经婷婷地站立在那里，高高地张开它的青翠的华盖一般的叶子，寄托了我们的梦想，又给我们以清阴。而现在，我们却只能在虚空之中，在浮着云片的碧空的背景上，徒然地描画它的青翠之姿了。像现在这样的夏天的早晨，它的鲜绿的叶子和火红照眼的花，会给我们怎样的一种清新之感啊！它的浓荫之中藏着雏鸟小小的啼声，会给我们怎样的一种喜悦啊！想想吧，它的消失对于我们是怎样地可悲啊！

抱着幼小的孩子，我又走到那棵合欢树的树根边来了。锯痕已由淡黄变成黝黑了，然而年轮却还是清清楚楚的，并没有给苔藓或是芝菌侵蚀去。我无聊地数着这一圈圈的年轮，四十二圈！正是我的年龄。它和我度过了同样的岁月，这可怜的合欢树！

树啊，谁更不幸一点，是你呢，还是我？

失去的园子

跋涉的挂虑使我失去了眼界的辽阔和余暇的寄托。我的意思是说，自从我怕走漫漫的长途而移居到这中区的最高一条街以来，我便不再能天天望见大海，不再拥有一个小圃了。屋子后面是高楼，前面是更高的山；门临街路，一点隙地也没有。从此，我便对山面壁而居，而最使我怅惘的，特别是旧居中的那一片小小的园子，那一片由我亲手拓荒，耕耘，施肥，播种，灌溉，收获过的贫瘠的土地。那园子临着海，四周是苍翠的松树，每当耕倦了，抛下锄头，坐到松树下面去，迎着从远处渔帆上吹来的风，望着辽阔的海，就已经使人心醉了。何况它又按着季节，给我们以意外丰富的收获呢？

可是搬到这里来以后，一切都改变了。载在火车上和书籍一同搬来的耕具：锄头，铁耙，铲子，尖锄，除草耙，移植铲，灌溉壶等等，都冷落地被抛弃在天台上，而且生了锈。这些可怜的东西！它们应该像我一样地寂寞吧。

好像是本能地，我不时想着："现在是种番茄的时候了"，或是"现在玉蜀黍可以收获了"，或是"要是我能从家乡弄到一点蚕豆种就好了！"我把这种思想告诉了妻，于是她就提议说："我们要不要像邻居那样，叫人挑泥到天台上去，在那里辟一个园地？"可是我立刻反对，因为天台是那么小，而且阳光也那么少，给四面的高楼遮住了。于是这计划打消了，而旧园的梦想却仍旧继续着。

大概看到我常常为这样思想困恼着吧，妻在偷偷地活动着。于是，有一天，她高高兴兴地来对我说了："你可以有一个真正的园子了。你不看见我们对邻有一片空地吗？他们人少，种不了许多地，我已和他们商量好，划一部分地给我们种，水也很方便。现在，你说什么时候开始吧。"

她一定以为会给我一个意外的喜悦的，可是我却含糊地应着，心里想："那不是我的园地，我要我自己的园地。"可是，为了要不使妻太难堪，我期期地回答她："你不是劝我不要太疲劳吗？你的话是对的，我需要休息。我们把这种地的计划打消了吧。"

（载《香岛日报》，一九四五年七月八日）

再生的波兰

他们在瓦砾之中生长着，以防空洞为家，以咖啡店为办事处，食无定时，穿不称身的旧衣，但是他们却微笑着，骄傲地过着生活。

波兰的生活已慢慢地趋向正常了，但是这个过程却是痛苦的。混乱和破坏便是德国人在五年半的占领之后所留下的遗物。什么东西都必须从头做起。波兰好像是一片殖民的土地，必须要从一片空无所有的地方建立一个新的社会，一个经济秩序和一个政治行政。除此以外，带有一个附加的困难：德国人所播下的仇恨和猜疑的种子，必须连根铲除。

这里是几幅画像。在华沙区中，砖瓦工业已差不多完全破坏了，而华沙却急着需要砖瓦，因为它百分之八十五的房屋都已坍败了。第一件急务是重建砖瓦工业。那些未受损害的西莱细亚区域的工场，在战前每年能够出产七万万块砖瓦。它们可能立刻拿来用，但是困难却在运输上。铁路的货车已毁坏了，残余下多少交通材料尚待调查。政府想用汽车和运货汽车来补充。UNNRA 已经开始交货了，而且也答应得更多一点。

百分之六十的波兰面粉厂已变成瓦砾场了。政府感到重建它们的急要，现在已开始帮助它们重建了。在一万二十间面粉厂之中，二千间是由政府直接管理的——这些大都是被赶去了的德国人的产业。其余的面粉厂也由官方代管着，等待主有者来接收。

华沙是战争的最悲剧的城，又是世界上最古怪的城。在它的大街上走着的时候，你除了废墟之外什么也看不到。这座城好像是死去而没有鬼魂出没的；可是从这些废墟之间，却浮现出生活来，一种认真的，工作而吃苦的生活，但却也是一种令人惊奇的快乐的生活。

你看见那些微笑的脸儿，忙碌的人物，跑来跑去的人。交通是十分不方便，少数的几架电车不够符合市民的需要，所以停车站上都排着长长的队伍。

今日华沙的最动人的景象，也许就是废墟之间的咖啡店生活吧。化为一堆瓦砾的大厦，当你在旁边走过的时候，也许会辨认不出来吧。瓦砾已被清除了，十张桌子和四十张椅子，整整齐齐地安排在那往时的大厦的楼下一层的餐室中，门口挂着一块招牌，骄傲地宣称这是“巴黎咖啡店”。顾客们来来去去，侍者侍候他们，生活就回到了那废墟。在今日，这些咖啡店就是复活的华沙的象征。

人们住在地下防空洞，临时搭的房间，或是郊外的避弹屋。这些住所是只适合度夜的，成千成万的人都把他们的日子消磨在咖啡店中。那些咖啡店，有时候是设在一所破坏了的屋子的最低一层，上面临时用木板或是洋铁皮遮盖着；有时设在那在轰炸中神奇地保全了的玻璃顶阳台上；但是大部分的咖啡店，却都是露天的。在那里，人们坐着谈天，讲生意，办公事。他们似乎很快乐，但是如果你听他们谈话，你可以听见他们在那儿抱怨。他们不满意建筑太慢，交通太不方便。

这种临时的咖啡店吸引了各色各样的顾客：贩子们兜人买自来水笔和旧衣服，孩子卖报纸，还有一种特别的人物，那就是专卖外国货币的人。什么事情都有变通办法，如果有一件东西是无法弄得到的，只要一说出来，过了一小时你就可以弄到手。和咖啡店作着竞争的，有店铺和摊位。只消在被炮火打得洞穿的墙上钉几块木牌，店铺就开出来了。那些招牌宣告了那些店铺的存在和性质：“巴黎理发店”，“整旧如新，立等即有”等等。在另一条街上，在破碎的玻璃后面，几枝花和一块招牌写着“小勃里斯多尔”——原来在旧日的华沙，勃里斯多尔饭店是最大的旅馆。

这便是街头的生活，但是微笑的脸儿却隐藏着无数的忧虑。人民的衣服都穿得很坏；在波兰全国，衣服和皮革都缺乏得很，许多人都穿着几年以前的旧衣服，用不论任何方法去聊以蔽体。有的人则买旧衣服来穿，也不管那些衣服称身不称身，袖短及肘，裤短及膝的，也是常见的了。

在生活的每一部门，都缺乏熟练的人手。医生非常稀少，而人民却急需医药。几年以来，他们都是营养不良而且常常生病。孩子们都缺乏维他命和医药。留在那里的医生都忙得不可开交，他们不得不去和希特勒的饥饿政策和缺乏卫生的后患斗争，然而人民却并不仅仅生活。他们还亲切而骄傲地生活。那最初在华沙行驶的电车都结满了花带。那些并不比摊子大一点的店铺都卖着花。在波兰，差不多已经有三十家戏院开门了，而克格哥交响乐队，也经常奏演了。

报纸、杂志和专门出版物，都渐渐多起来，但是纸张的缺乏却妨碍了出版界的发展。小学和大学都重开了，但是书籍和仪器却十分缺乏。

在波兰，差不多任何东西都是不够供应。物价是高过受薪阶层的购买力。运输的缺乏增加了食品分配的困难，但是工厂和餐室，以及政府机关的食堂，却都竭力弥补这个缺陷。在波兰的经济机构中，是有着那么许多空洞，你刚补好了一个洞，另外五个洞又现出来了。经济的发动机的操纵杆不能操纵自如，于是整部车子就走几码就停下来了。

除了物质的需要之外，还有精神的不安。精确的估计算出，从一九三九年起，波兰死亡的总数有六百万人。现在还有成千成万的人，都还不知道自己的家属的存亡和命运。幸而人民的精神拯救了这个现状。他们泰然微笑地穿着他们不称身的衣服，吃着他们的不规则的饭食，忍受着物品的缺乏和运输的迟缓。他们已下了决心，要使波兰重新生活起来。

（载《新生日报·生趣》，一九四六年三月十五日）

香港的旧书市

这里有生意经，也有神话。

香港人对于书的估价，往往是会使外方人吃惊的。明清善本书可以论斤称，而一部极平常的书却会被人视为稀世之珍。一位朋友告诉我，他的亲戚珍藏着一部《中华民国邮政地图》，待价而沽，须港币五千元（合国币四百万元）方肯出让。这等奇闻，恐怕只有在那个小岛上听得到吧。版本自然更谈不到，“明版康熙字典”一类的笑谈，在那里也是家常便饭了。

这样的一个地方，旧书市的性质自然和北平、上海、苏州、杭州、南京等地不同。不但是规模的大小而已，就连收买的方式和售出的对象，也都有很大的差别。那里卖旧书的仅是一些变相的地摊，沿街靠壁钉一两个木板架子，搭一个避风雨的遮棚，如此而已。收书是论斤断秤的，道林纸和报纸印的书每斤出价约港币一二毫，而全张报纸的价钱却反而高一倍；有硬面书皮的洋装书更便宜一点，因为纸板“重秤”，中国纸的线装书，出到一毫一斤就是最高的价钱了。他们比较肯出价钱的倒是学校用的教科书，簿记学书，研究养鸡养兔的书等等，因为要这些书的人是非购不可的，所以他们也就肯以高价收入了。其次是医科和工科用书，为的是转运内地可以卖很高的价钱。此外便剩下“杂书”，只得卖给那些不大肯出钱的他们所谓“藏家”和“睇家”了。他们最大的主顾是小贩。这并不是说香港小贩最深知读书之“实惠”的人，在他们是无足重轻的。

旧书摊最多的是皇后大道中央戏院附近的楼梯街，现在共有五个摊子。从大道拾级上去，左手第一家是“龄记”，管摊的是一个十余岁的孩子（他父亲则在下面一点公厕旁边摆废纸摊），年纪最小，却懂得许多事。

著《相对论》的是爱因斯坦，歌德是德国大文豪，他都头头是道。日寇占领香港后，这摊子收到了大批德日文学书，现在已卖得一本也不剩，又经过了一次失窃，现在已没有什么好东西了。隔壁是“焯记”，摊主是一个老是有礼貌的中年人，专卖中国铅印书，价钱可不便宜，不看也没有什么关系。他对面是“季记”，管摊的是姐妹二人。到底是女人，收书卖书都差点功夫。虽则有时能看顾客的眼色和态度见风使舵，可是索价总嫌“离谱”（粤语不合分寸）一点。从前还有一些四部丛刊零本，现在却单靠卖教科书和字帖了。“季记”隔壁本来还有“江培记”，因为生意不好，已把存货称给鸭巴甸街的“黄沛记”，摊位也顶给卖旧铜烂铁的了。上去一点，在摩罗街口，是“德信书店”，虽号称书店，却仍旧还是一个摊子。主持人是一对少年夫妇，书相当多，可是也相当贵。他以为是好书，就一分钱也不让价，反之，没有被他注意的书，讨价之廉竟会使人不相信。“格吕尼”版的波德莱尔的《恶之华》和韩波的《作品集》，两册只讨港币一元，希米忒的《莎士比亚字典》会论斤称给你，这等事在我们看来，差不多有点近乎神话了。“德信书店”隔壁是“华记”。虽则摊号仍是“华记”，老板却已换过了。原来的老板是一家父母兄弟四人，在沦陷期中旧书全盛时代，他们在楼梯街竟拥有两个摊子之多。一个是现在这老地方，一个是在“焯记”隔壁，现在已变成旧衣摊了。因为来路稀少，顾客不多，他们便把滞销的书盘给了现在的管摊人，带着好销一些的书到广州去开店了，听说生意还不错呢。现在的“华记”已不如从前远甚，可是因为地利的关系（因为这是这条街第一个摊子，经荷里活道拿下旧书来卖的，第一先经过他的手，好的便宜的，他有选择的优先权），有时还有一点好东西。

在楼梯街，当你走到了“华记”的时候，书市便到了尽头。那时你便向左转，沿着荷里活道走两三百步，于是你便走到鸭巴甸街口。

鸭巴甸街的书摊名声还远不及楼梯街的大，规模也比较小一点，书类也比较新一点。可是那里的书，一般地说来，是比较便宜点。下坡左首第一家是“黄沛记”，摊主是世业旧书的，所以对于木版书的知识，是比其余的丰富得多，可是对于西文书，就十分外行了。在各摊中，这是取价最廉的一个。他抱着薄利多销主义，所以虽在米珠薪桂的时期，虽则有八口之家，他还是每餐可以饮二两双蒸酒。可是近来他的摊子上也没有什么书，只剩下大批无人过问的日文书，和往日收下来的瓷器古董了。“黄沛记”对面是“董莹光”，也是鸭巴甸街的一个老土地。可是人们却称呼他为“大光灯”。大光灯意思就是煤油打气灯。因为战前这个摊子除了卖旧书以外还出租煤油打气灯。那些“大光灯”现在已不存在了，而这雅号却留了下来。“大光灯”的书本来是不贵的，可是近来的索价却大大地“离谱”。据内中人说，因为有几次随便开了大价，居然有人照付了，他卖出味道来，以后就一味地上天讨价了。从“董莹光”走下几步，开在一个店铺中的，是“萧建英”。如果你说他是书摊，他一定会跳起来，因为在楼梯街和鸭巴甸街这两条街上，他是唯一有店铺的——虽则是极其简陋的店铺。管店的是兄弟二人。那做哥哥的人称之为“高佬”，因为又高又瘦。他从前是送行情单的，路头很熟，现在也差不多整天不在店，却四面奔走着收书。实际上在做生意的是他的十四五岁的弟弟。虽则还是一个孩子，做生意的本领却比哥哥更好，抓定了一个价钱之后，你就莫想他让一步。所以你想便宜一点，还是和“高佬”相商。因为“高佬”收得勤，书摊是常常有新书的。可是，近几月以来，因为来源涸绝，不得不把店面的一半分租给另一个专卖翻版书的摊子了。

在现在的“萧建英”斜对面，战前还有一家“民生书店”，是香港唯一专卖线装古书的书店，而且还代顾客装璜书籍号书根。工作不能算顶好，可是在香港却是独一无二的。不幸在香港沦陷后就关了门，现在，如果在香港想补裱古书，除了送到广州去以外就毫无办法了。

鸭巴甸街的书摊尽于此矣，香港的书市也就到了尽头了。此外，东碎西碎还有几家书摊，如中环街市旁以卖废纸为主的一家，西营盘兼卖教科书的“肥林”，跑马地黄泥甬道以租书为主的一家，可是绝少有可买的书，奉劝不必劳驾。再等而下之，那就是禧利街晚间的地道的地摊子了。

（据戴望舒自留剪报，本文载《时事周报》，署名戴丞，年月不详）

《鹅妈妈的故事》序引

我很猜得到，小朋友们从书铺子里买到了这本小书之后，是急于翻开第一篇《林中睡美人》或其他题目最称心的故事来看。因此之故，我又何尝不明白，在这样一本趣味丰富的童话集上加一篇序引，虽然是短短的，也终于是一桩虚费的事。

但是，我想，这样一个享受了三百年大名的童话作家和他的最使全世界的儿童眉飞色舞的《鹅妈妈的故事》，到如今，完完全全的介绍给我国的小朋友，那么在这时候，略为写一些介绍的话，似乎也不能算是多事。况且，我又想，虽然名为序引，我却希望小朋友们在这小书中所包含的八篇故事都看完之后，重又翻转书来，读这小引：那么，既可以不先阻了小朋友们的兴趣，又可以使这故事的阅读或听讲者，对于这讲故事的人，有一些较密切的认识，不也是一个较妥善的办法吗?

为了上面的原故，这篇小引便如是写着：

这一本美丽的故事集的作者，沙尔·贝洛尔（Charles Perrault），是法国人；一千六百二十八年生于巴黎。他的父亲比哀尔·贝洛尔（Pierre Perrault）是一位辩护士。他有三个哥哥，都是很出名的人，尤其是他的二哥，格洛特（Claude），始习物理学，继业建筑，所享声名，却也不亚于他。

在幼年时候，八岁零六个月，他被送到波凡学院（CollègeBeauvais）去读书，但因为他有过人的天才，求知欲的异常的发达，读书的不肯含混，所以曾经与他的教师起了剧烈的辩论。后来，因为过分的厌弃学校生活，他的固执的，自信甚强的癖性，帮助他居然争到了父亲的允许，任他退出学校，自由研究学问。

既放任了他的自由意志，听他精进地独自采索着博大宏深的知识，他的过人的成绩使他在一千六百五十一年，在奥莱盎，得了法学硕士的学位。他便回到那浓云密雾的巴黎，执行律师业务。但这时期并不长久。

从一千六百五十四年起，他父亲也在巴黎得了一个较大的官职，他便不再出庭，而改充他父亲的书记。在这时期中，他一方面从事于职务，一方面却依旧沉溺于文学，艺术和其他学问。在一千六百五十七年，他曾用他艺术的素养，帮助他二哥格洛特建筑了一所精美绝伦的屋子。这种天才的表现，当时就受知于总理大臣高尔培尔（Colbert）。一千六百六十三年，他受聘为这位总理的秘书，赞襄一切科学，文学，艺术事项。

高尔培尔很钦佩他的才能和人格，很看重他；在一千六百七十一年，高尔培尔便推举他为法兰西学院（L’AcadémieFrancaise）的会员。在这个光荣的学术团体中，他尽力地秉着他的才干，把它好好的整顿了一番，使法兰西学院树立了永久的基础。

但是，因为他是一个富有进取精神的人，他要革除旧的，建设新的；他要推倒传统思想，树立自由的意志，所以当他有一次在学院中宣读例课的时候，他读了他的一首诗《路易十四时代》（Le siècle de Louis XIV），其中有几句话盛赞现代远胜古代。这些诗句，当下引起了文坛的一场论战，尤其是诗人薄阿洛（Boileau），为了袒护古典的光荣起见，在盛怒之下，竟用许多粗暴的辞句来抨击他。他虽然是一个有好脾气，好品格的人，但为了他自己的意志和思想，在一六八八至一六九六年之内便长长地写了一首《古今较》（Le Paralèlle des Anciens et des Modernes），在这首诗中，他更详细地阐发他的今优于古的见解。于是两方面便旗鼓相当地互施掊击，同时又有许多文人加入了战团，各为自己所信仰的一方面援助。这次论战，虽然并没有显明的胜负分出，但其影响后来却竟波及英国文坛。

一千六百八十三年，他的知遇者高尔培尔死了，他也便结束了他的政务生涯，从此息影家园，笑弄孺子，以了余年。

他很快乐地教导着他的孩子，高兴时便写了些文字。于是在那首《古今较》之外，他又采取了意大利濮加屈（Boccaccio）的故事，用韵文写了一部小说《格利赛利第的坚忍》（La Patience deGriselidis），一千六百九十一年在巴黎出版。到一千六百九十四年，他又出版了两种韵文故事：《驴皮》（Peau d’ Ane）和《可笑的愿望》（Les Souhaits Ridicules）。

但是，因为贝洛尔的天才不能使他在诗人一方面发展，所以他文学的成功却并不在以上几种韵文的著作中。在一千六百九十七年，他将一本散文故事集在巴黎出版了。立刻，欢迎的呼声从法国的孩子口中到全世界孩子口中发出来，从十七世纪的孩子口中到如今二十世纪的孩子口中还在高喊着，法国童话杰作家贝洛尔的大名，便因此书而不朽。

这本散文故事集，便是我现在译出来给我国的小朋友们看的这一本《鹅妈妈的故事》(Les Contes de Ma Mère l' Oye)。

《鹅妈妈的故事》在最初出版的时候，却用的另外一个书名：《从前的故事》(Histoire de Temps passé)。作者的署名是他儿子的名字：贝洛尔·达尔芒戈（Perrault d' Armancour)。因为这一集中所包含的八篇故事——《林中睡美人》（LaBelleau Bois Dormant)，《小红帽》（LePetit Cbaperon Rouge)，《蓝须》(BarbeBleue)，《猫主公》或《穿靴的猫》(Maitre Chat; ou, Le ChatBotté)，《仙女》(Les Fées)，《灰姑娘》或《小玻璃鞋》(Cendrillon; ou, La Petite Pantoufle de Verre)，《生角的吕盖》（Riquet à laHoupe)，《小拇指》(Le petit Poucet)——都是些流行于儿童口中的古传说，并不是贝洛尔的聪明的创作；他不过利用他轻倩动人的笔致把它们写成文学，替它们添了不少的神韵。又为了他自己曾竭力地反对过古昔，很不愿意用他的名字出版这本复述古昔故事的小书，因此却写上了他儿子的名字。所以他便把这些故事，故意用孩童的天真的语气表出。因了这个假名的关系，又曾使不少人费过思索和探讨，猜了很多时候的谜。

至于这集故事之又名为《鹅妈妈的故事》的原故，也曾经不少人的研究。大部分人以为在一首古代的故事歌中曾说起过一匹母鹅讲故事给她的小鹅儿听，而在这本故事第一版的首页插图中画着一个在纺纱的老妇人，身旁有三个孩子，一个男的和两个女的，在这图下，有着“我的鹅妈妈的故事”的字样，所以便以为贝洛尔是将古代的故事歌中的母鹅人化了而拟出这个书名的。此外，还有许多对于这书名的不同的推解，我想，这于小朋友们没有什么需要，也不必很累赘地费许多文字来多说了。

至于这几篇故事的真价值，我也想，小朋友们当然已能自己去领略，不必我唠唠叨叨地再细述了。但是，有一桩事要先告罪的，就是：这些故事虽然是从法文原本极忠实地译出来的，但贝洛尔先生在每一故事终了的地方，总给加上几句韵文教训式的格言，这一种比较的沉闷而又不合现代的字句，我实在不愿意让那里面所包含的道德观念来束缚了小朋友们活泼的灵魂，竟自大胆地节去了。

最后，还得补说一句：沙尔·贝洛尔是死在一千七百零三年，距这本故事集之出版，只有六年；在这六年之中，我们的作者并不曾写过比这本书更著名的故事。

一九二七年十一月六日

（载《鹅妈妈的故事》，开明书店一九二八年十一月初版）

《西哈诺》译文商酌

近来出版界的气象似乎比以前好一些了，名作是渐渐地被翻译出来，而且受较不浅薄一些的读者所欢迎着了。然而仅仅翻译的小说是如此，诗歌与戏曲呢，注意的人还是很少。在这个时候，春潮书局打起了亏本的决意把方于女士译的曷士当的《西哈诺》送出来的勇气是可以佩服的。

在对于我们这里还很生疏的名字，往往在世界上已是不朽的了。Moinar 是被流为奥国人了，Jude the Obscure 是被译为“判隐”了，有什么办法呢？我们的 Edmond Rostand，当人们一提起，就立刻会说“《西哈诺》的作者”，正如人们说“西特的作者”或是“爱尔那尼的作者”一样而叹赏着的，但是在我们的国度里，这部惊人的杰作出世了五个月光景还是初版。这也可算是一个不足为怪的奇迹吧。

对于曷士当和《西哈诺》，夏康农先生已在序文上约略地说起一些了。我这里要说的是方于女士的译文。这在我是格外有兴致的，因为我在试译了一些过。

我所看见的方于女士的译文这《西哈诺》是第一次，听说方女士译书也开始于这《西哈诺》，对于她的比老译书者更流利的译文是可以使我们叹赏的，她很巧妙地把曷士当的风格传达出来，正如曷士当之于《西哈诺》一样。

这是昨晚拿方译的《西哈诺》和原文对读了一幕的感想，同时，有几个译文上的疑问是须得提出来商酌一下：

（一）译文第二十页第八行“我可以把一只我店内的鸡来和你赌东道”。

原文……Je parie un poulet à la Ragueneau 鄙意当译为“我可以把一只哈格诺式鸡来和你赌东道。”（à la……）是“什么式”的意思，此处方女士大意了。

（二）译文第二十六页第八行“我知道得很清楚”。原文——J’e suis.

此处译者弄错了，那扒儿手说“有一百个人在候着，我也是其中之一。”J’e suis 和 J’y suis 是容易看错的。

（三）译文第二十八页第八行“好像?”

原文 Il paraît?

此处意思是“他出来了吗”? 译“好像”是错了，观全文自明。

（四）译文第三十页第一行“帽子上簪满了蔷薇花，有些花朵垂到耳边……”

原文……un chapeau garni de roses penché sur l’oreìlle……

鄙意垂到耳边的是帽子不是花朵，因为 penché 一字是形容 chapeau（帽子）的。

（五）译文第三十五页第一行“那么你的嘴巴肯不肯借给我试一下呢?”

原文 Voulez-vous me prêter，Monsieur，votre machoire?

这句的意思是双关的，前面一个绅士说：“你又不是萨姆松”，按萨姆松是圣经上的英雄，希伯来人的士师，曾用一块驴腮骨杀一千个非利士人（见《旧约·士师记》），西哈诺回答说：“那么你的腮骨（不是嘴巴）肯不肯借我试一下?”意思是骂他是驴子，不是要打他的嘴巴，不知方于女士以为然否?

（六）译文第四十页第一行“只有你一个人说得中肯!”原文……Vous avez dit la seule intelligente chose! 鄙意当译为“你只有这句话说得聪明!”

（七）译文第四十七页第八行“先生啊! 只有畜生里的象……

原文……L’animal seul，monsieur，qu’Aristophaneappelle Hippocam pelephantocamélos……这句方女士省略了一些，而且这个 Hippocam pelephantocamélos 译作单单一个“象”字也觉得不很妥当，按此字系由希腊文 Hippos（马）Campos（鱼）Elephantos（象）Camelos（骆驼）四字拼成，方女士译为“象”想必有根据，我未读 Aristophane 之书，不敢妄论，愿方女士有

以教我。

（八）译文第四十八页第十行“末了还可以用悲苦的口气去讥诮比哈姆，‘啊！有了这东西，把主人的五官都弄到不相称了，它这叛逆！也会羞得泛红呢！’”

原文……Enfin，parodiant Pyrame en un sanglot：“Le voila donc ce nez qui des traits de son maitre adétruit l’ harmoniel Il en rougie，le traitre!”此句典出 Théophile do Viau 的悲剧《Pyrame et Thisbé》。剧中比哈姆说：“你看这把匕首，它懦怯地玷污着它主人的血！它羞红着，这个叛贼!”方女士译文中“讥诮”二字弄错了，应当译为“末了还可以模拟那呜咽着的比哈姆说……”

这是第一幕译文的商酌。我希望《西哈诺》成为一个很好的译本，所以特地写下来。此外第十一页第四行后缺一段，希望再版时加入；又第五十二页至第五十五页的诗的行数，希望和原文相等，因为前面说“长短句共分三节，每节八句……煞尾是四句而……”而译文前三节都只有七句，煞尾也只有三句，觉得很不妥当。末了，我希望人们了解我这是一个诚意的商酌，没有什么误会生出来。

（载《文学周报》第八卷第二十二期，一九二九年五月二十六日）

匈牙利的“普洛派”作家

和中国差不多是一样，匈牙利大部分的作家还是在写着那些三角恋爱一类的玩意儿。但是新进的“普洛派”的努力，却颇有可观。现在就去年的出版物来计算一下：

倍拉·莱凡思（Béla Révész）出了一本《无产阶级》，是一本描写工人阶级的短篇小说。

路易士·巴尔达（Louis Barta）写了一本Stotétujj（《黑指》），是描写农民的奋斗的。

山多尔·吉尔吉里（Sanéor Gergely）是新进作家之群中的最精悍的一员。他出了一部长篇小说Hibat vernek（《他们造桥》），在这部小说里，他说出都市的无产者和乡村的无产者的友爱的必要。

路易士·加刹克（Louis Kassàk）是新进作家中的最善绘声绘色的一个。在他的长篇小说Napok，a mi napjink（《日子，我们的日子》）中，已显出他最于所谓前辈的猛攻。

曷麦里克·究美（Emeric Cyomaí）出了一本长篇Ujkenyér（《新面包》）。

洛第雍·马克可维思（Rodion Markovies）写了一本惊人的大战前线上的小说，那就是Szibérisi garnizon（《西伯利亚的戍地》）。

裘莱士·伊力思出了一本诗集Néhez fold（《沉重的地》），是写没有土地的人的热愿和对于不公平的世纪的复仇的。

因为政治思想的关系，匈牙利各书店对于新进作家大都是飨以闭门羹的。他们没法表显出他们的倾向来，只能在几种杂志上发表文章，如奥思伐得（Ernest Osvàth）主办的 Nyugat（《西方》），房柏里（Rusztem Vàmbéry）和伐鲁（Etienne Varro）主办的 Szàzadunk（《我们的世纪》），路易士·加剎克主办的 Mnuka（《工作》），第艾奈士（Ladislas Dienes）和迦阿尔（Gabriel Gaal）主办的 Korunk（《我们的时代》）等杂志。这些杂志虽然没有一种显明的倾向，但对于新进的“普洛派”作家很是能接受的。

（载《新文艺》第一卷第一期，一九二九年九月）

徐译《女优泰倚思》匡谬

法朗士的名著 Thais 在中国已经有两种译本了。第一种是开明书店出版的杜衡的译本，名为《黛丝》(定价八角)，第二种就是最近世界书局出版的徐蔚南的译本，名为《女优泰倚思》(定价二元)。

一种名著有好几种的译本，我觉得是一种好现象。因为可以使读者有一种比较，因而格外深切地了解原书的长处。而且第二种的译本往往是比第一种的完善一些，我们拿《意门湖》《茵梦湖》《漪溟湖》来对读一下就可以证明了，但是《女优泰倚思》却是例外，不但不能比《黛丝》完善一些，反而比《黛丝》更糟了。

这里，我要提起一些往昔的事情。

两年前，施蛰存、杜衡和我曾经计划了一部“彳亍丛书”，专事介绍大陆各国的名著，在开明书店出版。那时杜衡刚把 Thais 译完，所以就把它归入了这部丛书。这部丛书中的法文译文的校勘工作是由我担任的，但那时我却因事匆匆到北京去了，而开明书店又来催交稿，所以这本《黛丝》就未经校阅便付排了。我应当负担这个责任。等到我回来的时候，《黛丝》已经出版了。同时，徐蔚南的《泰倚思》也在《新生命》上陆续地刊出。当时我便为这两种译本用原本校读了一下。我发现在第一部 Le lotus 中，杜衡的译文有十来处错误，而徐蔚南的译文的错误，却有七十余处之多。我便把校出的错误交给杜衡，请他在再版时改正，以免叫读者负一身债。至于徐蔚南的译文呢，我想是决没有出版的可能了。

但是后来所说徐蔚南先生已把他的译文花了极大的功夫，请教了许多“海上名流”如曾孟朴(即东亚病夫)，曾虚白，邵洵美，张若谷，以及其他等等，孜孜兀兀地把他的译文改好了，预备出版。那时我想，假如真能这样，我倒很希望它快点出版呢。（因为挖版不便，再版的《黛丝》依然是和初版的一样，并没有改。）

到今天，《女优泰倚思》是在我的热忱的期待中出来了。所以虽则定价是那么贵，我也是很高兴地去买了一本来，很高兴地来校读。

但是，出乎意外地，在《莲花篇》内所发现的错误，依然还有约四十处！(小的错误还不在内。全书的谬误当然更可惊。）呜呼，翻译者的良心！

现在我把徐蔚南先生在《莲花篇》上的谬误的较大的写在下面，免得有人像我一样地去买这本书，上了个大当。

（一）徐译：旦白衣特的禁欲者们在他们的小房间里，恐怖地瞧见种种淫逸的幻影，并且这种幻影就是在世俗的逸乐里也没有那样荒唐。（第四页）

原文：Les ascétes de la Thébaïde virent avec épouvante，dans leur cellule，des images de plaisir inconnues même auxvoluptueux du siécle.（Calmann Lévy本第二百三十八版第六页）

校正：加旁点的那句错了。假如我们把原文英译出来，那就是 The ascetice of the Thebaid were amazed to see，in theircells，phantasms of delights unknown even to the voluptuariesof the age.（我的英译只是达意）现改正如下："那些德巴意德的禁欲者在他们的关房里，恐怖地看见那就是世俗的纵乐者也不曾见过的逸乐的幻象。"

（二）徐译：他们坚持从使徒那里得到有权力惩罚那种对于真的天主的亵渎。(第五页）

原文：Ils tenaient des âpotres le pouvoir de punir les offenses faites au Vrai Dieu……（第七页）

校正：这"坚持"是从哪里来的？一定是 tenaient 的误译了。原意是如此："他们从使徒那儿得到那责罚对于真上帝的亵渎的威权。"

（三）徐译：他也被诗人的虚伪所诱惑。在少年时代，他的灵魂是昏迷的，他的思想是混杂的，因此他相信人类在段家里翁的时候遇到过大洪水，并且因此他和他的同学讨论到自然，甚至讨论到天主的特性以及是否存在。(第八页）

原文：Il avait même été séduit par les mensonges despoètes，et tels étaient，en sa prémaère jeuness，l' erreur de sonsprit et le dérèglement de sa pensée，qu´il croyait que la race humaine avait été noyée par les eaux dedéluge au temps deDeucalion, et qu' il disputait avec ses condisciples sur la nature, les attributs et l' existence même du Dieu.（第十页）

校正：我疑心徐先生连 tel……que 的用法都不知道，所以弄出“因此”、“因此”来，把句子改成不知所云了。兹校正如下：“他甚至曾被那些诗人的谎话所诱惑过，而在他的早年，他的心灵的谬误和他的思想的荒唐是一至于此，他竟相信在代加利洪的时代人类曾被洪水淹没过，他竟和他的同学们辩论自然，天性，甚至上帝的存在与否。”

（四）徐译：他拥抱了加尔凡山上基督的垂训，……（第八页）

原文：Il embrassa la foi du Calvaire……

校正：embrassa 在此处作 adopter 解。我倒要请问一声，垂训是如何地“拥抱”的？这真是个大笑话！应该说：“他接受了加尔凡尔山基督的信仰……”

（五）徐译：她如此这般地丧失她自己的灵魂，同时，她又丧失许多许多别人的灵魂。（第十页）

原文：En sorte qu'en perdant sonâme elle perdait ungrand nombre d'autresame.（第十二页）

校正：这“如此这般地”显然是 en sorte que 的误译。我真不懂徐先生连文法也没有念通就敢这样大胆地来译书。其实这 ensorte que 也并非什么难译的，就等于英文的 so that，中文我们可以译作“这样”或是“所以”。徐先生却把它拿来做丧失的状词，真是奇怪。校正如下：“这样，在丧失了她自己的灵魂的时候，她又丧失了许多别的灵魂。”

（六）徐译：慈悲的天主用这两种方法来救起了他的大罪。（第十页）

原文：Dieu, dans sa miséricorde, avait pris ces deuxmoyens pour le sauver d'augrand crime.（第十二页）

校正：是“慈悲的上帝用了这两种方法把他从一种大罪孽中救拔出来。”徐译当然不对。

（七）徐译：……他默想了许多时候，照着那种禁欲生活的老规矩，默想当他无智烦恼的时代，那个女人教唆他的那种肉的快乐是如何的可怖，如何的丑恶。（第十一页）

原文：et il médita longtemps, selon les règles del' ascétisme, sur la laideur épouvantable des délices charnelles, dont cette femme lui avait inspiré le goût, aux jours de troubles et dignorance.（第十三页）

校正：这一节徐先生真译得莫名其妙，不知在说些什么。我知道是那个 dont 字在作怪。这也难怪，徐先生原来就不懂文法。瞧罢，应当这样译："他照禁欲的规律默想了好久，想着肉的欢乐底可怕的丑恶，那种肉的欢乐底趣味是当他在困扰和愚昧的时候，那个妇人所使他引起的。"

（八）徐译：……两手握着锄头……（第十三页）

原文：……appuyé sur sa béche.（第十五页）

校正："倚身在锄头上"

（九）徐译：……或者恐怕在水边看见那只穿一件湖色衬衣的妇女们拿着水壶在微笑。（第二十页）

原文：……ou de voir，au bord des citernes，des femmes enchemise bleue poser leur cruche et sourire.（第二十二页）

校正："或者恐怕在井边看见那些穿青色内衣的妇人放下了她们的水瓮而微笑。""拿着"和"放下"是两件事。

（十）徐译：……请诉说耶稣基督的神圣吧！（第二十一页）

原文：……Confesse la divinité du Jésus Christ！（第二十四页）

校正："承认耶稣基督的神圣吧！"Confesse 在此处作 Avouer 讲。不解徐先生如何教一个 Sphinx 来"诉说耶稣基督的神圣"。

（十一）徐译：从人的本性讲来，原没有什么廉洁，什么羞耻这回事，也没有什么正当不正当，也没有什么愉快什么悲伤的，也没有什么善恶之分的。（第二十六页）

原文：Rien n'est en soi honnete ni honteux，juste ni injuste，bon ni mauvais.（第二十九页）

校正：原意是："一切的本身原无所谓荣辱，偏直，哀乐，善恶的。"并没有专指"人的本性"。

（十二）徐译："睡在污泥里的狗以及顽皮猴子，对你有什么重要呢？"（第三十页）

原文：que t'importe les raisons d'un chien endormi dans lafange et d' un singe malfaisant?（第三十二页）

校正：应该是"一只睡在污泥里的狗和一头坏猴子的理由与你有什么关系呢？"

（十三）徐译：我绝不忧虑你的幸福，也绝不忧虑你的不幸……（第三十一页）

原文：Je n'ai souci ni de ton bonheur ni de ton fortune……（第三十二页）

校正：这“忧虑”是 avoir souci 的误译。avoir souci 即等于英文中的 to take care，无所谓忧虑不忧虑。这样浅近的 gallicisme 都不知道！应该译作：“你的幸福你的不幸都与我无关……”

（十四）徐译：他的智力极像亚力山大大帝的，所以人家替他取个绰号叫“巨头”。（第三十一页）

原文：Son intelligence rascemblait beaucoup à celled' Alexandre, qu´on asurnom mé le Grand.（第三十三页）

校正：写到这里，我不禁大笑了。错得竟有这样荒谬绝伦，真令人拍案叫绝！这句句子，假如叫一个稍有一点历史知识或是只读过一个礼拜法文的人去译，我想他也决不会译错，而我们这位“有翻译经验”的，又向许多“海派文人”求教过的徐先生却闹了这样大的笑话。徐先生，我教你吧，应该这样说：“他的智力很像那人们称为‘大帝’的亚历山大的智力。”

（十五）徐译：因为有时和无信仰的人议论，不特不能使无信仰的人发生信仰，反而有信仰的人被无信仰者从新领导到罪恶里去的。（第三十四页）

原文：Car il arrive souvent qu´en disputant contre lesinfidèles, on les induit de nouveau enpéché, loin de les cpnvertir.（第三十六页）

校正：原文的意思决不是像徐先生所译的那样，徐先生简直没有看懂！应该这样译：“和那些无信仰的人辩论的时候，却会更使他们陷入罪恶，而不能使他们发生信仰，这是常有的事。”

（十六）徐译：杨柳树灰色的软叶一直挂到远远的岸上；（第三十五页）

原文：Les saules étendaient auloin sur les berges leur doux feuillage gris;（第三十七页）

校正：我不解杨树的软叶如何能“一直挂到远远的岸上”，虽则柳丝是长的。原意是这样：“杨柳远远地，在河岸上舒展着它们灰色的软叶；”

（十七）徐译：天亮了一小时之后，他望见站在小山巅上的这个广大的城市……（第三十六页）

原文：Le jour était levé depuis une heure quaud ildécouvrit du haut d' un colline la ville spacieuse……（第三十八页）

校正：这里徐先生又错了。站在小山巅上的是 Paphnuce 而不是亚力山大城。试问亚力山大城如何会站在小山巅上呢？真是没有常识！改正如下：“天亮了一小时之后，他从一个小山的巅上望见了那座大城……”

（十八）徐译：这座屋子虽小，但比较上已是很高贵的了……（第四十页）

原文：……Une maison assez petite，mais de nobles proportions……（第四十二页）

校正：这“比较上”不知从何处来的，令人不解。原意是如此：“……这屋子虽然小一点，但结构却很富丽堂皇……”

（十九）徐译：他是看见过这儿柏拉图……（第四十页）

原文：Ily reconnut Platon……（第四十二页）

校正：“他是看见过”是从前的事，而原意却是“他在那儿重新认出了……”徐先生连动词的temps都没弄清楚。

（二十）徐译：这个人竟不怕痛的吗？（第四十二页）

原文：quel est cet homme qui ne craint point la souffrance？（第四十三页）

校正：应作“这个不怕受苦的人是怎样一个人？”

（二十一）徐译：照理是应该当作亚纳居维爱，爱反丝的麦德六等的童话，或者其余像米兰斯国的寓言一般看待，给人寻寻快乐而已。（第四十四页）

原文：Il faut s’en divertir comme des contes d’Ane，duCuvier，de la matrone d’Ephése ou de toute autre fablemilésienne.（第四十六页）

校正：这里，假如我们不看原文的话，一定会猜想那亚纳居维爱，爱反丝的麦德六是什么童话专家了。我们现在把原文译成英文：We must devert ourselves with them，as we do with thestories of the Ass，The Tub，and The Ephesian matron，orany other Milesian fable。所以，意思是这样：“我们应该拿它们来自娱，正如我们拿驴子的故事，洗濯桶的故事，爱弗斯的老妇的故事，以及其他一切米来西的寓言来自娱一样。”

（二十二）徐译：上帝是真理，他在人类面前显示奇迹（第四十六页）

原文：Mais Dieu，qui est la vérité，s’est révélé auxhommes par des miracles（第四十七页）

校正：原意是：“可是上帝，他是真理，他用奇迹来显示出自己”。显示的是自己，并不是奇迹。

（二十三）徐译：良善的法非愚斯，但是我赞美你，你从旦白衣特地方来的，会来和我讲到泰倚思。（第五十页）

原文：Mais j’admire，bon Paphnuce，que tu viennes dufond de le

Thebaïde me parler de Thais。(第五十页)

校正：此处 admire 一字是作“诧异”解，看语气，看下面那个动词 venir 是 Subjonctif 都可以明白，决不致会闹笑话。然而徐先生的闹笑话是老规矩，真是没有办法。瞧吧，徐先生，这样译：“我真奇怪，好巴乎钮士，你会从德巴依特的深处来同我讲起达伊丝。”

(二十四) 徐译：他心里是非常地悲伤，但是城里的教堂，他都不要走进去。(第五十二页)

原文：A la grande tristesse de son ame，il n’osait entrerdans aucune des églises de la ville…… (第五十二页)

校正：“在他的灵魂的大悲伤中，他城里任何教堂都不敢进去……”徐先生这“但是”真转得莫名其妙。

(二十五) 徐译：……头上戴着僧侣的帽子…… (第五十四页)

原文：Une bandelette au front…… (第五十四页)

校正：荷马又没有做和尚，为什么要戴僧侣的帽子? 原来不过是“额前束着结发带”而已，后面，在第六十五页上，徐先生犯着同样的错误。

(二十六) 徐译：……他们在地上时为幻影所诱惑，做了幻影的牺牲，现在落入于地狱里了…… (第五十六页)

原文：…… ils demeurent dans l’enfer victimes des illusionsqui les séduisaient sur la terre，(第五十五页)

校正：原文并非像徐先生所译的那样。原意是这样：“就是在地狱里，他们还是做着在世间诱惑过他们的幻像底牺牲者。”徐先生噜噜苏苏说了许多，结果还没有达出原意。

(二十七) 徐译：……把法里愚斯在砂上拖了起来。(第五十八页)

原文：……le tirait sur le sable…… (第五十七页)

校正：“把他拖到沙滩上。”

(二十八) 徐译：真心谢谢你! (第五十八页)

原文：J’en remercie Dieu. (第五十七页)

校正：“谢谢上帝。”

(二十九) 徐译：妇人们笑着，喝着柠檬水，从这一层到那一层快活地遥远地互相谈话。(第六十一页)

原文：Les femmes riaient en mangeant des citrons，et lesfamiliers des jeux s’inter pellaient gaielnent，d’un gradin àl’autre. (第六十九页)

校正：citron 是柠檬，不是柠檬水；谈话的是老看客而不是妇人们。

徐先生都弄错了。兹校正如下:“妇人们吃着柠檬笑着,老看客们快活地互相隔座招呼着。”

(三十)徐译:但是我们对于这种的悲叹,我们已经是极退化的了。(第六十二页)

原文:Nous sommes bien dégénérés pour le souffrir.(第六十一页)

校正:徐先生又闹了一个极大的笑话!这简直是胡说八道。souffrir 在此处等于英文的 to permit,有什么“悲叹”不“悲叹”!徐先生,我来指教你,是这样讲的:“我们竟忍受下去,实在是退化了。”

(三十一)徐译:这种不义的恋爱,后来失败了。(第六十三页)

原文:Après a voir perdu l' innocent qu' elle poursuivaitd' un amour incestueux……(第六十二页)

校正:徐先生简直看不懂原文,又不知道神话,想鬼混下去,所以译成这样莫名其妙的句子了。这句句子里并没有说恋爱失败不失败,原意是如此:“在失了那她用一种不洁之爱追求着的无邪少年之后,……”徐先生,懂了吗?

(三十二)徐译:这最后几句话,法非愚斯听了之后,细细辨味一回……(第六十四页)

原文:Prenant avautage de ces dernières paroles,……(第六十三页)

校正:“利用着最后的那几句话,……”细细辨味一回一定是 prenant aventage 的误译。

(三十三)徐译:他做着手势颂赞那英雄的幽灵。(第六十五页)

原文:……montrait par ses gestes qu' il approuvait l' ombredu héros.(第六十四页)

校正:颂赞是 approuver 的误译,此字在这里作“赞同”讲。所以是:“他用动作表示他赞同英雄的鬼魂。”

(三十四)徐译:那个聪明的庚里史便骂他说,与其爱好泊里亚姆的女儿客桑特,毋宁尝味亚其尔的镖枪。(第六十六页)

原文:……et le sage Ulysse lui reprochait de préférer le litde Cassandre à la lance d' Achille.(第五十六页)

校正:你们想一想,徐先生把这位贤明的 Ulysse 写成这种样子了。徐先生何尝是在译书,真的,他在说梦话呢!休矣,徐先生,还是听我讲罢:“……那位贤明的屋里赛思责备他把珈桑特儿的床看得比阿岂赖思的矛重。”

(三十五)徐译:法非愚斯把这本戏来和神的真理相比较……(第六

十六页）

原文：Paphnuce，qui rapportait tout á la vérité divine……（第六十五页）

校正：意思是说“巴孚钮思是把什么都归结到神圣的真理上去的”，并不专指这一本戏；又无所用其“比较”。

（三十六）徐译：合成这个女人的原子聚拢来，确然弄出一个很悦目的组合来了。（第六十八页）

原文：les atomes qui s’ associent pour composer cettefermme présentent une combinaison agréable á l’ oeil.（第六十七页）

校正：徐先生又把句子弄成不像样了。原意是如此：“那些聚集拢来构成这个妇人的原子，确实表现出一个悦目的组合。”

（三十七）徐译：“请你说到你的眼泪，说到你的美丽，说到你的年轻吧！”（第六十九页）

原文：Fais parler tes larmes，ta beauté，ta jeunesse！（第六十八页）

校正：徐先生的头脑真太糊涂，这真使人生气。这样的法文程度竟敢译书，未免太大胆了。我们试将原文译成英文，那便是：employ your tears，your beauty，your youth！徐先生把faireparler误解作parler de，以致又闹了一个大笑话！兹改译如下：“利用你的眼泪，你的美，你的青春。”

以上一共三十七个错误，在七十三页中；单字的误译和小错误都不算在里面。照此类推，全书当约有一百五十个错误（而且我恐怕后面错误还要多点）。错得这样多而尚敢问世，真是何颜之厚！我不知道徐先生怎能对得起原著者France和国内的读者！

还有，徐先生的译音也是莫名其妙的，如Paphnuce（巴孚钮思）之译成“法非愚斯”，Pasiphaé（巴西法爱）之译成“泼西法爱”，Antinoé（盎谛诺爱）之译成“汪督亚纳”等等。还有一种使人难受的就是一些上海腔的译文，如“像煞是的”，“有点像煞有介事”等等。

我这篇批评文的态度确然是不很好。但是对徐先生这种译者只能如此。他太叫人上当了。同时，对于徐先生所请教过的“敬爱的朋友们”如曾孟朴，曾虚白，邵洵美，张若谷，诸“海派文人”也起了一种怀疑。我爽直地这样说出来。

末了，再说一遍：我奉劝读者诸君不要去买这本书，免得上当。

（载《新文艺》第一卷第三期，一九二九年十一月）

苏联文坛的风波

去岁苏联文坛上曾经起了一次大风波。这场风波的主要人物是皮力涅克（Boris Pilniak）和柴妙金（Eugène Zamiatine）。

在两三年前，皮力涅克写了一部长篇小说《红树》（KranoïeDerevo），一部有反革命倾向的小说，对于党和政府对农民的政策发了反对的论调。起初他将稿子送到 Krasnaia Nov（《赤荒土》）去，被退了回来。他便把稿子送到柏林去。去年春天，这部《红树》便在柏林的“比得洛保里斯书店”（Petropolis）出版了。这消息一传到莫斯科，便出事了。Literatonrnaïa Gazeta（《文学报》）第一个起来向皮力涅克投石，接着大家也群起而攻之了。皮力涅克辩说他不过将他的原稿寄给一个住在柏林的朋友，长久没有得到消息。“比得洛保里斯书店”将那本书出版是并没有得到他的同意，他是决不会为那些“侨民”卖力的。但是这种饰辞是不能使人满意的。苏联作家协会便于去年九月七日将他除名，并加以猛烈的攻击。

至于柴妙金，那是因为他在泊拉格（Praque）的一种社会革命党的杂志 Volia Rossii，一本反对布尔塞维克的杂志上发表他的长篇小说《我们》的原故。

这两件事件不过是导火线，皮力涅克和柴妙金，以及其他的在柏林出版受苏联禁止的书的“同路人”作家，如爱伦堡（Ehrenbourg），赛甫琳娜（Seifoulina）等，是早已为人们所不满了，这次不过是将积郁着的气吐出来罢了。

在这次的风波中，被卷入旋涡的人很多，大部分都是“同路人”，如爱伦堡，赛甫琳娜，巴别尔（Babel），罗曼诺夫（Romanov）等等。这种对于“同路人”的攻击，在伏林（Voline）的一篇论文上说得很明白，他宣说要整顿一九二五年党的文艺政策的决议，而那些“同路人”却有了腐化或反动的倾向。而奥尔霍微（Olkhovy）也在Isvestia上大略这样说，苏联是处于一个困难的重建时代中，阶级斗争在国内成为更剧烈，资本主义的分子还在城市中乡村中蠢动着……所以，诸作家应该和一切苏维埃的好公民一道帮助着政府克服无产阶级的敌人，使社会主义得以胜利。在“文艺战线”上，正如在一切别的战线上一样，是应该完全服从的。一切违反的人们就是“资产阶级者”，而被当作资产阶级者对待。

高尔基也夹进这场混战中去，他不敢明目张胆地拥护皮力涅克，他只为他解辩。他说皮力涅克是一个好名之人，他希望他的作品译成各国的文字，在这种名誉的贪求中，他便犯了过错。他说人们对皮力涅克的处罚是太严了，“好像把他对于苏维埃文学的一切服务都归之乌有”，应该要宽一些。他说现代人才很少，那能供给出良好的作品的人们是不应该加以驱逐的。

现在，这场风波忽然平静下来了。这是党对于“同路人”的政策的改变吗？我们还没有知道，只能在下次再报告读者诸君了。

（载《新文艺》第二卷第一期，一九三〇年三月）

英国无产阶级文学运动

英国的文坛上，近来有了一种新的力量，这力量就是新兴的劳动者的文学，这种新抽芽的新枝在将来或许会使人们从那已经根深蒂固了的萧伯纳，威尔斯，高尔斯华斯，乔蔼士等转过头去吧。

在这新兴的劳动者的文学中，我们可以举出来的，有矿工吉姆士·威尔须（James Walsch）的《地下世界》，那是一本叙述二十五年的矿工的历史；矿工哈罗尔特·希斯洛伯（Harold Hislop）的《矿煤的权力之下》；矿工乔艾·考里（Joe Corry）的描写矿工生活的戏剧（他创设了一个劳动者剧场，由矿工自己来扮演，在英国可算是第一次。他还写诗和小说）；矿工洛吉·达太勒（Roger Dotaller）的《矿工生活记录》，这是一部简单，但是动人的书。

冶金匠李却·法克思（Richard Fax）写了一本《制造厂的回声》；冶金匠施·海特（S. Haid）写了一本《工场的同伙》；爱尔兰的泥水匠施·何凯西（S. O’kesi）写了《犁和星》，《裘娜和孔雀》等剧本。他是萧伯纳之后的英国最重要的戏曲家，表现异常有力。

劳动者肯宜（R. Kenni）和爱尔兰人马克希尔（P. MaeHill）是描写劳动者和贫民的日常生活的。

这无产阶级的新兴文学运动，在英国非常困难地和环境争斗着。在英国，没有一家书店肯出肯宜的作品。希斯洛伯的小说是在苏俄刊行的。没有一家戏院肯演考里的剧本。就是劳动者协作会的剧场也以为他的剧本太左倾了。

但是这总是一时的吧。将来，像一个光耀的太阳，这新兴的无产阶级文学，将照遍了那消失在烟雾中的英国吧。

（载《新文艺》第二卷第一期，一九三〇年三月）

国际劳动者演剧会

在莫斯科，去秋成立了一个“国际劳动者演剧会”，是由各劳动者俱乐部的剧团和苏维埃职业剧团组织成的，将扩大到和各国的一切革命的戏剧团体携手。

“国际劳动者演剧会”搜集各国的无产阶级戏剧作品；将这些作品译成各国的语言，而且用种种方法使这些作品民众化；将这些剧本送给各分会和会员，作一个剧本的交换，而在劳动者的俱乐部和剧场上演。

在今年夏天，“国际劳动者演剧会”想在苏联表演德国劳动者优伶的戏，和曾演过《改过所中的反叛》的“青年演剧者”的戏，以及巴黎的“艺术戟队”团的，和纽约的劳动者剧团“新戏剧作家”的戏。

在本年八月，“国际劳动者演剧会”将召集一个劳动者演剧的国际大会。

（载《新文艺》第二卷第一期，一九三〇年三月）

诗人玛耶阔夫司基的死

像在一九二五年十二月二十八日俄罗斯大诗人赛尔该·叶赛宁（SergoyEssonin）自杀的消息之使我们惊异一样，本年（一九三〇年）四月十四日同国的未来派大诗人符拉齐米尔·玛耶阔夫司基（Vladimir Mayakovsky）自杀的消息又传到我们底耳里来了。最初，我们在新闻纸上所见了的，大约只有这些话："俄国诗人玛耶阔夫司基于本月十四日以手枪自杀于莫斯科，自杀原因闻系因试验诗剧失败云。"这兀突的消息，起初在我们是不可解的吧。叶赛宁是"最后的田园诗人"，他知道自己的诗歌是没有什么可以赠送给新时代的，于是他便和他所憧憬着的古旧的，青色的，忧郁的俄罗斯和一切旧的事物，因着"铁的生客的出现"，同时灭亡了。这自杀我们可以拿旧传统和新生活的冲突之下的逃世来解释。但是玛耶阔夫司基呢？他并不是旧时代的人物，他是在革命的斗争中长大起来的。他以自己的诗为革命的武器，同时，他是建设着新生活的，建设着社会主义而且要把它扩大到全世界去的人们底诗人。他是梦想着未来的世界是要由他的火一样的诗句来做向导的。但是他却像不惯新生活的旧时代的叶赛宁一样，懦怯地杀害了自己的生命。它的意义是什么呢？

据本年四月十七日莫斯科《少共真理报》的玛耶阔夫司基特刊上的记载，玛耶阔夫司基死后，曾由赛尔差夫（Sertsav）去调查他自杀的原因，赛尔差夫作了这样的一个报告："前此调查之结果，指示出这次自杀是那与诗人的社会行动及文学品行绝无关系的纯个人的原因引起的，此外诗人所不能恢复健康的长病，才成为自杀的先导。"俄国"革命文学国际委员会"的关于玛耶阔夫司基之死的宣言上也说："……个性的狂放与不久前得到的病症，给与诗人这一个悲惨的死的说明。……”

我们所得到的关于玛耶阔夫司基自杀的动因，只有上述的两个，就是所谓试验诗剧失败和不能恢复健康的长病。关于前者，我们觉得是不足为信的。第一，他决不是那种因为偶然受到了一点小打击而至于萌短见的人（他的著名的长诗《一万五千万》出版时，竟没有人说它好，他也不以为意）；其次，他的戏剧常是受着群众热烈的欢迎的。一九二〇年的《神秘的滑稽剧》如此，一九二八年的《臭虫》如此，就是他自杀的当夜在梅伊尔霍尔特（Moyerhold）剧场上演的《澡堂》也如此。关于后者，即不能恢复健康的长病这原因，也是有点牵强的吧。果然不治的病是可能成为一个人的自杀的动因的。但是各方面的记载都没有说出他是患了什么不治之症，而且，我们是知道的，玛耶阔夫司基是有一千七百格兰姆重的脑髓，尼阿加拉大瀑布一样洪大的声音，方而阔的肩，和六英尺高的健全的身体的。在自杀的前两天，即十二日，他还出席苏维埃作家联盟的关于著作权新纲领的讨论会和苏维埃人民委员会的关于前草案的讨论会议；自杀的前一天，即十三日，他还和苏维埃作家联盟的主席讨论关于列宁格拉特旅行之事；就是自杀当天的清晨（他是在上午十时十五分自杀的），他也还在自己的寓所里和几位作家作事务上的谈话。

现在，我们且读一读他的最后的遗书吧（以下的译文是根据法国 Surréalisme au service de la Révolution 第一号译出），他这样写着：

致一切人：

关于我的死，请不要责备任何人。而且请不要造谣。死者是痛恨谣言的。

母亲，我的姊妹们，请你们恕我：这不是一种方法（我不劝别人这样做），但是我是没有出路。

当局同志们，我的家属是：里里·勃里克（Lili Brik），母亲，我的姊妹们和薇萝尼珈·维托尔陀芙娜·波朗丝珈牙（Veronica Vittoldovna Pollonskaia）。

假使你能使他们生活，谢谢你。

未完成的诗，请交勃里克等。他们会加以整理。

人们是如何说的：“意外事是终结了。”

爱情的小舟，

　撞碎在奔流的生命上，

我是和生命没有纠葛了。
用不到去检阅，
　那些苦痛，
　　那些不幸，
　　　和那些相互的谬误。
愿你们幸福！

符拉齐米尔·玛耶阔夫司基

从这封信上看来，玛耶阔夫司基之自杀似乎是由于与所谓试验诗剧失败及不能恢复健康的病没有关系的别的原因，是一种使他苦闷了长久，踌躇了长久的，不是体质上而是心灵上的原因，这原因强使他不得不步着那被他用“在这生活中，死是不难的——创造生活是难得多了”这话笑过的叶赛宁的后尘。

这原因，显然地，是不能和那玛耶阔夫司基赖以滋长，终于因而灭亡的有毒的“欧洲的咖啡精”（Ld Caféine d´Europe），未来主义，没有关系的。本来，我们一提到玛耶阔夫司基，便会立刻想到了未来主义，这一种适宜于俄罗斯的地质的，从意大利移植过来的剽悍的植物。所以，在研究玛耶阔夫司基之死之先，我们对于这未来主义应当有一种深切的了解。

第一，我们应当先明了未来主义的阶级性，明了了这个，我们便可以看出这未来主义的大使徒是否与其所从属的社会环境调和的；其次，我们便得探究，假如是不调和的，则这位诗人和他所处的社会之间当起怎样的矛盾和冲突；第三，我们便要讲到在某种心理状态之下的他为自己所开的去路，从而说到他的自杀。我们这样地把我们的研究分为三个步骤。只有这样我们才能把这位《一万五千万》的作者的自杀的动因，明晰地显示出来。

未来主义是始于一千九百零九年由最初的未来派诗人意大利的斐里坡·多马梭·马里奈谛（Filippo Tommaso Marinetti）主唱的。这是把机械主义和力学主义引入艺术来，作为艺术的中心的课题的第一声。那时是机械的发明把古旧的，舒缓的，梦想的生活完全地更改了的，二十世纪的初头。惊诧着这些机械征服了空间，时间，而且把都市的外貌魔术地变形了的未来主义者们，便开始把轮船，机关车，汽车，飞机，电气，都会的噪音等，盲目地神秘地讴歌起来了。他们是讴歌机械的力学的，但那完全是从没有直接参与生产过程的人们的头脑里发生出来的东西，小资产阶级的，同时是个人主义的东西。日本藏原惟人在他的一篇短论《新艺术形式的探求》（载《改造》一九二九年十二月号）中把这未来主义所歌唱的机械的特质，作了这样的一个分析：

（一）未来主义的机械都是街头的机械　汽车，机关车，飞机，车站，桥梁等，都是街头的机械，是"消费的"机械。工场和其他的地方，都是被外表地处理着的。生产的机械从来没有做过未来主义的艺术的题材。这表示艺术家是离开了生产过程。

（二）机械单被理解为快速力　机械的目的，任务，它的合理性，是在未来主义者视野之外的。他们耽美着机械的盲目性，它的无目的的蓦进性。当然，这不是从事于生产的智识阶级的心理。

（三）陷于机械的拜物主义（fetichismo）　在未来主义者，机械并不是为某种目的的手段，而本身是目的，是理想。这也不是自己从事于机械制造和运使的智识阶级者的心理。

从这些特点看来，未来主义明显地是反抗着过去的一切，而带着一种盲目性，浪漫性，英雄主义来理解新的事物的现代的小资产阶级的产物。它之所以会在产业落后的意大利萌生，并且在产业落后的俄罗斯繁荣，也是当然的事了。未来主义者歌唱着运动，但他们不了解那推动这运动的力和这运动所放在自己前面的对象；未来主义者们歌唱着机械，但他们不了解机械的目的和合理性，未来主义者们反对着学院文化的成为化石了的传统，但他们只作着一种个人主义的消极的反叛。他们在艺术上所起的革命，也只是外表的，只是站在旧世界中的对于旧的事物的毁坏和对于新的事物的茫然的憧憬，如此而已。他们并没有在那作为新的文化的基础的观念，新的生活，新的情感中去深深地探求他们的兴感。他们的兴感纯然是个人主义的。

从这里，我们明白了未来主义的发生是完全基于否定的精神的。马里奈谛之所以首唱未来主义，在最初不过是作为对于当时支配着意大利文坛的唯美主义的反动而出现罢了。只否定过去，而所谓未来者，却不过是偶然在心上浮现的一重幻影而已。一切旧的是已经死去了，一切琐碎的，平庸的都已被未来主义者所毫不顾惜地抛弃了；至于新的呢——他们在等待着新来接受，只要那新的是崇高，是暴乱，是刚打中了他们的理想的英雄事业。

未来主义者自始至终和政治密接地关联着，他们意识到政治的出路是生活的总出路，而他们是努力着生活的创造的。政治上的那一条出路呢？

这却是一个问题。然而在未来主义者们看来也不成其为问题的吧。只要是崇高，是暴乱，是英雄事业。于是，法西斯蒂的狂潮可以把意大利的未来主义者们卷去，而在俄罗斯呢，不用说，布尔塞维克的号角声是早已引起玛耶阔夫司基的共鸣了。单是这一个事实，就已经尽够向我们说明未来主义的阶级性。

因此，和对于机械一样，未来主义者们的对于革命的理解，也只是革命是伟大的，它的运动是有纪念碑的（monumental）性质，和它是破坏着一切的而已。由着马里奈谛从而来歌颂战争，赞扬法西斯蒂的这条道路，玛耶阔夫司基便来歌颂这完全异质的无产阶级的革命！

玛耶阔夫司基，从出身上看来，从他所过的生活上看来，是一个小有产者。他的父亲符拉齐米尔·龚思丹丁诺维契（Vladimir Constantinovich），是一个沙皇治下的山林官。他所受的教育和他的意识也是小资产阶级的。他爱好天文学，他在“蔷薇的灯”，“彷徨的人”，“给生存着的诸君”（都是咖啡馆名）里吟着他的诗歌（见《自传》）。他没有脱离现代人所有的一切的懦弱和无情地染着的现代的一切颓废的印迹（见《少共真理报》的“革命文学国际委员会”对于玛耶阔夫司基之死的宣言）。他之所以参加革命的斗争，拥护世界革命，做了革命的诗人和忠实的战士者，就因为他憎恶过去，他需要行动，而革命却能供给他那些在他觉得是可口的食料。于是《给革命的歌》，《我们的进行曲》，以及那名诗《一万五千万》等，便和革命的巨大的爆裂弹，群众的亘数世纪的呐喊一起，像尼阿加拉大瀑布（Niagara Falls）一样地震响出来了。从一九一九年到一九二〇年国内战争最猛烈的时代，他带着一种对于未来的世界的热烈的憧憬，画着宣传画，写着煽动诗，动员的口号，反对叛节和投降的檄文。他在革命中看到了几百万的活动着的群众，他歌唱这集团的行进的力学。但是，那集团生活的根底，运动的灵魂，是玛耶阔夫司基所没有正确地把握住的，也是他所不能正确地把握住的。

这里，我们可以注意到，在对于革命的观念的出发点上，玛耶阔夫司基已经走到一条歧异的道路上去，那条由大熊星把自己活活地领着到空中去的（见《我们的进行曲》），并且要在宇宙上涂上彩色（见《劳动诗人》）的，浪漫的，空想的，英雄主义的道路。当十月革命爆发出来的时候，他曾向自己这样地发问：我应不应该接受那革命。他的结论是如此：这在我是不成问题的。那是我的革命（见《自传》）。于是他便用他自己的方式接受了革命。显然，他对于革命的观念是个人主义的。

这样，玛耶阔夫司基和这现实的无产阶级的革命，在根本上已不互相投合。因此，这是必然的，革命在破坏的时期兴感起他的诗，而当这破坏的时期一过去，走上了建设的路的时期，他便会感到幻灭的苦痛，而他的诗也失去了生气（虽然他还写着，还写得很多），而且不为群众所接近了。于是，在这位诗人和其社会环境间，一种悲剧的不调和便会发生了。

大凡一个艺术家当和自己的周围的社会环境起了一种不调和的时候，艺术家往往走着两条道路：一是消极的道路，即退避到 Tour d' ivoire（象牙之塔）里去，讴歌着那与自己的社会环境离绝的梦想；一是积极的道路，即对于围绕着自己的社会环境，做着为自己的理想的血战。现在，革命的英雄的时代已终结，而走向平庸的持久的建设的路上去。现在，玛耶阔夫司基已分明地看见他所那样热烈地歌颂过的革命，只是一个现实的平凡的东西，则其失望是可想而知了。Nep（新经济政策）之现实，五年计划的施行，都不是他想象中的英雄事业。这些在他都是干燥的，像被他称为非骑士风的（unchivalrous），黏液质的（phlogmatic）美国一样地平凡。这时，玛耶阔夫司基应当处什么态度呢？他躲避到象牙之塔中去吗？他反对着自己的社会环境做着为自己的理想的血战吗？这些，在我们的有这样伟大的过去的玛耶阔夫司基，和无产阶级的国家苏维埃俄罗斯，都是不可能的。Bon gré，mal gré，他是被称为“无产阶级的大诗人”，“忠实的战士”。他不能辜负了这样的嘉誉，无论他的内心是怎样地失望与苦闷。于是，在玛耶阔夫司基的心里，现实的山丘（Sancho）试想来克制幻想的吉诃德（Don Quichotte）了。在最近试演《澡堂》一剧的时候，他曾这样说过：

——我认为自己是党的工作人员，我对于自己是接受了党的一切指示。倘使党告诉我说，我的某作品是不适合党的路线的，那么那些作品就可以不必付印。我是为党而工作的啊！

虽则下了这样的决心，但是他总不能克服他的个人主义的宇宙观的残余。他的英雄主义的，骑士风的意识，还时常从他的决心间漏网出来，而使无产阶级的大众难以接近他。这种隔离，他自己是深深地感到，而且想设法弥补的。在本年三月二十五日纪念他的二十年的作品的文学的晚会上，他曾经这样地自白过：

——我所愿意进行的工作，真是难于着手——就是工人讲堂和长诗接近的工作……

他看见群众渐渐地从他离开，而且还有些人对于他作不满的批评，所以他还说：

——……有些狗对我咬，而加我以某一些罪名，那些罪名，有些是我有的，有些是我没有的……为着不要听这些谩骂，我真想到什么地方去坐他两年。

但是，“到什么地方去坐他两年”在他是不可能的，他不愿意躲避，他还想作一次挣扎，他说：

——但是，我毕竟在第二天从这个悲观主义回头过来了，磨一磨拳头开始打吧，我决定自己是有权生存的，我是为着革命的革命作家，我不是背教者。

他要做一个为革命的革命作家，他不愿做一个背教者，但是他不惯和党的组织工作联接起来（他不是一个党员）。他只觉得他应该拥护那和无产阶级专政的路线符合的文学的路线，但他的在革命前染着的习惯还是很牢固，他以他自己的标准（！）去实现他所认为伟大的（！）决定和议决案，而没有从组织上去实现它的可能（这些都是他自己所说的话，见他的演讲《诗人与阶级》）。

在这里，我们是可以看到革命与未来主义这二者之间的矛盾和最尖端的表现了。革命，一种集团的行动，毫不容假借地要强迫排除了集团每一分子的内心所蕴藏着的个人主义的因素，并且几乎近于残酷地把各种英雄的理想来定罪；而未来主义，英雄主义的化身，个人主义在文学上的最后的转世，却还免不得在革命的强烈的压力之下作未意识到的蠢动。玛耶阔夫司基是一个未来主义者，是一个最缺乏可塑性（plasticity）的灵魂，是一个倔强的，唯我的，狂放的好汉，而又是——一个革命者！他想把个人主义的我熔解在集团的我之中而不可能。他将塑造革命呢，还是被革命塑造？这是仅有的两条出路，但决不是为玛耶阔夫司基而设的出路。他自己充分地意识到了这个，于是“没有出路”的他便不得不采取了他自己所

“不劝别人这样做的”方法，于是全世界听到了这样的一个不幸的消息——

——诗人符拉齐米尔·玛耶阔夫司基死了！

他，“未来”主义者的玛耶阔夫司基，是已经成为“过去”的了。他已经跟着那徘徊于“革命的盛大的交响乐”之前而毕竟不能领略此中的“神秘”的布洛克（Blok），跟着那正想拔脚向革命直进，而终于“另一只脚又滑倒了”的叶赛宁一起成为“过去”的了。在他成为过去了之后，整万的劳动者，红军，作家，群众等都来参加他的葬仪，而革命文学国际委员会又叫全世界的无产阶级不要把他忘记。像这样，苏维埃俄罗斯可说是已经适当地报答了自己的诗人了。——然而，未来的世界恐怕是不会像我们的诗人所企图的那样吧。玛耶阔夫司基及其未来主义及其诗歌，也将要像他本人所诅咒的普希金以至柴霍甫一样成为纪念碑的遗迹了吧。

一九三〇年五一节

（载《小说月报》第二十一卷第十二号，一九三〇年十二月）

一点意见

我觉得近来文艺创作，在量上固然没有前几年那样的多，现在质上都已较进步得多了。我们如果把那些所谓“成名”的作品，和现在一般的作品比较起来，我们便立刻可以看出前者是更薄弱、幼稚。“既成者”之所以“趋向凋谢”或竟沉默者，多是比较之下的必然趋势。他们恋着从前的地位，而他们仍然是从前的他们，于是，他们的悲剧便造成了。

其次，便是关于现今的作家。今日作家的创作，除了少数几个人之外，大家露着两个弱点。其一是生活的缺乏，因而他们的作品往往成为一种不真切的，好像是用纸糊出来的东西。他们和不知道无产阶级的生活同样，也不知道资产阶级的生活，然而他们偏要写着这两方面的东西，使人起一种反感。其二是技术上的幼稚。我觉得，现在有几位作家，简直须从识字造句从头来过。他们没有能力把一篇文字写得通顺，别的自然不用说起。

因此，我觉得中国的文艺创作如果要“踏入正常的轨道”，必须经过两条路：生活，技术的修养。

再者，我希望批评者先生们不要向任何人都要求在某一方面是正确的意识，这是不可能的，也是徒然的。

（载《北斗》第二卷第一期，一九三二年一月二十日）

“文新”第一周年的话

我没有看了几期，所以不能有什么意见。但我所看到的那几期，都给了我一个很好的印象。

四月廿八日

（载《文艺新闻》第五十三期，一九三二年五月二日）

阿耶拉

阿耶拉（Ramon Perez de Ayala）是西班牙当代的出众的小说家，同时也是诗人，批评家，散文家，是那踵接着被称为“九十八年代”的乌拿莫诺，阿索林，巴罗哈，伐列·英克朗等一群人的新系代中的不可一世的人物。他于一八八〇年生于阿斯都里亚斯（Asturias），现在还活着。在去年（一九三一年）西班牙革命以后，他出任为英国公使。虽则已是五十二岁的老人了，但是他底那种矍铄的精神，在行动上以及在著述上，是都足以使后生们都感到可畏的。

他底文学生活是从诗歌开始的。他一共出了三部诗集：《小径的和平》（Ld Paz del Sendero，一九〇四），《不可数的小径》（El Sendero Innumerable，一九一六），《浮动的小径》（ElSendero Andante，一九二一）。他的诗都是用旧的韵律和鲜明的思想（Ancho ritmo，clara idea）。早年的诗虽则颇受法国象征派诗人们，特别是法朗西思·耶麦底影响，但有时他底诗甚至比耶麦底更深刻点。

使他一跃而成为西班牙文坛的巨星，并成为世界的大作家的，是他底小说。《倍拉尔米诺和阿保洛纽》（Belarmino yApolonio），《蜜月苦月》（Luna de Miel Luna de Hiel），《乌尔巴诺和西蒙娜底操劳》（Los Trabajos de Urbanoy Simona），《黄老虎》（Tigre Juan）等书，都使他底世界的声誉一天天地增加起来，坚固起来。

从阿耶拉底著作中，我们可以看出两个特点。第一，是他底文章手法上的特点：他底微妙婉转的话术，他底丰富的用字范围，他底丰富，流畅，娇媚而又冷静的风格。其次，是他底那种尖锐，奸诡，辛辣而近于刻薄的天才（而它又是隐藏在他所聪敏地操纵着的迂回曲折的语言的魅力中的）。凭了这两种特点，接触了英国的“幽默”作家及他本国的诸大师，又生活在西班牙的那些奇异的人物——大学生，发明者，流氓，政客，教士，斗牛者等——的氛围气中，他的作品是当然就连法国的弗洛贝尔（如果他能看见）都要自愧不如的了。

《黎蒙家的没落》（La Caida de los Limones）是在一九一六年出版的题名为《泊洛美德奥》（Prometeo）的三个诗的中篇小说（Novelas poemáticas）中的一篇，是阿耶拉的杰作之一，颇足以代表他的全部的风格。这是一篇以 Casa de huéspedes（寄寓）底古典的描写开始的最残酷的故事，而阿耶拉又是带着那种不怕伤了读者的刁恶，热情和冷嘲讲出来的。

（载《现代》第一卷第一期，一九三二年五月）

望舒诗论

一、诗不能借重音乐，它应该去了音乐的成分。

二、诗不能借重绘画的长处。

三、单是美的字眼的组合不是诗的特点。

四、象征派的人们说："大自然是被淫过一千次的娼妇。"但是新的娼妇安知不会被淫过一万次。被淫的次数是没有关系的，我们要有新的淫具，新的淫法。

五、诗的韵律不在字的抑扬顿挫上，而在诗的情绪的抑扬顿挫上，即在诗情的程度上。

六、新诗最重要的是诗情上的 nuance 而不是字句上的 nuance。

七、韵和整齐的字句会妨碍诗情，或使诗情成为畸形的。倘把诗的情绪去适应呆滞的，表面的旧规律，就和把自己的足去穿别人的鞋子一样。愚劣的人们削足适履，比较聪明一点的人选择较合脚的鞋子，但是智者却为自己制最合自己的脚的鞋子。

八、诗不是某一个官感的享乐，而是全官感或超官感的东西。

九、新的诗应该有新的情绪和表现这情绪的形式。所谓形式，决非表面上的字的排列，也决非新的字眼的堆积。

十、不必一定拿新的事物来做题材（我不反对拿新的事物来做题材），旧的事物中也能找到新的诗情。

十一、旧的古典的应用是无可反对的，在它给予我们一个新情绪的时候。

十二、不应该有只是炫奇的装饰癖，那是不永存的。

十三、诗应该有自己的 originalité，但你须使它有 cosmopolité 性，两者不能缺一。

十四、诗是由真实经过想象而出来的，不单是真实，亦不单是想象。

十五、诗应当将自己的情绪表现出来，而使人感到一种东西，诗本身就像是一个生物，不是无生物。

十六、情绪不是用摄影机摄出来的，它应当用巧妙的笔触描出来。这种笔触又须是活的，千变万化的。

十七、只在用某一种文字写来，某一国人读了感到好的诗，实际上不是诗，那最多是文字的魔术。真的诗的好处不就是文字的长处。

《现代》编者缀言：戴望舒先生本来答应替这一期《现代》写一篇关于诗的理论文章，但终于因为他正急于赴法，无暇执笔。在他动身的前夜，我从他的随记手册中抄取了以上这些断片，以介绍给读者。想注意他的诗的读者，一定对于他这初次发表的诗论会得感受些好味道的。

（载《现代》第二卷第一期，一九三二年十一月
后收入诗集《望舒草》）

西班牙近代小说概观

一 前言

西班牙文学是在一个很早的时候就达到了成熟期的。在十六七世纪，那时候许多现存的文学都还在渐次的形成，而西万提斯（Cervantes），罗贝斯·德·委伽（Lopez de Vesa），和他们同时的人们的作品，却已经显然的达到了艺术上的完成。

可是，西班牙的近代文学，十九世纪的后半以至二十世纪初期的文学，却未必能在世界文学主潮中处一位推动者的地位。她并不能给别国的文学以影响；反之，她是被影响于别国文学的。虽然许多作品都能够保持着旧有的艺术上的优秀，但因流派的复杂，各人所努力的方面的偏仄，在文学史上便只完了局部的成就，没有造成一个像西万提斯的时代似的新的黄金时代。西班牙文学是在各个方面（流派）平均的，也可以说是散漫的发展着；没有一个时期，她是被一个中心的艺术思潮所控制，像别国的文学史的罗曼主义或写实主义的全盛时代那样。

许多文学史家都把一八六八年前后作为西班牙近代文学的开始的时期。在这时期以前，中古的罗曼风始终把西班牙文学的发展限制住，不让她踏进“近代”的门槛。一八六八年前后，这是一个在政治上空前混乱的时代。伊萨培尔女皇的推倒，第二次查理党的战争，阿马德乌（Amadeo）政变，民国几个月的总统，这五六年间所遭到的政治上的大变动，无疑的同时也变动了智识阶级的心。西班牙思潮是在这个时候开始脱离了封建的中古世式的传统，很顺利地接受着一切外来的思潮的输入，文学上的新见解，也跟政治的，社会的新的见解，由一些自由的思想家的提倡，而影响着全国的文学作品。可是这并不是一定说中古世式的罗曼风就此在文坛上绝迹；她依然存在，虽然有些批评家要认为是最后的存在，例如在阿拉尔公（Alarcon）的小说里，或是爱契伽拉伊（Echegaray）的戏曲里。她只是从统治的势力缩小为跟许多新的势力平行的存在着的一种倾向罢了。

在十九世纪末叶，自然主义的倾向当然也是颇占一种势力。自然主义导源于法国，它的流入西班牙，是经过一度不能不算是不重要的变种。热情的，主观的西班牙民族性，在本质上是不能把法国式的自然主义整个的接受了去的。西班牙人并不是不愿意接触而且研究现实，但他们缺乏那种纯粹是旁观式的冷静。西班牙的自然主义不能像别国的自然主义那样以社会多阶层的事象为广大的描写，他们是只限于每个作家所能以理性和感情同时接触到的局部。因这关系，同时还为了西班牙方言的不统一，自然主义的风气到西班牙便一变而为地方主义（Resionalism）的风气，这风气在十九世纪末叶差不多成为全国文坛上比较最占势力的流派。

二十世纪初期却来了一个抒情诗歌的全盛时代；自然，这又是依据于诗歌上的现代倾向的输入，小说方面的发展却反陷入一种停滞的状态。这种停滞状态一直到大战前后才开始恢复；于是，这次的恢复便在变化繁多的西班牙小说的流派上又加了许多新的倾向，一直到今日，还在继续发展之中。

因此，叙述西班牙近代小说不是一件可以依照了年代的进展而进行的工作，它是必须被当作一个平面似的来处置的。下面，我想努力把这些繁杂的流派，各以它们的代表作家，来作一个简明的述要。

二　地方主义的小说——贝雷达

在荷赛·马利里·德·贝雷达（Jose Moria de Pereda）的青年时代，那个曾经产生了吉诃德先生的国土的小说却正回复到了极幼稚的时期去。正当十九世纪中叶，过去的已成为过去，未来的却还是未来。西班牙的书业市场上所发售的小说，虽然不是没有，却类多外国小说的翻译，尤其是法国作家，如雨果，乔治·桑，仲马等人的作品，创作是极端稀少的。中古世的罗曼主义，是只在诗歌里维持它的生命，（那时候阿拉尔公的第一部小说还没有出世。）比较兴盛一点的国内文学，是戏剧。贝雷达开始以世界文学的批评家出现于文坛；以他的努力，在西班牙奠定了新的写实主义的基础。虽然他自己的作品，是比因他的推动而产生的加尔多思的作品出现得较迟，但是一直到一八六四年，他的Escenas Montanesas（《山居小景》）出世，西班牙才算主有了一个新的匠师。

山间是他的故乡；在毕生的作品里，能获得最大的成功的，也无过于描写他的故乡的风土的作品。自然，这种作品上的普遍性的缺乏，是多少限制着对于它们的理解的。不用说在西班牙之外的读者，即是在西班牙各大城市的居民，也难对那些作品里的生疏的人物发生亲切的感觉，但是，在那些有生长在山间的特权的人们看来，却无疑的会把它们列入十九世纪的最优秀的文学作品中去。在他以后的三十年不断的著作生活中，所能产生的值得重视的著作，差不多无有不是以他的故乡为背景；即令在并非以他的故乡为背景的作品里，最出色的几节，也无有不是写那些从他的故乡出来的人物的几段。

贝雷达是一个严格的写实家，在作品里绝不参加自己的思想和虚构。因此，他的作品往往没有严密的结构，因为实际生活本来是没有严密的结构的；可是这，也多少损害着它们的动人的力量吧。

三　加尔多思及其他写实作家

贝雷达多少是一个无视于他自己的时代的作家，培尼多·贝雷斯·加尔多思（Benito Perez Galdos）却是一开始写作就抓住了时代的精神的。在一八六八年革命前后写成的几部初期作品中，就已经尝试着把它们写成西班牙社会生活的记录的样子。他的毕生的雄图，是在写成他那部庞大无比Episodio Nacional（《国民生活插话》）。以几近四十年的努力，他是完成了共计五大集，四十六卷的书（一八七三～一九一二）。这样的成绩，在近代文学史上，也许除了左拉的“胡龚·马加尔丛书”之外，很难找出类似的例子了吧。

在这样丰富的产量里面，我们自然不能希望每一部都是极完备的著作；其中最受到一般赞美的，是Donâ Perfecta，Fortunata y Jacinta，Angel Guerra那几部。

加尔多思的作风，在早期是整个的被笼罩在自然主义的影响之下，时常陷于一种令人厌倦的详叙，在晚年却相反的时常运用了象征的和寓言的手法，使作品变得朦胧。可是这一切都并不妨碍他做西班牙近世最伟大的作家之一。他描写了西班牙都城里的各阶层的生活，暴露着他们的弱点，但不是辛辣的，却是用一种温厚的态度来处理。同时，他也并不抹杀了藏匿在那些生活之下的优美的方面，虽然这些优美的方面时常是比较少的。他永不关心于自己的文章，然而他的文章却是丰富，有力。他的人物是活的！《国民生活插话》差不多包含一千多个人物，这些人物中有好多都成为社会生活中的典型的描写。

除加尔多思之外，重要的写实家我们还可以举出巴赞夫人，伐尔代思，阿拉思，哥罗马，比公，马德欧，伊巴涅思诸人。

爱米里亚·巴尔多·巴赞伯爵夫人（Condesa Emilia PardoBazan）是一个方面极多的作家：举凡文学批评，散文，游记，讲义，剧本，传记，诗歌，民间故事，长短篇小说，她无所不写。要在这许多方面都有惊人的成就，实际上断乎不是一个人的生涯所能办到的。许多批评家都以为，她的这种雄心，是妨碍了她在加里西亚乡土小说方面的发展，因为无疑的，这是她生平所最擅长的一个方面。虽然这样，她对于故乡加里西亚，却多少也完成了系贝雷达对山间生活所完成的那种任务，即使在程度上不免有些差别。

巴赞的确表现得是不能估计自己的成就的作家，她永远怀疑，永远不满意于自己过去的作品；一有所成，便立刻梦想着新的征服。甚至在加尔多思的死使她毫无问题的处了西班牙最重要的小说家的地位的时候，她还这样问：“难道我真算成就了一些东西吗？”

严格的说，巴赞是自然主义的作家，可是她对自然主义反叛着。她在自己的一部作品里说起，自然主义的那种纯然科学的，而不掺入个人感情的观察法是不对的。她不喜欢左拉和斯丹达尔，但对于《人间喜剧》的作者却绝端的推崇。

因此，她自己的作品是，虽然缺乏像贝雷达那种精密的观察（这在巴赞，往往不是自然的）和详尽的叙述，但却有一种热烈的动人的力量，她善于用第一人称的写法，因为用这种写法，她可以多量的放一些感情进去。她的代表作 Los Pazos de Ulloa 就是一个很好的例子。

阿尔曼陀·帕拉西欧·伐尔代思（Armando PalacioValdes）是在他的成名作 Marta y Maria（《玛尔达和玛丽亚》）出世之前，就已经有了十二年的文学生涯的历史。他也是自然主义的作家；跟巴赞同样，他跟法国自然主义者的分别是在于他只写那种自己所经验过或感受的生活，因此，他的作品是更人性的，更自然的，更能够表现一个真实的人生图画的。他的富于诗意的作风，特别是女性心理描绘，都使他有别于一般自然主义作家的作品。

列奥波尔多·阿拉思（Leopoldo Alas）是一个法学教授，是一个重要的文学批评家，在小说一方面，他自己虽然是一个左拉的崇拜者，但他的作品却毋宁说是出于弗罗培尔的影响。他的杰作，A Regenta，是一部篇幅多至一千页以上的大著作；虽然因故事的松散使这作品缺乏一种戏剧的效果而蒙着相当损失，但是它辛辣的讽刺，大胆而有力的描写，却还是可以抓住读者的注意以维持全书的顶点的：有许多批评家，以为阿拉思的太丰富的理论的头脑，是损害他的小说家的才能的，他是在自己的世界观，自己的哲学未完全稳定之前，就把太多的哲学，太多的世界观放到了作品里去，而成为说理化，教训化的东西。这缺点，批评家的阿拉思自己也是感悟到的；但晚年的作品里，他是放弃了那种科学家式的说理而写实的手法，渐渐的成为思想主义的作家。

鲁意斯·哥罗马神父（Luis Coloma）是仅仅以一两部著作而获得西班牙重要小说家的地位的，他第一部作品 Pequeneces 出现的时候，年龄已经四十。批评家的阿拉思，是曾经称之为“颇有希望”的作家，而在他完成第二部小说的时候，那位“颇有希望”的作家已经到了六十的高龄了。虽然这样，这两部作品却是永远不会老去的，每一个时代都发现他的新读者。哥罗马不是一个艺术家，他是时常为着教训，为着描写的详尽，而牺牲着艺术的成分；他的教训，和他的当神父的职业极不调和，时常是辛辣而异端的。

哈辛多·奥克达维欧·比公（Jacinto Octavio Picon）是一个用最学院式的文字来写自然主义的作品的作家，他在文学方面，一直以新的古典主义的大师伐莱拉为宗。因此，他的作品是没有那种自然主义作家所惯有的粗拙和累赘的语法的毛病，他的作品常是清楚，合理，匀称。因这原故，他是和大部分西班牙写实家相反，不以偏僻的地带为描写背景，他是写了西班牙的都城马德里。同时也许正因为这原故，他的作品在国外是不能博得任何注意的，因为西班牙小说之在世界文学中的地位，是正由于不易被人理解的特殊性，而不是由于任何人都能理解的普遍性；同时，文学方面无论优点和劣点，却都是可以因翻译而掩抹了去的。

在西班牙的优秀小说家之中，最被一般所忽略了的是荷赛·马利亚·马德欧（Jose Maria Matheu）。他的作品是平静而隽永，跟需要刺激和奇迹的现代趣味是绝不相容。但有许多作家，如路木·达里欧（Rubeu Dorio）和阿左林（Azorin）却是把他的评价，放在一切西班牙小说家之上的。他描写都市，同时也描写故乡阿拉恭；无疑的，在以后者为背景的作品上，他是获得了最大的成功。他从不取任何严重的题材，而描写刻画着那些恬淡而平凡的生活；这样的特征使他不能成为一时代的崇拜的中心，而只在无声无臭之中悄悄的培植着他的虽小而绝端精雅的园地。

跟马德欧相反，维森德·勃拉思戈·伊巴涅思（Vicente Blasco Ibanez）却是西班牙作家最早博得世界声誉的一个。在早年，正当左拉的影响在西班牙风靡一时的时代，他是无疑的也跟着一时的风尚写作。一个极端勤勉的作家，辛苦，刻意求工，充满了健康的生命力。他的全部作品是可以分成两种：一种是仍然寄寓着作者个人的写实作品，一种是完全用冷淡的旁观态度写成的自然主义的作品，无疑的，那后面一种在作者是更多的辛苦，而对读者是沉闷。伊巴涅思有一种可以令人钦佩的观察和探访的耐心，他所描写的范围是非常的广大，人物是非常的多样；但是一个读者，他是宁愿向别一些书里去发现智识的来源，而不会向一个小说家去要求社会状况的报告统计材料的，作为艺术家伊巴涅思的地位，是建立在他的记述自身经验的作品上。

四　新古典主义的匠师——伐莱拉

严格地讲，黄·伐莱拉（Juan Valera）是一个应该拒绝任何类别的作家。他也常以他的故乡安达路西亚为描写对象，但地方色彩的浅薄使他不能列入地方主义作家之群，例如某种程度的写实作家，但他的人物却多出于作者的幻想。可是，一般的说，他的作风是直接的导源于西万提斯的时代，因此，便有许多批评家都乐于拿新的古典主义这称号加到这些实际上是无可归类的作品上去。

在一部著作的序文里，伐莱拉曾经说了这样的话："一部美丽的小说应该是诗歌，而不是历史，这就是说，它不能把事物描写得像原来的形状一样，它应该把事物描写得比原来更美丽一点。"因此，他的人物，大都是超现实的；在阅读作品的时候，他们给予人一种无比的愉快，但在过后，却很少能在记忆里存留。伐莱拉的作品中叫人怀念的成分，决不是在人物方面，而是在整部作品的调和，修练，精致等等艺术的完美方面。

假如把伐莱拉只当做一个散文家，那么他的 Las Ilusionesdel Doctor Faustino（《福斯谛诺博士的幻觉》）便无疑是最优秀的作品。

跟伐莱拉同样是安达路西亚人，同样是文学上的形式和修辞的爱好者，虽然年代是较迟，但无疑可以归入同一类别的作家，是里加多·莱洪(Ricardo Leon)。思想上是一个守旧派，虔诚于宗教，自然在艺术上是偏受着那种传统的规律。他认为艺术并不就是生活，而是个人对生活的一种解释；艺术是选择，而正当的选择又必须基于从古典教育得来的好的玩味。显然的，他是比他的前驱者伐莱拉更坦白的主张传统的文学。当世的批评家对于这样一位作家的成功，是给予了许多的非难，以为他仅仅是一个西班牙古典文学的没有生命的模仿者。

五　罗曼主义的再生草——阿拉尔公

贝特罗·安多尼欧·德·阿拉尔公（Pedro Antonio deAlarcon）是一般的被认为西班牙文学史上在地方主义文学风靡一时的时代后的罗曼作家，这位美丽而绝非现实的故事的作者，自己也曾经一时悔恨着那些早年作品，以致把最有精力的年龄（从三十到四十）在沉默中虚度，可是他在四十以后几部著作，却依然显得同样的非现实而且美丽。他的成功是自己也料不到的，这才使他有胆量向自己所长的方面进行去。

阿拉尔公有极活泼的描写手段，他的作品是能够从头就把你的注意抓住，永不放手。他绝不在作品的严肃的方面，思想，布局等等，下许多功夫；他只是说了那个幻想的故事，谈得有趣，如此而已。无论怎样严格的文学理论，对阿拉尔公总是无所施技的。

六　叛逆的小说家巴罗哈

一个异端的作家，虚无主义的作家，比奥·巴罗哈（PioBoroja），是在本质上是一个极端好动的人，但环境却使他过着极度安静的生活。他的动，是表现在他的作品里。他的英雄查拉加音，西班牙的巴札各夫，是极端好动的，他的困难是他的精力和勇气的源流。但一朝克服了这些困难的时候，他是感觉到没有事情可以做了。“我要替自己创造一些新的困难出来。”他这样声言。无疑的，这是比奥·巴罗哈自己在这样说着，他的破坏的狂热是永不休止的；可是这些破坏热是他的真实：他是诚恳的人。

时常选择着那些被上流社会所践踏的人们——乞丐，小丑，流浪汉，盗贼，娼妓，私贩，以至于企图谋害国王的安那其主义者——做他的描写对象，巴罗哈却并没有为这些人给予了他的同情。他的选择他们，仅仅是当做对现存社会的一个威胁，一个捣乱，一个用来破坏旁的东西的工具而已。

在艺术上也是绝对的叛徒，巴罗哈并不顾到修辞，他的文字是大胆，粗糙，随心所欲；他甚至不顾到故事的连续，在一部以古罗马为对象的作品，他是毫不为意的把罗马放到了一个近代的背景里去，因为仔细的观察古代的生活习惯的耐性，他是没有的，而且在他认为是绝对不需要的。有些批评家以为，这种写作上的倔强态度，也仅仅是表明他的破坏狂的一端而已；他并不是来不及顾到，而是故意；在一些较平静的作品，他的艺术上的精练还是达到了惊人的程度。

当批评家们非难着他的打电报式的文字，而宣称他是一个“非文学的文学作品”的代表的时候，巴罗哈宣称他并不是什么文学者。他没有任何文学倾向的痕迹。有时候极度的忠实现实，有时候极度幻想，以致流于神秘，使人无从理解；不但在他的全体作品里，甚至在一部单独的作品之中，这许多矛盾的要素也会因他的神奇的笔而得到一个神奇的调和。他是一个个性的作家，是一个拒绝任何类别或艺术的分析的作家。

七　近代倾向的创始者——伐列英克朗

被一般所认为文学上的近代倾向的创始者的拉蒙·马利亚·德尔·伐列英克朗（Ramon Maria Del Valle - Inclan），在本质上是一个诗人。他的作品是不多的，但每一篇都是惨淡经营的作品，人们并不能发现那些作品里的雕琢的痕迹，作者是把这些痕迹也用更多的苦心巧妙的掩饰了过去。从来不采用重大的题材，他在个性上是没有这种对大物件的感受力；他所注意的只是那些极度细微的，充满了诗恋的东西！想在这些作品里面找寻大的 Sensation 的人们是无疑会失望的。

在散文著作中，伐列英克朗永没有发现过一种好的设计（plot），但他时常能够创造出一种浓郁的空气来，把平凡化为动人，把那些本来是零星的饰花巧妙的组成了浑成的花园。

八　阿耶拉的心理小说

以诗人开始他的文学生活，拉蒙·贝雷斯·德·阿耶拉（Ramon Perez de Ayala）跟伐列英克朗正相反，在他的成功的小说上是完全的脱离了诗歌的气氛，虽然在小说方面的成功是比较的迟，但仅仅只五十多岁的年龄是不能让人轻易把他的文字生活结算起来的。这是一个在艺术上永不自己满足的作家：每一次都渴望着更高的成功。

写实主义在近世文学上的发展，是有着两条不同的道路，一是发挥到更广泛的领域，即描写社会的全景，而成为自然主义，另一条路是透入到人性的更深奥的地方去，这就成为心理小说。阿耶拉的写实主义是走着后一条道路的。阿耶拉有处置他的人物的特殊才能，每一个都是活的，而在他的代表作 Belarmino yApolonio（《培拉尔米诺和阿波罗尼欧》）里面，不但那几个主要的人物，即便是极不重要的配角，都无有不刻画入微。这部作品是曾经被推尊为《吉诃德先生》以来的最伟大的小说的。

九　后语

我们在这里没有可能把另一些也许是同样重要的作家，如同 Unamuno，Azorin，Miro，Serna 等人完全的叙述进去；至于次要的作家，则更是来不及提到。不过各流派的代表，却大致的在前面齐备了，详细的叙述，是只能有待于旁的机会了。

（载《矛盾》第二卷第五期，一九三四年一月）

梅里美小传

泊洛思彼尔·梅里美（Prosper Mérimée）于一千八百零三年九月二十八日生于巴黎。他的父亲约翰·法杭刷·莱奥诺尔·梅里美（Jean－Franeois－Léonor－Mérimée）是一个才气平庸的画家和艺术史家；他的母亲安娜·毛荷（Anna Moreau）也是一位画家。

在这艺术家，同时又是中流阶级者的环境中，是没有感伤成分的，只有明了、良知和某种干燥的冷淡。在那再现着古典的，正确的，遒劲的，规则的图画的画室中，眼睛是惯于正确地观察事物，手是惯于切实地落笔挥毫，所以，在这环境当中长大起来的梅里美，便惯于正确地思想了。

幼年的梅里美，是没有什么出人头地的地方，他是一个少年老成的孩子。从一千八百十一年起，他进了亨利四世学校，在学校里引起他同学的注意的，只是他衣服穿得很精致（这是他母亲的倾向），英文说得很流利而已。因为他的父亲——他和许多英国的艺术家如霍尔克洛甫特（Holcroft），诺尔柯特（Northcote），威廉·海士里特（William Hazlitt）等人都是老朋友——在他很小的时候就教他读英文。他真正的教育，我们可以说是从他的父母那儿得来的。

因此，他很早便显出修饰癖和英国癖：这便是梅里美的持久的特点。

在十八岁时（一八二〇年），他离开了中学。他对于绘画颇有点天才，可是他的在艺术上没有什么大成就的父亲，却劝他不要习画，于是他便去学法律。他毫无兴味地没精打采地读了五年法律，他的时间大都是消磨在个人的读书和工作上，他同时学习着希腊文、西班牙文和英文。他很熟悉赛尔房提斯（Cervantes）、洛贝·代·凡加（Lope de Vega）、加尔代龙

（Calderon）和莎士比亚。他背得出拜伦（Byron）的《东荒》（Don Juan）。同时，他还研究着神学，兵法，建筑学，考铭学，古泉学，魔术和烹调术。他什么都研究到。

但是他的知识欲也并不是没有限制的。在梅里美，只有具体是存在的。纯哲学和纯理学他是不去过问的。他厌恶一切空泛的东西。他只注重客观的世界。他可以说是一个古物学家和年代史家：他以后的著作，全包括在这两辞之中。

他也憎厌一切情感的，纯粹抒情的，忧伤的诗情的东西。当然，他是读着何仙（Ossian）和拜伦。但是，他在“芬加尔之子”的歌中所赏识的，是加爱尔（Gaëls）的文化的色彩，而《东荒》在他看来，也只是一种智慧的讽刺和活动的故事而已。

自一八二〇年至一八二五年，他和巴黎的文人交游，他往来于许多“客厅”之间。他认识了缪赛（Alfred de Musset），斯当达尔（Stendhal 即 Henri Beyle 的笔名），圣·佩韦（SainteBeuve），古崭（Viotor Cousin），昂拜尔（J. J. Ampère），吉合尔（Gérard），特拉阔（Delacraix）等文士和艺术家。他特别和斯当达尔要好，因为，据朗松（Lanson）说：“他们两人气味相投，憎恶相共。他们两人都爱推翻中流阶级的道德；他们两人都是冷淡无情的，都是观察者；他们嘲笑着浪漫的热兴；他们两人都有心理学的气质。”那时斯当达尔比梅里美大二十岁，已经以《合西纳和莎士比亚》和《恋爱论》得名了。他使他这位青年的朋友受了很大的影响。

一千八百二十四年是浪漫派战争爆发的一年。梅里美倾向哪一方面去呢？倾向古典派呢，还是浪漫派？他是青年人，所以，他便应当归浪漫派。然而他却忍耐而缄默着。一切的激昂都使他生厌。他赞成原则而反对狂论。他加入了浪漫派的战线，他先做了一篇散文的诗剧《战斗》（Bataille），完全是受的拜伦的影响，接着又在一天星期日在 Debats 报的文学批评者德莱克吕士（Delecluze）家里宣读他的莎士比亚式的诗剧《克朗威尔》（Cromwell）。这诗剧现在一行也没有遗传下来，我们所知道的，只是那是越了一切古典的程式规范的而已。最后又在 Globe 报上发表了四篇关于西班牙戏曲艺术的论文（一八二四年九月间）。

不久，他做了五篇浪漫的戏曲，假充是从一个西班牙戏曲家 Clara Gazul 那儿译过来的。其中有一篇《在丹麦的西班牙人》（Les Espagnols en Danemark），是很不错的，其余的却只是胡闹。他还假造了 Clara Gazul 的传记，注译等等。这种假造是被人很容易地揭穿了。除了一切青年文士的推崇外，这部书并没有什么大成就。只有一位批评家——梅里美的朋友昂拜尔捧他，说“我们有一个法兰西的莎士比亚了”！

在一千八百二十七年，他又造了一件假货。一本书出来了，是在斯特拉斯堡（Strasbourg）印的，里面包含二十八首歌，题名为《单弦琴或伊力里亚诗选》(La Guzla au choix de Poésies Illyriques)，说是一个侨寓在法国的意大利人翻译的。当然，里面还包含许多的关于语言学的研究，一篇关于巴尔干的民俗的论文，和一篇关于原著者的研究。

实际上，这本“单弦琴”从头至尾是梅里美做的。他在这本书的第二版（一八四二）的序文上自己也源源本本地讲出来了。

那时，这位法国的莎士比亚和他的批评家昂拜尔想到意大利和阿特阿特克海岸去旅行。什么都不成问题，成问题的只是钱。于是他们想一个妙法，便是先写一本旅行记，弄到了钱作旅费，然后去看看他们有没有描写错。为了这件事，梅里美不得不去翻书抄书。可是出版之后，却没有卖了几本，这可叫梅里美大失所望。可是歌德却上了他一个当，把这部书大大地称赏了一番。

在一千八百二十八年他发表了一本 La Jaquerie。这是一种用历史上的题材做的戏曲，但是似乎太散漫了。

此书出版后，梅里美便到英国去了。在英国（一八二八年四月至十一月)，他认识了将来英国自由党的总秘书爱里思（Ellice）和青年律师沙东·夏泊（Sutton Sbarpe)。后者是一个伦敦的荡子，后来做了梅里美在巴黎的酒肉朋友。

在他的远游中，出了一本 Eamille de Carvaial（一八二八)，依然是一本无足重轻的东西。

回国后，他发表了两篇西班牙风味的短剧 Carrosse duSaint - Saereman（一八二九年六月）和 Oceasion（一八二九年十二月)。这两篇编入当时再版的 Clara Gazul 戏曲集中，在全书中可以算是最好的了。

同年，Chronique du temps de CharlesⅨ出版了（后来梅里美把 temps 改为 règne)。这是梅里美显出自己的长处来的第一本书，里面包含着一列连续的，但是也可以说独立的短篇故事。正如以前的戏曲 La Jaquerie 一样，原是借旧材料写的，但是艺术手腕却异常地高。这部书在当时很轰动一时，我们可以说是像英国的施各德（Walte Scott)，但比施各德还紧凑精致。

在一八二九年，他还在《两世界》杂志上发表了他的独立的短篇小说：马代奥·法尔高纳（Mateo Falcone）《炮台之袭取》（L' Enlèvement de la redoute），《查理十一世的幻觉》（LaVision de Charles XI），《达曼果》（Tamango）和《托莱陀的珍珠》（La Perle de Tolède），都是简洁精致，可算是短篇中的杰作。

在经过最初的摸索之后，梅里美便渐渐地使他的艺术手腕达于圆熟之境了。他从沙维艾·德·美斯特尔（Xavier de Maistre），第德罗（Diderot），赛尔房提斯（Cervantes）学到了把一件作品范在一个紧凑的框子里，又在这框子里使人物活动的艺术，他从浪漫派诸人那里采取了把作品涂上色彩，又把人物生龙活虎地显出来的方法，他从那由斯当达尔领头的文社那儿理会到正确、简洁的手法。他集合众人的长处而造成了他自己个人的美学。

在一千八百三十年，他旅行到西班牙去。在旅行中，他在《巴黎》杂志上发表了五封通信，那是他在马德里和伐朗西亚写的。在这次旅行他所做的许多韵事中，他可能地认识了那位他后来借来做《珈尔曼》的主角的吉卜赛女子。但他也认识了好些显贵的人们，他和德·戴巴（后名德·蒙谛约）伯爵夫妇做了朋友，他抱过那后来成为法国的皇后的他们的四岁的小女儿。

正在他的旅行期中，法国起了一次革命。当他回国的时候，他便毫不费力地加入胜利者一方面了。他与勃劳季尔家（Brogile）和阿尔古伯爵（Comte d' Argout）有亲友关系，因而进了国务院。他在那里过了三年的放荡生活，什么事也不干，尽管是玩。据他自己说："在那个时候，我是一个极大的无赖子。"直到和乔治·桑发生了一度短促而"可恨"的关系后，他才放弃了那种无聊生活，而回到文学中，写了一篇 Double Méprise（一八三三，九月）。

在一千八百三十五年，梅里美被任为历史古迹总监察。从那时起，他便埋头用功读书，对于理论和纯粹批评的著作得了一种兴味。他异常忙碌，要工作，要做报告，因而文学便只能算是消遣品了。他的职务使他每年不得不离开巴黎几个月。他四处都走到，从而收集了许多材料。这些札记或印象，梅里美并未全用在他所发表的作品上，大部分都可以在他和友人的通讯上找到。

从一千八百三十五年到一千八百四十年这五年中，梅里美是一心专注在他的新事业上，他的唯一的文学作品（但也还是染着他的古学的研究的色彩的），便是他自己认为杰作的 Vénusdel' Ille。在一千八百三十九年和一千八百四十年，他游历意大利、西班牙（这是第二次了）和高尔斯。

这次游历的印象的第一个结果，便是《高龙芭》。这是他在周游过高尔斯回来之后起草的。在这本书里，我们可以看到梅里美的艺术手腕已到了它的最高点。他的一切的长处都凝聚在这本书里：文体的简洁和娴雅，布局的周密和紧凑，描写的遒劲和正确，人物的个性和活跃，对话的机智和自然，在不断的冲突中的心理的分析的细腻，地方色彩的浓厚和鲜明。所以，虽则梅里美自己说 Vénus de l' Ille 是他的杰作，但大部分的批评家却都推举这一部《高龙芭》。(《高龙芭》里的女主角高龙芭，并非完全是由梅里美创造出来的，那是实有其人的，梅里美不过将她想象化了一点而已。)

意大利的旅行和罗马艺术的研究，引起了他对于古代的兴味。在一千八百四十一年，他发表了两篇罗马史的研究：《社会战争》(La Guerre Sociale）和《加谛里拿的谋反》（La Conjurationde Catilina)。在一八四二年，他一直旅行到希腊、土耳其、小亚细亚。回到巴黎后，他发表了他的《雅典古迹的研究》(一八四二)，几月之后，又发表了他的《中世纪的建筑》。

一千八百四十三年十二月十八日，法国国家学院选他为会员（这是由于他的《高龙芭》)。这时梅里美不知怎地又写了一篇小说：Arsène Guillot。但是这本书却颇受人非难。第二年，《珈尔曼》出来了，这是一本一般人很爱读的书，但是，正确地说起来，是比不上《高龙芭》和 Arsène Guillot 的。

在四十三岁的时候，发表了他的《何般教士》(l' AbbeAubain）(一八四六）后，他忽然抛开了他的理想的著作了。他以后整整有二十年一篇小说也没有写。

从一八四六年至一八五二年这七年间，他写了《侗·贝特尔第一的历史》(Histoire de Don Pèdre ler)，他研究俄国文学，他介绍普希金（Poushkin)，哥果尔（Gogol)，并翻译他们的作品，他研究，他作批评文，他旅行。在一千八百五十二年的时候，他丧了他的慈母——这在他是一个大打击，那时候，他已快五十岁了，他身体也渐趋衰弱了。可是在一千八百五十三年，拿破仑三世和梅里美旧友德·蒙谛约伯爵夫人的女儿结了婚。那个他从前曾经提携过的四岁的小女孩，现在便做了法国的皇后了。大婚后五月，梅里美便进了元老院。于是我们的这位小说家，便成为宫中的一个重要角色了。他过度着锦衣足食的生涯，然而他却并不忘了他的著述，那时如果他不在他的巴黎李勒路（Rue deLille）的住宅里，不在宫里，他便是在继续的旅行中：有时在瑞士，有时在西班牙，有时又在伦敦。

在一千八百五十六年，他到过苏格兰；几月之后，他淹留在罗若纳（Lausanne）；一千八百五十八年，他继续地在艾克斯（Aix），在伦敦，在枫丹白露（Fontainebleau），在意大利。在一千八百六十二年，他出席伦敦的博览会审查会；他受拿破仑三世之托办些外交上的事件。

在这种活跃之下，梅里美渐渐地为一种疲倦侵袭了。他感到生涯已快到尽头；自从他不能"为什么人写点东西"以来，他已变成"十分真正的不幸了"。接着疾病又来侵袭他。为了养病，他不得不时常到南方的加纳（Cannes）去，由他母亲的两个旧友爱佛思夫人（Mrs. Evers）和赖登姑娘（Miss Lagden）照料着他。

守了二十年的沉默，在一千八百六十六年，梅里美又提起笔来写他的小说了。可是重新提起他的小说家的笔来的时候，我们的《高龙芭》、《珈尔曼》的作者，却发现他的笔已经锈了。

《青房》（La Chambre bleue，一八六六）和《洛季斯》（Lokis，一八六六）都是远不及他以前的作品。不但没有进展，他的艺术是退化了。

另一方面，他的病也日见沉重。在一千八百七十年九月八日他被人扶持到加纳，十五天之后，九月二十三日，他便突然与世长辞，在临死前他皈依了新教，这是使他的朋友大为惊异的。他的遗骸葬在加纳的公墓里。

（原载《高龙芭》［梅里美著，戴望舒译］
上海中华书局，一九三五年二月印行）

保尔·蒲尔惹评传

保尔·蒲尔惹（Paul Bourget）于一千八百五十二年九月二日生于法国索麦州（Somme）之阿绵县（Amiens），为法兰西现存大小说家之一。虽则跟随着他的年龄，跟随着时代，他的作品也已渐渐地老去了，褪色了，但他还凭着他的矍铄的精神，老当益壮的态度，在最近几年给我们看了他的新作。他的这些近作固然不值得我们来大书特书，但是他的过去的光荣，他在法兰西现代文学史上的地位，却是怎样也不能动摇的。

他的家世是和他的《弟子》的主人公洛贝·格勒鲁的家世有点仿佛。他的父亲于斯丹·蒲尔惹（Justin Bourget）是理学士，他的祖父是土木工程师，他的曾祖是农人。在母系方面，他的母亲是和德国毗邻的洛兰州（Lorraine）人，血脉中显然有着德国的血统。这些对于蒲尔惹有怎样的影响，我们可以从《弟子》第四章《一个现代青年的自白》第一节“我的遗传”中看到详细的解释。

在他出世的时候，他的父亲是在索麦的中学校里做数学教员，以后接连地迁任到斯特拉斯堡（Strasbourg），格莱蒙·费朗（Clermont - Ferrand），而在那里做了理科大学的教授。蒲尔惹的教育，便是在格莱蒙开始的。《弟子》的《一个现代青年的自白》中所说的“他利用了山川的风景来对我解释地球的变迁，他从那里毫不费力地明白晓畅地说到拉伯拉思的关于星云的假定说，于是我便在想象中清楚地看见了那从冒火焰的核心中跳出来，从那自转着的灼热的太阳中跳出来的行星的赤焰。那些美丽的夏夜的天空，在我这十岁的孩子眼中变成了一幅天文图；他向我讲解着，于是我便辨识了那科学知道其容积、地位和构成金属的一切，可望而不可即的惊人的宇宙。他教我搜集在一本标本册中的花，我在他指导之下用一个小铁锤打碎的石子，我所饲养或钉起来的昆虫，这些他都对我一一加以仔细解释”等语，正就是蒲尔惹的“夫子自道”。此后，因为他的父亲到巴黎去做圣芭尔勃中学（Collège SainteBarbe）的校长的缘故，他便也转到这个中学去读书。这是一个和法国文艺界很有关系的中学，有许多作家都是出身于这个中学的。在这个中学，他开始对于文学感到兴趣。就在这个时期，在一千八百七十年，普法战争爆发了。这对于他以后的文学生活很有影响的，而以后的他的杰作《弟子》，便在这个时期酝酿着了。在《弟子》的序言《致一个青年》中，他便这样地对青年说：

> 是的，他（指著者）想着，而且，这也不是一朝一夕的事，自从你开始读书识字的时候起，自从我们这些行将四十岁的人，当时在那巴黎的炮火声中涂抹着我们最初的诗和我们的第一页散文的时候起，我们早就想到你们了。在那个时代，在我们同寝室的学生之间，是并不快乐的。我们之中的年长者刚出发去打仗，而我们这些不得不留在学校里的人，在那些冷清清只剩了一半学生的课堂里，觉得有一个复兴国家的重大的责任，压在我们身上。

在一八七二年，他得到了文学士学位，便入巴黎大学专攻希腊语言学。在这个时期，他决意地开始他的文学生活了。

正如差不多一切的文人一样，他的文学生活是从诗歌开始的。他最初的作品便是在缪赛（Alfred de Musset），波特莱尔（Charles Baudelaire）以及当时（一八七五年顷）法国对于英国湖畔诗人的观念等的影响之下的几卷诗集：《海边》(Au bord de lamer)，《不安的生活》(la vie inquiète)，《爱代尔》（Édel），《自白》（les Aveux）。这些诗集，以诗歌的价值来说，是并不很高的，它们的更大的价值是在心理学上。在这些诗集里，蒲尔惹竭力把他对于拜伦和巴尔倍·陀雷维里（Barbey d’ Aurevilly）的景仰，和他的应用在近代生活上的细腻的分析的个人趣味联合在一起。那头两部诗集的题名，《海边》和《不安的生活》，就已很明白地表现出这个二重性，表现出他的在最矫饰的上流社会下面发现了一个深切的心理学的基础的愿望。因为在他的心头统治着的是心智的力，知识的热情，所以诗是和他不大相宜的。他是戴纳（Taine）和富斯代尔·德·古朗什（Fustel de Coulanges）的弟子；可是在很早的时候起，一切的思想潮流都已涌进他的梦想者和好奇者的心灵里了。在他看来，哲学与医学是和政治与历史一样地有兴趣，而在他的一生之中，对于人类的智识的最不同的倾向，他又怀着极大的关心。最和他的分析的禀性相合的艺术形式是小说，——他的第三部诗集《爱代尔》就差不多就是小说了——但是他并没有立刻取这个形式。

在写他的小说以前，蒲尔惹先发表了他的《现代心理论集》（一八八三）。这是当时批评界的一个极好的收获。在这本书中，他对于法兰西的诸重要作家，如波德莱尔，勒囊（Renan），弗洛贝尔（Flaubert），斯当达尔（Stendhal），戴纳，小仲马（Dumasfils），勒龚特·德·李勒（Leconte de Lisle），龚果尔兄弟（Edmond et Jules Concout）等，都有新的估价和独到的见解。这部书，以及以后的《批评与理论集》（二卷，一九一二）和《批评与理论集》（一九二二）表现着他的批评观念的演进。从他的最初的论文起，他就对于当代青年的这些大师决定了他自己的态度，在研究着他们的时候，他用那在他心头起着作用，互相抵触着或符合着而决定了他的发展的曲线的三个主要的影响确定他自己的立脚点：代表着心灵的不安和神秘的倾向的波特莱尔，心理分析的先驱斯当达尔，以及实验主义的大师戴纳。但和他们不同之处，是他并不从这立脚点前进而后退了。他渐渐地退到传统的，保守的，天主教的路上去。在他的《批评与理论集》的那篇《献给茹尔·勒麦特尔》（Jules Lemaitre）的序上，他这样地记着他的演进之迹：

> 这本书对于你会颇有兴趣：这里画着一条和你所经过的思想的曲线很类似的思想的曲线。我们两人都是在大革命的氛围气质之中长大起来的，可是我们两人却都达到了很会使我们的教授们惊诧的传统的结论。

他终于找到了那最适宜于他的性格的艺术的形式了。他开始写小说了。在他的最初的几部小说，如《残酷的谜》（CruelleEnigme 一八八五），《一件恋爱的犯罪》（Uncrime d’ amour 一八八六），《谎》（MenSonges 一八八七）等中，他只在找寻着他的个人表现。他在他的诗歌中和论文中所不能充分地表现出来的心理分析精神，便开始在小说中大大地发展出来了。在这些小说之中，心理学者和诗人的才能同时地表现了出来。这些小说出版的时候，很受到自然主义者的不满的批评，因为这些小说中的人物大都是取诸上流社会的，而当时的自然主义者们却几乎不承认上流社会的存在。蒲尔惹是致力于描摹现实的各面的，他认为“上流社会”的研究亦是在小说家的努力的范围中的。他之所以选了上流社会，却也有一个理由，因为他觉得上流社会中的人物不大有物质的挂虑，职业的牵累，情感是格外奔放一点，分析起来是格外顺手一点。他的许多长篇小说，如《昂德莱·高尔奈里思》（André Cornelis 一八八七），《妇人的心》（Un coeur de femme 一八九〇），《高斯莫保里思》（Cosmopolis 一八九三），《一个悲剧的恋爱故事》（Une idylle tragique 一八九六），中篇小说如《复始》（Recommencements 一八九七），《感情的错综》（Complications Sentimentales 一八九八），《心的曲折》（Les détours du coeur 一九〇八）等等，都是分析情感的作品。

可是在一千八百八十九年，那部在文学界上同时在他自己的著作间划时代的《弟子》（Le Disciple）出世了。这部小说出来以后，他也就决然地走出了他的摸索时期。它显示出了蒲尔惹的更广大的专注。从此以后，他不只是一个心理小说家，而是一个提出了著者的精神上的责任问题的道德家了。这种道德家的严重的口气，我们是可以从那篇作为序文的《致一个青年》中看得出来的：

> 在〔我们这些做你的长兄的人们〕那些著作中所碰到的回答，是和你的精神生活有点利害关系，和你的灵魂有点利害关系的；——你的精神生活，正就是法兰西的精神生活，你的灵魂，就是它的灵魂。二十年之后，你和你的弟兄们将把这个老旧的国家——我们的公共的母亲——的命脉，抓在掌握之中。你们将成为这国家的本身。那时，在我们的著作中，你将采得点什么，你们将采得点什么？想到了这件事的时候，凡是正直的文士——不论他是如何地无足重轻——就没有一个会不因为自己所负的责任之重大而战战兢兢着的……

在这部书出来的时候，是很引起过一番论争的。的确，这部书是有着它的重大性。它统制着蒲尔惹的思想之分歧，结束了二十年以来在蒲尔惹心头占着优势的各种观念。宣布了那从此以后将取得优势的观念：这是蒲尔惹个人一方面的意义。而在社会一方面的意义是：它越了纯粹艺术的圈子，提出了艺术家对于社会责任的问题，更广泛一点地说，提出了个人生活对于社会生活这个主要的问题。从此以后，他把作品的社会价值看得比艺术价值更高了。从前，他可以说是一个为艺术而艺术的小说家，而现在他却是一位把小说作为工具，作为一种教训的手段的作者了。

的确，他提出了个人生活对于社会生活这个主要的问题，并因此而引起了道德的，宗教的，社会的诸问题。但对于这些问题，他只用了天主教的和保守派的理论去回答。《弟子》是用了巴斯加尔的《基督之神秘》中的这句表面上是假设之辞，而实际上却表现着一个宗教的信仰的话来结束的："如果你没有找到过我，你是不会来找我的！……"

我们可以看到，蒲尔惹只在宗教的回返中看到了出路。以后不久，在《高斯莫保里思》（一八九三）中，蒲尔惹似乎又回复到他最初的那些上流社会的心理小说一次。但这只是一个外表，在他的心里，他的主张仍旧一贯地进行着，一直引导他到《阶段》的正理主义（Doctrinarisme）。

我们上面已经说过，从《弟子》以后，蒲尔惹便继续把他的天才为他的社会的信念服役了。但是他的成就是怎样呢？正如一切的宣传作品一样，我们所感到的只是使人厌倦的说教而已。《阶段》（L' Étape 一九〇三），《亡命者》（L' Émigré 一九〇七），《正午的魔鬼》（Le Démon de midi 一九一四），《死之意义》（LeSens de La mort 一九一五），《奈美西思》（Némésis 一九一八）等等，都是这一种倾向的作品。而其中尤以《阶段》一书为这一种倾向的顶点。在《弟子》以后，比较可以一读的只有《正午的魔鬼》而已。

从文学上来讲，蒲尔惹的成就是很微小的。对于每一个小说中的人物，他虽然力求其逼真，使读者觉得确有其人，然而他往往做得过分了，使人起一种沉滞和厌倦之感。这些果然是一切心理小说家所不免的缺陷，但蒲尔惹却做得比别人更过分一点。他尤其喜欢在他的小说中发挥他对于社会、宗教、道德等的个人意见，使一部完整的作品成为不平衡的。这些，即他的一生杰作《弟子》中也不能免，至于《阶段》那样的作品，那是更不用说了。他的唯一的长处是在他天生的分析天才所赋予他的细腻周到。在这一点上，他是可以超过前人的。至于他的文章的沉重滞涩，近代的批评家们——如保尔·苏代（Paul Souday）——都有定论，也毋庸我们来多说了。

下面的译文，是根据了巴黎伯龙书店（Plon）本翻译出来的。在迻译方面，译者虽然已尽了他的力量，但因原作滞涩烦琐的缘故，所以译文也不免留着原著的短处。译者不能表达出作者的长处而只保留着作者的短处，这是要请读者原谅的。

一九三五年十一月十五日

在本书译成后半个月，即一九三五年十一月二十五日，蒲尔惹在巴黎与世长辞了，享年八十有二岁。《弟子》中译本的出版，也可以算作我们对于这位法国大小说家的一点奠基吧。

谈林庚的诗见和“四行诗”

关于“四行诗”，林庚先生已写过许多篇文章了，如他在《关于北平情歌》一文中所举出的《什么是自由诗》，《关于四行诗》，《无题之秋序》，《诗的韵律》，《诗与自由诗》等等，以及这最近的《关于北平情歌》。一位对于自己的诗有这样许多话说的诗人是幸福的，因为如果他没有说教者的勇气（但我们已看见一两位小信徒了），他至少是有狂信者的精神的。不幸这些文章我都没有机缘看到，而在总括这几篇文章之要义的《关于北平情歌》中，我又不能得到一个林先生的主张之正确的体系。

第一，林先生以为自由诗和韵律诗的分别，只是“姿态”上的不同（提到他的“四行诗”的时候，他又说是“风格”的不同，而“姿态”和“风格”这两个不大切合的辞语，也就有着“不同”之处了），而说前者是“紧张惊警”，后者是“从容自然”。关于这一点，我们不知道林先生的论据之点是什么？是从诗人写作时的态度说呢，还是从诗本身所表现的东西说？如果就诗人写作时的态度说呢，则韵律诗也有急就之章，自由诗也有经过了长久的推敲才写出来的。如果就诗本身所表现的东西来说呢，则我们所碰到的例子，又往往和林先生所说的相反。如我的大部分的诗作，可以加之以“紧张惊警”这四个绝不相称的形容词吗？郭沫若、王独清的大部分的诗，甚至那些口号式的“革命诗”（这些都不是“四行诗”，然而都是音调铿锵的韵律诗），我们能说它们是“从容自然”的吗？

我的意思是，自由诗与韵律诗（如果我们一定要把它们分开的话）之分别，在于自由诗是不乞援于一般意义的音乐的纯诗（昂德莱·纪德有一句话，很可以阐明我的意思，虽则他其他的诗的见解我不能同意；他说，

"……句子的韵律，绝对不是在于只由铿锵的字眼之连续所形成的外表和浮面，但它却是依着那被一种微妙的交互关系所合着调子的思想之曲线而起着波纹的"）。而韵律诗则是一般意义的音乐成分和诗的成分并重的混合体（有些人竟把前一个成分看得更重）。至于自由诗和韵律诗这两者之孰是孰非，以及我们应该何舍何从，这是一个更复杂而只有历史能够解决的问题。关于这方面，我现在不愿多说一句话。

其次是关于林庚先生的"四行诗"是否是现代的诗这个问题。在这一方面，我和钱献之先生和另一些人同意，都得到一个否定的结论。从林庚先生的"四行诗"中所放射出来的，是一种古诗的氛围气，而这种古诗的氛围气，又绝对没有被"人力车"，"马路"等现在的噪音所破坏了。约半世纪以前挦扯新名词以自表异的诗人们夏曾佑，谭嗣同，黄公度等辈，仍然是旧诗人；林庚先生是比他们更进一步，他并不只挦扯一些现代的字眼，却挦扯一些古已有之的境界，衣之以有韵律的现代语。所以，从表面上看来，林庚先生的四行诗是崭新的新诗，但到它的深处去探测，我们就可以看出它的古旧的基础了。现代的诗歌之所以与旧诗词不同者，是在于它们的形式，更在于它们的内容。结构，字汇，表现方式，语法等等是属于前者的；题材，情感，思想等等是属于后者的；这两者和时代之完全的调和之下的诗才是新诗。而林庚的"四行诗"却并不如此，他只是拿白话写着古诗而已。林庚先生在他的《关于北平情歌》中自己也说："至于何以我们今日不即写七言五言，则纯是白话的关系，因为白话不适合于七言五言。"从这话看来，林庚先生原也不过想用白话去发表一点古意而已。

这里，我应该补说：古诗和新诗也有着共同之一点的。那就是永远不会变价值的"诗之精髓"。那维护着古人之诗使不为岁月所斫伤的，那支撑着今人之诗使生长起来的，便是它。它以不同的姿态存在于古人和今人的诗中，多一点或少一点；它像是一个生物，渐渐地长大起来。所以在今日不把握它的现在而取它的往昔，实在是一种年代错误（关于这"诗的精髓"，以后有机会我想再多多发挥一下）。

现在，为给"林庚的四行诗是否是白话的古诗"这个问题提出一些证例起见，我们可以如此办：

一、取一些古人的诗，将它们译成林庚式的四行诗，看它们像不像是林庚先生的诗；

二、取一些林庚先生的四行诗，将它们译成古体诗，看它们像不像是古人的诗。

我们先举出第一类的例子来，请先看译文：

日　日

春光与日光争斗着每一天
杏花吐香在山城的斜坡间
什么时候闲着闲着的心绪
得及上百尺千尺的游丝线　　　（译文一）

这是从李义山的集子里找出来的，但是如果编入《北平情歌》中，恐怕就很少有人看得出这不是林庚先生的作品吧。原文是：

日日春光斗日光
山城斜路杏花香
几时心绪浑无事
及得游丝百尺长　　　（原文一）

我们再来看近人的一首不大高明的七绝的译文：

离　家

江上海上世上飘的尘埃
在家人倒过出家人生涯
秋烟已远了的蓼花渡口
逍遥的鸥鸟的心在天外　　　（译文二）

这是从最新寄赠新诗社的一本很坏的旧诗集《豁心集》（沉迹著）中取出来的。原文如下：

江海飘零寄世尘
在家人似出家人
蓼花渡口秋烟远
一点闲鸥天地心　　　（原文二）

这种滥调的旧诗，在译为白话后放在《北平情歌》中，并不会是最坏的一首。因此我们可以说，把古体诗译成林庚先生的“四行诗”是既容易又讨好。

现在，我们来举第二类的例子吧。这里是不脱前人窠臼的两首七绝和一首七律：

偶 得

春愁恰似江南岸
水满桥头渐觉时
孤云一朵闲花草
簪上青青游子衣　　（译文三）

古 城

西风吹得秋云散
断梦荒城不易寻
瓦上青天无限远
宵来寒意恨当深　　（译文四）

爱之曲

黄昏斜落到朱门
应有行人惜旅人
车去无风经小巷
冬来有梦过高城
街头人影知难久
墙上消痕不再逢
回首青山与白水
载将一日倦行程　　（译文五）

这三首诗是从《北平情歌》中译出来的，《偶得》见第三十三页，《古城》见第六十一页，《爱之曲》见第六十七页，译文和原文并没有很大的差异（第三首第四句改变了一点），最后一首，连韵也是步原作的。我们看原文吧：

春天的寂寞像江南草岸
桥边渐觉得江水又高涨
孤云如一朵人间的野花
便落在游子青青衣襟上　　（《偶得》）

西北风吹散了秋深一片云
古城中的梦寐一散更难寻
屋背上蓝天时悠悠无限意
黄昏来的冻意惆怅已无穷　　（《古城》）

都市里的黄昏斜落到朱门
应有着行人们怜惜着行人
小巷的独轮车无风轻走过
冬天来的寒意天蓝过高城
街头的人影子拖长不多久
红墙上的幻灭何处再相逢
回头时满眼的青山与白水
已记下了惆怅一日的行程　　（《爱之曲》）

这就证明了把林庚先生的“四行诗”译成古体诗也是并不困难而且颇能神似的。

这些所证明的是什么呢？它们证明了林庚先生并没有带了什么东西给现代的新诗；反之，旧诗倒给了林庚先生许多帮助。从前人有旧瓶装新酒的话，“四行诗”的情形倒是新瓶装旧酒了；而这新瓶，实际也只是经过了一次洗刷的旧瓶而已。

在许多新诗人之间，林庚先生是一位有才能的诗人，《夜》和《春野与窗》曾给过我们一些远大的希望，可是他现在却多少给与我们一些幻灭了。听说林庚先生也常常写“绝句”（见英译《中国现代诗选》），那么或者他还没有脱出那古旧的桎梏吧。在采用了这“四行诗”的时候，林庚先生就好像走进了一个大森林中一样，他好像他可以四通八达，无所不至，然而他终于会迷失在里面。

而且林庚先生所提创的“四行诗”，还会生一个很坏的影响，那就是鼓励起一些虚荣的青年去做那些类似抄袭的行为，大量地产生一些拿古体诗来改头换面的新诗，而实际上我们的确也陆续看到了几个这一类的例子了。

（载《新诗》第一卷第二期，一九三六年十一月）

诗论零札

竹头木屑，牛溲马勃，运用得法，可成为诗，否则仍是一堆弃之不足惜的废物。罗绮锦绣，贝玉金珠，运用得法，亦可成为诗，否则还是一些徒炫眼目的不成器的杂碎。

诗的存在在于它的组织。在这里，竹头木屑，牛溲马勃，和罗绮锦绣，贝玉金珠，其价值是同等的。

批评别人的诗说“如七宝楼台，炫人眼目，拆碎下来，不成片段”，是一种不成理之论。问题不是在于拆碎下来成不成片段，却是在搭起来是不是一座七宝楼台。

西子捧心，人皆曰美，东施效颦，见者掩面。西子之所以美，东施之所以丑的，并不是捧心或颦眉，而是她们本质上美丑。本质上美的，荆钗布裙不能掩；本质上丑的，珠衫翠袖不能饰。

诗也是如此，它的佳劣不在形式而在内容。有“诗”的诗，虽以佶屈聱牙的文字写来也是诗；没有“诗”的诗，虽韵律齐整音节铿锵，仍然不是诗。只有乡愚才会把穿了彩衣的丑妇当作美人。

说“诗不能翻译”是一个通常的错误。只有坏诗一经翻译才失去一切，因为实际它并没有“诗”包涵在内，而只是字眼和声音的炫弄，只是渣滓。真正的诗在任何语言的翻译中都永远保持着它的价值。而这价值，不但是地域，就是时间也不能损坏的。

翻译可以说是诗的试金石，诗的滤箩。

不用说，我是指并不歪曲原作的翻译。

韵律齐整论者说：有了好的内容而加上“完整的”形式，诗始达于完美之境。

此说听上去好像有点道理，仔细想想，就觉得大谬。诗情是千变万化的，不是仅仅几套形式和韵律的制服所能衣蔽。以为思想应该穿衣裳已经是专断之论了（梵乐希：《文学》），何况主张不论肥瘦高矮，都应该一律穿上一定尺寸的制服？

所谓“完整”并不应该就是“与其他相同”。每一首诗应该有它自己固有的“完整”，即不能移植的它自己固有的形式，固有的韵律。

米尔顿说，韵是野蛮人的创造；但是，一般意义的“韵律”，也不过是半开化人的产物而已。仅仅非难韵实乃五十步笑百步之见。

诗的韵律不应只有浮浅的存在。它不应存在于文字的音韵抑扬这表面，而应存在于诗情的抑扬顿挫这内里。

在这一方面，昂德莱·纪德提出过更正确的意见：“语辞的韵律不应是表面的，矫饰的，只在于铿锵的语言的继承；它应该随着那由一种微妙的起承转合所按拍着的，思想的曲线而波动着。”

定理：

音乐：以音和时间来表现的情绪的和谐。

绘画：以线条和色彩来表现的情绪的和谐。

舞蹈：以动作来表现的情绪的和谐。

诗：以文字来表现的情绪的和谐。

对于我，音乐，绘画，舞蹈等等，都是同义字，因为它们所要表现的是同一的东西。

把不是“诗”的成分从诗里放逐出去。所谓不是“诗”的成分，我的意思是说，在组织起来时对于诗并非必需的东西。例如通常认为美丽的词藻，铿锵的音韵等等。

并不是反对这些词藻、音韵本身。只当它们对于“诗”并非必需，或妨碍“诗”的时候，才应该驱除它们。

（载《华侨日报》《文艺周刊》，一九四四年二月六日）

诗人梵乐希逝世

据七月二十日苏黎世转巴黎电，法国大诗人保禄·梵乐希已于二十日在巴黎逝世。

梵乐希和我们文艺界的关系，不能说是很浅。对于我国文学，梵乐希是一向关心着的。梁宗岱的法译本《陶渊明集》，盛成的法文小说《我的母亲》，都是由他作序而为西欧文艺界所推赏的；此外，雕刻家刘开渠，诗人戴望舒，翻译家陈占元等，也都做过梵乐希的座上之客。虽则我国梵乐希的作品翻译得很少，但是他对于我们文艺界一部分的影响，也是不可否认。所以，当这位法国文坛的巨星陨堕的时候，来约略介绍他一下，想来也必为读者所接受的吧。

保禄·梵乐希于一八七一年十月三十日生于地中海岸的一个小城——赛特，母亲是意大利人。他的家庭后来迁到蒙柏列城，他便在那里进了中学，又攻读法律。在那个小城中，他认识了《阿弗诺第特》的作者别尔·路伊思，以及那在二十五年后使他一举成名的昂德莱·纪德。

在暑期，梵乐希常常到他母亲的故乡热拿亚去。从赛特山头遥望得见地中海的景色，热拿亚的邸宅和大厦，以及蒙柏列城的植物园等，在诗人的想象之中都留下了深深的印迹。

在一八九二年，他到巴黎去，在陆军部任职，后来又转到哈瓦斯通讯社去。在巴黎，他受到了当时大诗人马拉美的影响，变成了他的入室弟子，又分享到他的诗的秘密。他也到英国去旅行，而结识了名小说家乔治·米雷狄思和乔治·莫亚。

到这个时期为止，他曾在好些杂志上发表他的诗，结集成后来在一九二〇年才出版《旧诗帖》集。他也写了《莱奥拿陀·达·文西方法导论》（一八九五）和《戴斯特先生宵谈》（一八九六）。接着，他就完全脱离了文坛，过着隐遁的生涯差不多有二十年之久。

在这二十年之中的他的活动，我们是知道得很少。我们所知道的，只是他放弃了诗而去研究数学和哲学，像笛卡德在他的炉边似的，他深思熟虑着思想、方法和表现的问题。他把大部分的警句、见解和断片都储积在他的手册上，长久之后才编成书出版。

在一九一三年，当他的朋友们怂恿他把早期的诗收成集子的时候，他最初拒绝，但是终于答应了他们，而坐下来再从事写作；这样，他对于写诗又发生了一种新的乐趣。他花了四年工夫写成了那篇在一九一七年出版的献给纪德的名诗《青年的命运女神》。此诗一出，立刻受到了优秀的文人们的热烈欢迎。朋友们为他开朗诵会，又写批评和赞颂文字；而从这个时候起，他所写的一切诗文，便在文艺市场中为人热烈地争购了。称颂，攻击和笔战替他做了极好的宣传，于是这个逃名二十年的诗人，便在一九二五年被选为法兰西国家学院的会员，继承了法朗士的席位了。正如一位传记家所说的一样，"梵乐希先生的文学的成功，在法国文艺界差不多是一个唯一的事件。"

自《青年的命运女神》出版以后，梵乐希的诗便一首一首地发表出来。数目是那么少，但却都是费尽了推敲功夫精炼出来的。一九一七年的《晨曦》，一九二〇年的《短歌》和《海滨基地》，一九二二年的《蛇》、《女巫》，和《幻美集》，都只出了豪华版，印数甚少，只有藏书家和少数人弄得到手，而且在出版之后不久就绝版了的。一九二九年，哲学家阿兰评注本的《幻美集》出版，一九三〇年，普及本的《诗抄》和《诗文选》出版，梵乐希的作品始普及于大众。在同时，他出版了他的美丽的哲理散文诗《灵魂和舞蹈》（一九二一）和《欧巴里诺思或大匠》（一九二三），而他的论文和序文，也集成《杂文一集》（一九二四）和《杂文二集》（一九二九）。此外，他的《手册乙》（一九二四），《爱米里·戴斯特太太》（一九二五），《罗盘方位》（一九二六），《罗盘方位别集》（一九二七）和《文学》（一九二九，有戴望舒中译本），也相继出版，他深藏的内蕴，始为世人所知。

梵乐希不仅在诗法上有最高的造就，他同样也是一位哲学家。从他的写诗为数甚少看来，正如他所自陈的一样，诗对于他与其说是一种文学活动，毋宁说是一种特殊的心灵态度。诗不仅是结构和建筑，而且还是一种思想方法和一种智识——是想观察自己的灵魂，是自鉴的镜子。要发现这事实，我们也不需要大批研究梵乐希的书或是一种对于他诗中的哲理的解释。他对于诗的信条，是早已在四十年前最初的论文中表达出来了，就是在那个时候，他也早已认为诗是哲学家的一种“消遣”和一种对于思索的帮助了。而他的这种态度，显然是和以抒情为主的诗论立于相对的地位的。在他的《达文西方法导论》中，梵乐希明白地说，诗第一是一种文艺的“工程”，诗人是“工程师”，语言是“机器”；他还说，诗并不是那所谓灵感的产物，却是一种“勉力”、“练习”和“游戏”的结果。这种诗的哲学，他在好几篇论文中都再三发挥过，特别是在论拉封丹的《阿陶尼思》和论爱伦坡的《欧雷加》的那几篇文章中。而在他的《答辞》之中，他甚至说，诗不但不可放纵情绪，却反而应该遏制而阻拦它。但是他的这种“诗法”，我们也不可过分地相信。在他自己的诗中，就有好几首好诗都是并不和他的理论相符的；矫枉过正，梵乐希也是不免的。

意识的对于本身和对于生活的觉醒，便是梵乐希大部分的诗的主题，例如《水仙辞断章》，《女巫》，《蛇之初稿》等等。诗的意识瞌睡着；诗人呢，像水仙一样，迷失在他的为己的沉想之中；智识和意识冲突着。诗试着调解这两者，并使他们和谐；它把暗黑带到光明中来，又使灵魂和可见的世界接触；它把阴影、轮廓和颜色给与梦，又从缥缈的憧憬中建造一个美的具体世界。它把建筑加到音乐上去。生活，本能和生命力，在梵乐希的象征——树，蛇，妇女——之中，摸索着它们的道路，正如在柏格森的哲学中一样；而在这种“创造的演化”的终点，我们找到了安息和休止，结构和形式，语言和美，槟榔树的象征和古代的圆柱（见《槟榔树》及《圆柱之歌》）。

不愿迷失或沉湮于朦胧意识中，便是梵乐希的杰作《海滨墓地》的主旨。在这篇诗中，生与死，行动与梦，都互相冲突着，而终于被调和成法国前无古人的最隐秘而同时又最音乐性的诗。

人们说梵乐希的诗晦涩，这责任是应该由那些批评和注释者来担负，而不是应该归罪于梵乐希自己的。他相当少数的诗，都被沉没在无穷尽的注解之中，正如他的先师马拉美所遭遇到的一样。而正如马拉美一样，他的所谓晦涩都是由那些各执一辞的批评者们而来的。正如他的一位传记家所讽刺地说的那样，“如果从梵乐希先生的作品所引起的大批不同的文章看来，那么梵乐希先生的作品就是一个原子了。他自己也这样说：‘人们所写的关于我的文章，至少比我自己所写的多一千倍。’”

关于那些反对他的批评者的意见，我们在这里也讨论不了那么多，例如《纯诗》的作者勃雷蒙说他是“强作诗人”，批评家路梭称他为“空虚的诗人”，而一般人又说他的诗产量贫乏等等；而但尼思·梭雷又攻击他以智识破坏灵感。其实梵乐希并没有否定灵感，只是他主张灵感须由智识统制而已。他说：“第一句诗是上帝所赐的，第二句却要诗人自己去找出来。”在他的诗中，的确是有不少“迷人之句”使许多诗人们艳羡的；至于说到他的诗产量“贫乏”呢，我们可以说，以少量诗而获得巨大的声名的，在法国诗坛也颇有先例，例如波特莱尔，马拉美和韩波就都如此。

这位罕有的诗人对于思想和情性的流露都操纵有度，而在他的《手册》，《方法》，《片断》和《罗盘方位》等书中的零零碎碎的哲学和道德的意见，我们是不能加以误解的。那些意见和他的信条是符合的，那就是：正如写诗一样，思索也是一种辛勤而苦心的方法；正如一句诗一样，一个思想也必须小心地推敲出来的。“就其本性说来，思想是没有风格的”，他这样说。即使思想是已经明确了的，但总还须经过推敲而陈述出来，而不可仅仅随便地录出来。梵乐希是一位在写作之前或在写作的当时，肯花工夫去思想的诗人。而他的批评性和客观性的方法，是带着一种新艺术的表记的。

然而，在说这话的时候，我们的意思并不就是排斥那一任自然流露，情绪突发的诗，如像超自然主义那一派一样。梵乐希和超自然主义派，都各有其所长，也各有其所短，这是显然的事实。

梵乐希已逝世了，然而梵乐希在法国文学中所已树立了的纪念碑，将是不可磨灭的。

（载《南方文丛》第一辑，一九四五年八月）

悼杜莱塞

美联社十二月二十九日电：七十四岁高龄的美名作家杜莱塞，已于本日患心脏病逝世。

这个简单的电文，带着悲怅，哀悼，给与了全世界爱好自由，民主，进步的人。世界上一位最伟大而且是最勇敢的自由的斗士，已经离开了我们，去作永恒的安息了，然而他的思想，他的行动，却永远存留着，作为我们的先导，我们的典范。

杜莱塞于一八七一年生于美国印第安那州之高地，少时从事新闻事业，而从这条邻近的路，他走上了文学的路。他的文学生活是在一九〇〇年顷开始的。最初出版的两部长篇小说《加里的周围》和《珍尼·葛拉特》使他立刻闻名于文坛，而且确立了他的新现实主义的倾向。

他以后的著作，就是朝着这个方向走过去的，他抓住了现实，而把这现实无情地摊陈在我们前面。《财政家》如此，《巨人》如此，《天才》也如此，像爱米尔·左拉一样，他完全以旁观者的态度去参加生存的悲剧。天使或是魔鬼，仁善或是刁恶，在他看来都是一样的文献，一样的材料，他冷静地把他们活生生地描画下来，而一点也不参加他自己的一点主观。从这一点上，他是左拉一个大弟子。

他的写实主义不仅仅只是表面的发展，却深深地推到心理上去。他是心理和精神崩溃之研究的专家，而《天才》就是在这一方面的他的杰作。

在《天才》之后，他休息了几年，接着他在一九二五年出版了他的《一个美国的悲剧》。这部书，追踪着雨果和陀斯托也夫斯基，他对于犯罪者作了一个深刻的研究。忠实于他的方法，杜莱塞把书中的主人公格里斐士的犯罪心理从萌芽，长成，发展，像我们拆开一架机器似的，一件件地分析出来。到了这部小说，从艺术方面来说，杜莱塞已达到了它们的顶点了。

然而，杜莱塞真能够清清楚楚地看到美国社会的罪恶，腐败，而无动于衷吗？作为一个真正的艺术家，对于这一切肮脏，黑暗，他会不起正义的感觉而起来和它们战斗吗？他所崇拜的法国大小说家左拉，不是也终于加入到社会主义的集团，从象牙之塔走到十字街头吗？

是的，杜莱塞是一个有正义感的艺术家，他之所以没有立刻成为一个战士，是为了时机还没有成熟。

这时，一个新的世界吸引了他：社会主义的苏联。在一九二八年，他到苏联去旅行。他看见了。他知道了。他看到了和资本主义的腐败相反的进步，他知道了人类憧憬着的理想是终于可以实现。从苏联回来之后，他出版了他的《杜莱塞看苏联》，而对于苏联表示着他的深切的同情。苏联的旅行在他的心头印了一种深刻的印象，因而在他的态度上，也起了一个重要的变化。

从这个时候起，他已不再是一个冷静的旁观者，一个明知道黑暗，腐败，罪恶而漠然无动于衷的人了。新的世界已给了他以启示，指示了他的道路，他已深知道单单观察，并且把他所观察到的写出来是不够，他需要行动，需要用他艺术家的力量去打倒这些黑暗，腐败，和罪恶了。

在一九三〇年，他就公开拥护苏联，公开地反对帝国主义者对苏联的进攻，从那个时候起，苏联已成为他的理想国。他说："我反对和苏联的任何冲突，不论那冲突是从哪方面来的。"在一九三一年，这位伟大的作家更显明了他的革命的岗位。他不仅仅把自己限制于对于时局的反应上，却在行动上参加了劳动阶级的斗争。他组织了一个委员会，去揭发出在资本主义的美国，劳动者们所处的地位是怎样地令人不能忍受。他细心地分析美国，研究美国的官方报告，经济状况，国家的统计，预算，并且亲自去作种种的实际调查。经过了长期的研究，调查，分析，他便写成了一部在美国文学史上空前，在他个人的文艺生活中也是特有伟大的作品：《悲剧的美国》，而把它掷到那自在自满的美国资产者们的脸上去。

杜莱塞的这部新著作，可以说是他的巨著《一个美国的悲剧》的续编。在这部书中，杜莱塞矫正了他的过去，他在一九二五年所写的那部小说是写一个美国中产阶级者的个人的悲剧，在那部书中，杜莱塞还是以为资本主义的大厦是不可动摇的。可是在这部新著中呢，美国资本主义的机构是在一个新的光亮之下显出来了。杜莱塞用着无数的事实和统计数字做武器，用着大艺术家的尖锐和把握做武器，把美国的所谓“民主”的资产阶级和社会法西斯的面具，无情地撕了下来。

这部书出版以后，资本主义的美国的惊惶是不言而喻的了。他受到了各方面的猛烈的攻击，他被一些人视为洪水猛兽，然而，他却得到了更广大的人，奋斗着而进步着的人们的深深的同情，爱护。

从这个时候起，他已成为一个进步的世界的斗士了。他参加美国的革命运动，他为《工人日报》经常不断地撰稿，他亲自推动并担任“保卫政治犯委员会”的主席，他和危害人类的法西斯主义作着生死的战斗。西班牙之受法西斯危害，中国之被日本侵略，他都起来仗义发言，向全世界呼吁起来打倒法西斯主义。

从这一切看来，杜莱塞之走到社会主义的路上去，决不是偶然的事，果然，在他逝世之前不久，他以七十四的高龄加入了美国共产党，据他自己说，他之所以毅然加入共产党，是因为西班牙大画家比加索和法国大诗人阿拉贡之加入法国共产党，而受到了深深的感动，亦是为了深为近年来共产党在全世界反法西斯斗争中的英勇业绩所鼓舞。在他写给美国共产党首领福斯特的信中，他说：“对于人类的伟大与尊敬的信心，早已成就了我生活与工作的逻辑，它引导我加入了美国共产党。”然而，我们如果从他的思想行动看来，这是必然的结果，即使他没有加入共产党，他也早已是一个共产党了。

然而在这毅然的举动之后不久，这个伟大的人便离开了我们。杜莱塞逝世了，然而杜莱塞的精神却永存在我们之间。

（载《新生日报·文协》第四期，一九四六年一月七日）

十年前的《星岛》和《星座》

一九三八年五月中，那时我刚从变作了孤岛的上海来到香港不久。《吉诃德爷》的翻译工作虽然给了我一部分生活保障，但是我还是不打算在香港长住下来。那时我的计划是先把家庭安顿好了，然后到抗战大后方去，参与文艺界的抗敌工作，因为那时中华文艺界抗敌协会已开始组织起来了。可是一个偶然的机会却叫我在香港逗留了下来。

有一天，我到简又文陆丹林先生所主办的“大风社”去闲谈。到了那里的时候，陆丹林先生就对我说，他正在找我，因为有一家新组织的日报，正在物色一位副刊的编辑，他想我是很适当的，而且已为我向主持人提出过了，那便是《星岛日报》，是胡文虎先生办的，社长是他的公子胡好先生。说完了，他就把一封已经写好了的介绍信递给我，叫我有空就去见胡好先生。

我踌躇了两天才决定去见胡好先生。使我踌躇的，第一是如果我接受下来，那么我全盘的计划都打消了；其次，假定我担任了这个职务，那么我能不能如我的理想编辑那个副刊呢？因为，当时香港还没有一个正式新文艺的副刊，而香港的读者也不习惯于这样的副刊的。可是我终于抱着“先去看看”的态度去见胡好先生。

看见了现在这样富丽堂皇的星岛日报社的社址，恐怕难以想象——当年初创时的那种简陋吧。房子是刚刚重建好，牌子也没有挂出来，印刷机刚运到，正在预备装起来，排字房也还没有组织起来，编辑部是更不用说了。全个报馆只有一个办公室，那便是在楼下现在会计处的地方。便在那里，我见到了胡好先生。

使我吃惊的是胡好先生的年轻，而更使我吃惊的是那惯常和年轻不会合在一起的干练。这个十九岁的少年那么干练地处理着一切，热情而爽直。我告诉了他我愿意接受编这张新报的副刊，但我也有我的理想，于是我把我理想中的副刊是怎样的告诉了他。胡好先生的回答是肯定的，他告诉我，我会实现我的理想。接着我又明白了，现在问题还不仅在于副刊编辑的方针和技术，却是在于使整个报馆怎样向前走，那就是说，我们面对着的，是一个达到报纸能出版的筹备工作。我不得不承认，我的经验只是整个报馆的一部分。但是我终于毅然地答应下来，心里想，也许什么都从头开始更好一点。于是我们就说定第二天起就开始到馆工作。

一切都从头开始，从设计信笺信封，编辑部的单据，一直到招考记者和校对，布置安排在阁楼的编辑部，以及其他无数繁杂和琐碎的问题和工作。新的人才进来参加，工作繁忙而平静地进行，到了七月初，一切都准备得差不多了。

然而有一个问题却使我不安着，那便是我们当时的总编辑，是已聘定了樊仲云。那个时候，他是在蔚蓝书局当编辑，而这书局的败北主义和投降倾向，是一天天地更明显起来。一张抗战的报怎样能容一个有这样倾向的总编辑呢？再说，他在工作上所表现的又是那样庸弱无能。我不安着，但是我们大家都不便说出来，然而，有一天，胡好先生却笑嘻嘻地走进编辑部来，突然对我们宣说：樊仲云已被我开除了。胡好先生是有先见的，第二年，他便跟汪逆到南京去做所谓“和平救国运动”了。

那个副刊定名为《星座》，取义无非是希望它如一系列灿烂的明星，在南天上照耀着，或是说像《星岛日报》的一间茶座，可以让各位作者发表一点意见而已。稿子方面一点也没有困难，文友们从四面八方寄了稿子来，而流亡在香港的作家们，也不断地给供稿件，我们竟可以说，没有一位知名的作家是没有在《星座》里写过文章的。在编排方面，我们第一个采用了文题上的装饰插图和名家的木刻、漫画等（这个传统至今保持着）。

这个以崭新的姿态出现的报纸，无疑地获得了意外的成功。当然，胡文虎先生的号召力以及报馆各部分的紧密的合作，便是这成功的主因。我不能忘记，在八月二日胡好先生走进编辑部来时的那一片得意的微笑或热烈的握手。

从此以后，我的工作是专对着《星座》副刊了。

然而《星座》也并不是如所预期那样顺利进行的。给与我最大最多的麻烦的，是当时的检查制度。现在，我们是不会有这种麻烦了，这是可庆贺的！可是在当时种种你想象不到的噜苏，都会随时发生。似乎《星座》是当时检查的唯一的目标。在当时，报纸上是不准用“敌”字的，“日寇”更不用说了。在《星座》上，我虽则竭力避免，但总不能躲过检查官的笔削。有时是几个字，有时是一两节，有时甚至全篇。而我们的“违禁”的范围又越来越广。在这个制度之下，《星座》不得不牺牲了不少很出色的稿子。我当时不得不索性在《星座》上“开天窗”一次，表示我们的抗议。后来也办不到了，因为检查官不容我们“开天窗”了。这种麻烦，一直维持到我编《星座》的最后一天。三年的日常工作便是和检查官的“冷战”。

这样，三年不知不觉的过去了。接着，有一天，一九四一年十二月七日的清晨，太平洋战争爆发起来了。虽则我的工作是在下午开始的，这天我却例外在早晨到了报馆。战争的消息是证实了，报馆里是乱哄哄的。敌人开始轰炸了。当天的决定，《星座》改变成战时特刊，虽则只出了一天，但是我却庆幸着，从此可以对敌人直呼其名，而且可以加以种种我们可以形容他的形容词了。

第二天夜间，我带着棉被从薄扶林道步行到报馆来，我的任务已不再是副刊的编辑，而是□□了。因为炮火的关系，有的同事已不能到馆，在人手少的时候，不能不什么都做了。从此以后，我便白天冒着炮火到中环去探听消息，夜间在馆中译电。在紧张的生活中，我忘记了家，有时竟忘记了饥饿。接着炮火越来越紧，接着电也没有了。报纸缩到不能再小的大小，而新闻的来源也差不多断绝了。然而大家都还不断地工作着，没有绝望。

接着，我记得是香港投降前三天吧，报馆的四周已被炮火所包围，报纸实在不能出下去了。消息越来越坏，馆方已准备把报纸停刊了。同事们都充满了悲壮的情绪，互相望着，眼睛里含着眼泪，然后静静地走开去。然而，这时候却传来了一个欺人的好消息，那便是中国军队已打到新界了。

消息到来的时候，在报馆的只有我和周新兄。我们想这消息是不可靠的，但是我们总得将它发表出去。然而，排字房的工友散了，我们没有将它发出去的方法。可是我们应该尽我们最后一天的责任。于是，找到了一张白报纸，我们用红墨水尽量大的写着：“确息：我军已开到新界，日寇望风披靡，本港可保无虞”，把它张贴到报馆门口去。然后两人沉默地离开了这报馆。

我永远记忆着这离开报馆时的那种悲惨的景象，它和现在的兴隆的景象是呈着一个明显的对比。

（载《星岛日报·星座》增刊第十版，一九四八年八月一日）

小说与自然

用自然景物来作小说的背景，是否用得其法，则要看作家自己的心境和手法如何而定。有时必须把自然景物引入作品里才成，有时则完全省去也不要紧。

例如女作家贞奥斯丁的小说便完全不用自然景物来做背景，她所描写的只有人而已。

汤姆斯·哈代的小说虽然也用自然景物做背景，可是他所描写的只限于威兹萨克斯附近的风光，不过他却能够把此处的特色玲珑浮突地刻画出来，所以有人叫他的小说做威兹萨克斯小说。他把用来做小说的背景的自然景物，巧妙地借以帮助小说里的人物的活动和事件的发展，因此，哈代的作品几乎不能跟自然分开来了。

史蒂文生也是一个在小说里侧重利用自然景物的作家，在他笔下刻画出来的那些背景，无不像一幅绘画一样的显得鲜明而美丽。而且他所写的自然动的地方比静的地方多，所以能引起读者一种深刻的兴趣。如风怎样吹的样子，又如雨怎样下的光景，都是他最拿手的描写地方。况复他的观察力非常敏锐，又微带点神经质气味，无论如何细微的地方也不肯放过，所以其感动人的力量就能沁人心脾。我们读史蒂文生的小说时，透过那些自然景物的描写便可以看出他的泼辣的才气，以及辨别好坏美丑的锐利眼光。

康拉特的小说，其爱好描写自然景物实在比其他作家更深一层。不过他多用大海来做小说的背景，大概这是因为受了少时航海日夕亲炙海上风光的影响吧？他所描写的船上火灾，沉船遇难，航行海上，暴风浪都能以一种独特的笔致细腻写出，刻画入微。然而这种写法虽然能在作品上多少加添些色彩，但是由于过分侧重自然活动的描写，就不免流露出一种主客倒置的不好现象。

梅利迪斯写恋爱小说时是运用富有诗意的风景来做背景。他的写法虽然写得非常曲折，但反而能够把自然感人最深的色与香的微妙处衬托出来，所以完全跟恋爱故事的小说背景铢两悉称。而且他常常把普通物象描写成比普通更强烈，更浓厚，自然而然会予人一种深刻的印象。

这样说来，贞奥斯丁是完全不靠自然景物依然可以写出好作品，反之，康拉特却因太过侧重自然景物，作品的主意就不免被做背景的自然描写破坏掉。其余三人哈代，史蒂文生，梅利迪斯却走的是中间路线，他们不但把自然弄成小说的适当而调和的背景，而且还能借助自然景物加强了作品的主意。因此，我们不能一口断定描写自然是好是坏，却应该考虑到其时，其地，其事是否宜于利用自然而已。

（载《华侨日报》《文艺周刊》，一九四八年十一月二十一日）

航海日记

一九三二年十月八日，戴望舒乘达特安号邮船赴法游学，海上航行一个月，十一月八日到达法国。戴望舒航海期间在活页练习簿上写下了一本日记，现根据手稿收入本卷。标题为编者所加。

"Journal Sentimental"
Excuse moí，Jel'áilu，
(jelatroure dans da table
cammune，grand hasard!)
je l´inlitntle ainsi，tu
serais contene.

一九三二年十月八日

今天终于要走了。早上六点钟就醒来。绛年很伤心。我们互相要说的话实在太多了，但是结果除了互相安慰之外，竟没有说了什么话。我真想哭一回。

从振华到码头。送行者有施老伯，蛰存，杜衡，时英，秋原夫妇，呐鸥，王，瑛姊，萸，及绛年。父亲和萸没有上船来。我们在船上请王替我们摄影。

最难堪的时候是船快开的时候。绛年哭了。我在船舷上，丢下了一张

字条去，说："绛，不要哭。"那张字条随风落到江里去，绛年赶上去已来不及了。看见她这样奔跑着的时候，我几乎忍不住我的眼泪了。船开了。我回到舱里。在船掉好了头开出去的时候，我又跑到甲板上去，想不到送行的人还在那里，我又看见了一次绛年，一直到看不见她的红绒衫和白手帕的时候才回舱。

房舱是第327号，同舱三人，都是学生。周焕南方大学，赵沛霖中法大学，刁士衡燕大研究院。

饭菜并不好，但是有酒，而且够吃，那就是了。

饭后把绛年给我的项圈戴上了。这算是我的心愿的证物：永远爱她，永远系念着她。

躺在舱里，一个人寂寞极了。以前，我是想到法国去三四年的。昨天，我已答应绛年最多去两年了。现在，我真懊悔有到法国去那种痴念头了。为了什么呢，远远地离开了所爱的人。如果可能的话，我真想回去了。常常在所爱的人，父母，好友身边活一世的人，可不是最幸福的人吗？

吃点心前睡着了一会儿，这几天真累极了。

今天有一件使人生气的事，便是被码头的流氓骗去了100法郎。

一九三二年十月九日

上午在甲板上晒太阳，看海水，和同船人谈话。同船的中国人竟没有一个人能说得上法语的。下午译了一点Ayala，又到甲板上去，度寂寞的时候。晚间隔壁舱中一个商人何华携Portwine来共饮，和同舱人闲谈到十点多才睡。

一九三二年十月十日

照常是单调的生活。译了一点儿Ayala。下午写信给绛年，家，蛰存，瑛姊，因为明天可以到香港了。

晚上睡得很迟，因为想看看香港的夜景，但是只看见黑茫茫的海。

一九三二年十月十一日

船在早晨六时许到香港，靠在香港对面的九龙码头。第一次看见香港。屋子都筑在山上，晨气中远远望去，像是一个魔法师的大堡寨。我们一行十一人上岸登渡头到香港去，把昨天所写的信寄了，然后乘人力车到先施公司去，在先施公司走了一转，什么也没有买，和林、周二人先归。船上饭已吃过，交涉也无效，和林、周三人饮酒嚼饼子果腹。醉饱之后，独自上码头在九龙车站附近散步。遇见到里昂去的卓君，招待他上船，又请他给我买了一张帆布床。以后呢，上船到甲板上走走，在舱里坐坐而已。

船下午六时开，上船的人很多。有一广东少女很 Cbarming，是到西贡去的。她说在上海住过四年，能说几句法文，又说她舱中只她一人（她的舱就在我们隔壁）。我看她有点不稳，大约不是娼妓就是舞女。

船开后便有风浪，同舱的赵沛霖大吐特吐，只得跑出来。洗了一个澡就到甲板上去闲坐。一直坐到十点多才睡。

一九三二年十月十二日

下午，那 Cantanaise 来闲谈了。她要打电报，我给她把电报译成了号码陪她去打，可是她要拍电去的堤岸是没有电报局的，只得回下来。她要我到西贡时送她上汽车，我也答应了。她姓陈名若兰。在她舱里看她的时候，她穿着一件 Pyjama，颈上挂着一条白金项链，真是可爱。四点钟光景，她迁住二等 25 号去。

夜晚前后，那 Cantanaise 在三等舱中造成一个 Sensation，一个广东青年来找我，问我她是否（是）我们 Sister，Louis Rolle 则向我断定她是一个娼妓，一次二元就够了；一个安南少年来对我说，他常在香港歌台舞榭间看见她，大约不是正经人，而且她还没有护照。同舟中国人常向我开玩笑，好像我已和她有了什么关系似的。真是岂有此理。

临睡之前到甲板上去散步，碰到我们对面舱中的那个法国军官。他从上海到香港包了一个法国娼妓（洋五十元也）。那娼妓在香港下去了。他似乎性欲发得忍不住了，问我有没有法子 couder avec 那几个公使小姐。我对他说那是公使小姐，花钱也没有办法的，他却说 on peut trouver le moijer tont de maine。小姐们没有男子陪着旅行，我想，真是危险。这三位小姐不知道会不会吃亏呢。

Ayala 还没有译下去，因为饭堂里又热又闷，简直坐不住。真令人心焦。

一九三二年十月十三日

那广东少年姓邓，他今日来找了我好多次，要我陪着他去看陈若兰，大约他看出自己信用不好，找我去做幌子。我陪他去了两次。譬如那 Cantanaise 已有丈夫了。我想她大概是一个外室吧。她要到堤岸去。堤岸叫做 Cholon，故昨日电报没有打通，那广东少年很热心，让他去送她吧。

一九三二年十月十四日

起来写信给绛年，蛰存，家。午时便到西贡了。乘船人凑起钱来，请我做总办去玩。验护照后即下船，步行至 jardinbotanigue 去，看了一回，乘洋车返船，真累极了。吃过点心后，和同船人到 marché 去玩，一点也没意思。在归途中遇见那广东少年。他把通信处告诉我，并约我六时去。他的通讯处是 Photo Ideal，74，Boulevard Bonvard。

吃过午饭，即乘车去找他。和他及 Photo Ideal 的老板 Nhu 一同出去。他们还未吃饭，遂先上饭馆。饭后，即到旅馆中去转了一转，我和 Nhu 则在街上等他。Nhu 对我说，邓的父亲稍有几个钱，所以他只是游浪，不务正业，他们是在巴黎认识的，白相朋友而已。邓出来后，我们决定去跳舞，但因时间太早，故先到咖啡店中去坐了一回。十点多钟，跟他们出发去找舞伴，因为西贡是没有舞伴的。我们乘车到了一家安南人的家里。那人家只有三个女人在那里，据说男人已出门做生意了。安南人家的布置很特别，我们所去的一家已经有点欧化了。等那三位安南小姐梳妆好之后，便一同乘车至 Dancing Majestic。那是西贡最上等的舞场，进去要出门票。音乐很好，又有歌舞女歌舞，感觉尚不坏。可是我很累，很少跳。到二点多钟，始返。他们要我住到那三位小姐家里去，我没有去。那三位安南小姐的名字是 AliceTniu，Jeanne Duong，Le Hong，舞艺以 Alice 为最佳。

一九三二年十月十五日

起身后和同船人一同出去，预备到 Cholon 去玩，我先去兑钱，中途失散了，找他们不着，便一个人在路上闲逛。寄了信，喝了一瓶啤酒，即回船。他们都在船中了。他们与车夫闹了起来，不会说话，不认识路，只得回来。午饭后，再与他们一同出发到 Cholon 去。先到 marché，乘电车往。Cholon 是广东人群住之处。我们在那儿逛了一回之后，到一家叫太湖楼的酒家喝茶，听歌，吃点心。返西贡后，至 Photo Ideal 去了一趟，辞了邓的约会。到 marché 去买一顶白遮阳帽，天忽大雨，等雨停了才乘车返舟。

西贡天气很热，又常下雨，真糟糕。第一次饮椰子浆。

一九三二年十月十六日

一直睡到吃午饭的时候。午饭后，在船上走来走去而已。

夜饭后和林华上岸去喝啤酒，回来即睡。船就要在明晨四时开了。

一九三二年十月十七日

起来时船已在大海中航行了。一种莫名其妙的悲哀捉住了我。我真多么想着家，想着绛年啊。带来的牛肉干已经坏了，只好丢在海里。绛年给我的 Sunkist 幸亏吃得快，然而已经烂了两个了。

今天整天为乡愁所困，什么事也没有做。

下午起了风浪，同舱中人，除我以外，都晕了。

在西贡花了许多钱，想想真不该。以后当节省。

一九三二年十月十八日

下午译了一点 Ayala。四点半举行救生演习，不过带上救命筏到甲板上去点了一次名而已。吃过晚饭后又苦苦地想着绛年，开船时的那种景象又来到我眼前了。

明天就要到新加坡，把给绛年，蛰存，家，瑛姊的信都写好了。

一九三二年十月十九日

上午九时光景到了新加坡，船靠岸的时候有许多本地土人操着小舟来讨钱，如果我们把钱丢下水去，他们就跃入水中去拿起来，百不失一。其中一老人技尤精，他能一边吸雪茄，一边跳入水去。上岸后，里昂大学的学生们都乘车去逛了。我和林二人步行去寄信，在马路上走了一圈，喝了两瓶桔子汁，买了一份报回来。觉得新加坡比西贡干净得多。

在码头上买了一粒月光石，预备送给绛年。

船在下午三时启碇，据说明天可以到槟榔。

在香港换的美国现洋大上当，只值二十法郎，有的地方竟还不要，而钞票却值到二十五法郎以上。

同舱的刁士衡对我说，他燕大的同学戴维清已把蛰存的《鸠摩罗什》译成英文，预备到美国去发表。

一九三二年十月二十日

船在下午八时抵槟榔（Penang）。上岸后，与同舱人雇一汽车先在大街上巡游，继乃赴中国庙，沿途棕林高耸，热带之星灿然，风景绝佳，至则庙门已闭，且无灯火，听泉声蛙鸣，废然而返。至春满楼，乃下车。春满楼也，槟城之大世界也。吾侪购票入，有土戏，有广东戏，并亦有京戏。我侪巡绕一周并饮桔子水少许后，即出门，绕大街，游新公市（所谓新公市者，赌场而已），市水果，步行返舟。每人所费者仅七法郎。

一九三二年十月二十一日

睡时船已开，盖在今晨六时启碇者也。

译了点 Ayala，余时闲坐闲谈而已。

一九三二年十月二十二日

寂寞得要哭出来，整天发呆而已。

一九三二年十月二十三日

Nostalgie，nostalgie！

一九三二年十月二十四日

上午译了一点儿 Ayala。下午船中报告，云有飓风将至，将窗户都关上了，闷得要命。实际上却一点儿风浪都没有。睡得很早，因为明天一早就要到 Colombo 了。

一九三二年十月二十五日

吃过早饭后，船已进 Colombo 的港口。去验了护照，匆匆地把给绛年和家里的信写好了，然后上岸去。因为船是泊在港中而不靠岸，而公司的船又已开了，乃以五法郎雇汽船到岸上去。在岸上遇到了同船的诸人，和他们同雇了汽车在 Colombo 各地巡游，到的地方有维多利亚公园，佛教庙（庙中神像雕得很好，惜已欧化了，我们进去的时候须脱鞋），Zoo，Museum，无非走马看花而已。回来时寄三信，已不及到船上吃饭，就在埠头上一家 Restaurant 中吃了。饭后在大街中走了一会儿，独自去喝啤酒。回船休息了一会儿，又到岸上去闲逛，独吃了一个椰子浆，走了一圈，才回船。船在九时开。

一九三二年十月二十六—三十日

五天以来没有什么可记的，度着寂寞的时光罢了。印度洋上本来是多风浪的，这次却十分平静，正像航行在内河中一样。海上除大海一望无际外，什么也看不见，只偶然有几点飞鱼和像飞鱼似的海燕绕着船飞翔而已。

一九三二年十月三十一日

昨夜肚疼，今晨已愈，以后饮食当要小心。

下午四时船中有跑马会，掷升官图一类的玩艺儿而已。

晚饭后，看眉月，看繁星，看银河。写信给绛年，蛰存，家。

明天可以到 Djiboutī 了。

在船中理发。

一九三二年十一月一日

上午十一时到吉布堤。船并不靠码头。我们吃了中饭后，乘小船（每人二 franc）登岸。从码头走到邮政局，寄了信，即在路上闲走。吉布堤是我们沿路见到的最坏的地方。天气热极，房屋都好像已坍败，路上积着泥，除了跟住我们不肯走的土人外，简直见不到人。我们到土人住的地方去走了一走，被臭气熏了回来，那里脏极了，人兽杂处，而土人满不在乎。有一土人说要领我们去看黑女裸舞，因路远未去，即返舟。

下午四时，船即启碇。

夜间九时船中有跳舞会，我很累，未去。

一九三二年十一月二日

天气很热，不敢做事，整天在甲板上。

一九三二年十一月三日

晚上船中开化装舞会，我也去参加，觉得很无兴趣，只舞了一次，很早就回来睡了。

一九三二年十一月四日

下午船上有抽签得彩之戏，去看看而已。

一九三二年十一月五日

七时抵 Suez，船并不靠岸，上岸去的人简直可以说一个也没有。有许多小贩来卖土货，还有照照片的。我买了一顶土耳其帽，就戴了这帽子照了一张照片。

船在二时许赴 Port Said，在 Suez 运河中徐徐航行，两岸漠漠黄沙，弥望无限。上午所写的给绛年，家的信，是在船中发的。

一九三二年十一月六日

上午五时许醒来，船已到 Port Said 了。七时起身吃了点心就乘小汽船上岸（13franc），因为船还是不靠岸。

波塞是一个小地方，但却很热闹，我们上岸后就在大街上东走西看，觉得这地方除了春画可以公开卖和人口混乱外，毫无一点特点。我们在街上足足走了三小时。在书店中买了一册 Vn 回来。吃了中饭后到甲板上去看小贩售物，买了两包埃及烟。

船在四时三刻启碇入地中海。

天气突然凉起来，大家都换夹衣了。

一九三二年十一月七日

今日微有风浪，下午想译 Ayala，因头晕未果。

睡得很早。

一九二二年十一月八日

依然整天没有事做。晚饭后拟好了电报稿，准备到巴黎时发。

林泉居日记

这是戴望舒的一本日记，直行，毛笔书写，内封有“第三本”字样，无年份，记七、八、九三个月的事。从日记内容来看，当是一九四一年。其时戴望舒在香港，担任《星岛日报》《星座》副刊编辑，家居薄扶林道的WOOD BROOK，一般人称“木屋”，戴望舒自译为“林泉居”。戴望舒夫人穆丽娟于一九四一年冬至后已携女儿朵朵（咏素）回到上海。友人徐迟与夫人陈松、沈仲章暂寓戴望舒家中。现根据手稿将日记编入本卷，标题为编者所加，文中个别错字也作了订正。

七月二十九日　晴

丽娟又给了我一个快乐：我今天又收到了她的一封信。她告诉我她收到我送她的生日蛋糕很高兴，朵朵也很快乐，一起点蜡烛吃蛋糕。我想象中看到了这一幕，而我也感到快乐了。信上其余的事，我大概已从陈松那儿知道了。

今天徐迟请他的朋友，来了许多人，把头都闹胀了。自然，什么事也没有做成。上午又向秋原预支了百元。是秋原垫出来的。

三十日　晴

上午龙龙来读法文。下午出去替丽娟买了一件衣料，价八元七角，预备放在衣箱中寄给她。又买了一本英文字典、五枝笔，也是给丽娟的。又买了两部西班牙文法，价六元，是预备给胡好读西班牙文用的。不知会不会偷鸡不着蚀把米？到报馆里去的时候，就把书送了给胡好，并约定自下月开始读。

晚间写信给丽娟，劝她搬到前楼去，不知她肯听否？明天可以领薪水，可以把她八月份的钱汇出，只是汇费高得可怕，前几天已对水拍谈过，叫他设法去免费汇吧。

药吃了也没有多大好处。我知道我的病源是什么。如果丽娟回来了，我会立刻健康的。

三十一日　下午雨

今天是月底，上午到报馆去领薪水，出来后便到兑换店换了六百元国币。五百元是给丽娟八月份用，一百元是还瑛姊的。中午水拍来吃饭，便把五百元交给他，因为他汇可以不出汇费。但是他对我说，现在行员汇款是有限制的，是否能汇出五百元还不知道，但也许可以托同事的名义去汇，现在去试试看，如果不能全汇，则把余数交给我。

今天是报馆上海人聚餐的日子，约好先到九龙城一个尼庵去游泳，然后到侯王庙对面去吃饭。午饭后就带了游泳具到报馆去，等人齐了一同去。可是天忽然大雨起来，下个不停，于是决定不去游泳了。五时雨霁，便会同出发，渡海到九龙，乘车赴侯王庙，可是一下公共汽车，天又下雨了。没有法子，只好冒雨走到侯王庙，弄得浑身都湿了。菜还不错，吃完已八时许，雨也停了。出来到深水埔吃雪糕，然后步行到深水埔码头回香港。在等船的时候，灵凤和光宇为了漫画协会的事口角起来，连周新也牵了进去，弄得大家都不开心。正宇和我为他们解劝。到了香港后，又和光宇弟兄和灵凤等四人在一家小店里饮冰，总算把一场误会说明白了。返家即睡。

八月一日　晴

早上报上看见香港政府冻结华人资金，并禁止汇款，看了急得不得了。不知丽娟的钱可以汇得出否？急急跑到水拍处去问，可是他却不在，再跑到上海银行去问，停止汇款是否事实，上海汇款通否？银行却说暂时不收。这使我急得像热锅上的蚂蚁，真不知道怎样才好。回来想想，这种办法大概是行不通的，上海有多少人是靠着香港的汇款的，过几天一定有改变的办法出来。心也就放了下来。

下午到中华百货公司买了一套玩具，是一套小型的咖啡具，价三元九角五，预备装在箱中寄到上海去。她看见也许会高兴吧。她要我买点好东西给她玩，而我这穷爸爸却买了这点不值钱的东西（一套小火车要六十余元!），想了也感伤起来了。

昨夜又梦见了丽娟一次。不知什么道理，她总是穿着染血的新娘衣的。这是我的血，丽娟，把这件衣服脱下来吧!

八月二日　晴　晚间雨

早晨又到中国银行去找袁水拍。他说：一般的个人汇款，现在已可以汇了，可是数目很小，每月一千五百元国币，商业汇款还不汇，我交给他的五百元还没有汇出，大概至多汇出一部分。再过一两月给我回音。托人家办事，只好听人家说，催也没用。出来后到上海银行，再去问一问汇款的事。行中人说的话和水拍一样，可是汇费却高得惊人，每国币百元须汇费港币四元九角，即合国币三十余元。还只是平汇，这样说来，五百元的汇费就须一百五十一元，电汇就须一百八十元了，这如何是好！接着就叫旅行社到家中取箱子，可是他们却回答我说，现在箱子已不收了。这是什么道理呢？我说，你们大概弄错了吧，前几星期我也来问过，你们说可以寄的。他们却回答说，从前是可以的，现在却不收了。真是糟糕，什么都碰鼻子，闷然而返。

下午到邮局时收了丽娟的一封信，使我比较高兴了一点。信中附着一张照片，就是我在陈松那里看到过的那张，我居然也得到一张了！从报馆出来后，就去中华百货公司起了一个漂亮的镜框，放在案头。现在，我床头，墙上，五斗橱上，案头，都有了丽娟和朵朵的照片了。我在照片的包围之中过度想象的幸福生活。幸福吗？我真不知道这是幸福还是苦痛！

一件事忘记了，从中国银行出来后，我到秋原处去转了转，因为他昨天叫徐迟带条子来叫我去一次，说有事和我谈。事情是这样的：天主堂需要一个临时的改稿子的人，略有报酬，他便介绍了我。我自然答应了下来，多点收入也好。事情说完了之后……就走了出来。

三日　雨

上午到天主堂去找师神父，从他那儿取了两部要改的稿子来。报酬是以字数计的，但不知如何算法，也不好意思问。晚间写信给丽娟，告诉她汇款的困难问题，以及箱子不能寄，关于汇款，我向她提出了一个办法，就是叫她每两月到香港来取款一次。但我想她一定不愿意，以为我想骗她到香港来。

四日　晴

陆志庠对我说想吃酒，便约他今晚到家里来对酌。这几天，我感到难堪的苦闷，也可以借酒来排遣一下。下午六时买了酒和罐头食品回来，陆志庠已在家等着了。接着就喝将起来。两人差不多把一大瓶五加皮喝完，他醉了，由徐迟送他回去。我仍旧很清醒，但却止不住自己的感情，大哭了一场，把一件衬衫也揩湿了。陈松阿四以为我真醉了，这倒也好，否则倒不好意思。

徐迟从水拍那里带了三百元来还我，说没有法子汇，其余的二百元呢，他无论如何给我汇出。这三百元如何办呢？到上海银行去，我身边的钱不够汇费。没有办法的时候，到十一二号领到稿费时电汇吧，汇费纵然大也只得硬着头皮汇了！

今天下午二时许，许地山突然去世了。他的身体是一向很好的，我前几天也还在路上碰到他，真是想不到！听说是心脏病，连医生也来不及请。这样死倒也好，比我活着受人世最大的苦好得多了。我那包小小的药还静静地藏着，恐怕总有那一天吧。

八月五日　晴

上午又写了一封信给丽娟，又把六七两月的日记寄了给她。我本来是想留着在几年之后才给她看的，但是想想这也许能帮助她使她更了解我一点，所以就寄了给她，不知她看了作何感想。两个月的生活思想等等，大致都记在那儿了，我是什么也不瞒她的，我为什么不使她知道我每日的生活呢？

中午许地山大殓，到他家里去吊唁了一次。大家都显着悲哀的神情，也为之不欢。世界上的人真奇怪，都以为死是可悲的，却不知生也许更为可悲。我从死里出来，我现在生着，唯有我对于这两者能作一个比较。

六日　晴

前些日子，胡好交了一本稿子给我，要我给他改。这是一个名叫白虹的舞女写的，写她如何出来当舞女的事。我不感兴趣，也没有工夫改，因此搁下来了。后来徐迟拿去看，说很好，又去给水拍看，也说好。今天他们二人联名写了一封信，要我交给胡好，转给那舞女，想找她谈谈。这真是怪事了。但我知道他们并不是对女人发生兴趣，他们是想知道她的生活，目的是为了写文章。我把信交给胡好，胡好说，那舞女已到重庆去了。这可使徐迟他们要失望了吧。

好几天没有收到丽娟的信了。又苦苦地想起她来，今夜又要失眠了。

七日　晴

昨天龙龙来读法文的时候对我说，她父亲说，大夏大学决定搬到香港来（一部分），要请我教国文。所以今天吃过饭之后，我便去找周尚，问问他到底如何情形。他说，大夏在香港先只开一班，大学一年级，没有法文，所以要请我教国文。可是薪水也不多，是按钟点计算的，每小时二元，每星期五小时，这就是说每月只有四十元，而且还要改卷子。这样看来，这个事情也没有什么好，我是否接受还不能一定，等将来再看吧。

今天阴历是闰六月十五，后天是丽娟再度生日，应该再打一个电报去祝贺她。

八日　晴

吃中饭的时候，徐迟带了一个袁水拍的条子来，说二百元还不能汇，但是他在上海有一点存款，可以划二百元给丽娟，他一面已写信给他在上海的朋友，一面叫我写信告诉丽娟。我收到条子后，就立刻写信给丽娟，告诉她取款的办法。

饭后去寄信的时候，使我意外高兴的，是收到了一封丽娟的信，告诉我她已搬到了中一村，朵朵生病，时彦生活改变，又叫我买二张马票。真是使人不安。朵朵到了上海后常常生病，而她在香港时却是十分康健的。我想还是让朵朵住到香港来好吧。时彦也很使我担忧。穆家的希望是寄在他身上，而现在他却像丽娟所说的“要变第二个时英了”！这十年之中，穆家这个好好的家庭会变成这个样子，真是使人意想不到的。财产上的窘急倒还是小事，名誉上的损失却更巨大。后一代的人，几乎没有一个例外，都过着向下的生活，先是时英时杰，现在是丽娟时彦，这难道是命运吗？岳母在世发神经时所说“鬼寻着”的话，也许不是无因的……关于时彦，我想一方面是环境的不好，另一方面丽娟的事也是使他受了刺激的。在上海的时候，我就看见他为了丽娟的事而失眠。他想想一切都弄得这样了，好好做人的勇气自然也失去了。

但愿时彦和丽娟两个人都回头吧！他们是穆家唯一有点希望的人！

现在已二时，今天恐怕又要睡不好了。

九日　晴

早上九点钟光景，徐迟来叫醒了我说陈松昨夜失窃了！她把一共五十元光景的钱分放在两个皮匣里，藏在抽斗中，可是忘记把抽斗锁上了。偷儿从窗中爬进来，把这钱取了去。时候一定是在半夜四时许，因为我在三时还没有睡着。后来沈仲章上来说，贼的确是四点钟光景来的。他听见狗叫声，马师奶也听见狗叫声而起来，看见一个人影子闪过。奇怪的是贼胆子竟如此大，奇怪的是徐迟夫妇会睡得这样熟，奇怪的是我住到这里那样长又没有失窃过，而陈松来了不久就被窃了。这也是命运吧。陈松很懊丧，因为她所有的钱都在那里了。徐迟去报了差馆。差馆派了人来问了一下。可是这钱是没有找回来的希望了。

今天打了一个贺电给丽娟，贺她今年再度的生日。

晚间马师奶请吃夜饭，有散缪尔等人。马师奶说，巴尔富约我们明天到他家里去吃茶。我又有好久没有看见他了，可是实在怕走那条山路。

十日　晴

今天是星期日，上午到报馆里去办了公，下午便空出来了。吃过午饭之后，我提议到浅水湾去游泳，因为陈松自从失了钱以来，整天愁着，这样可以忘掉。于是大家决意先到浅水湾，然后到巴尔富家去吃点心。决定了便立即动身到油麻地坐公共汽车去。在公共汽车上遇到了许多人，乔木、夏衍等等，他们也是去游泳的，便一起出发。浅水湾的水还是很脏，水面上满是树枝和树叶，可是我们仍然在那里玩了长久，因为熟人多的原故，连时光的过去也不觉得了。出水后已五时许，坐了一下后，即动身到巴尔富家去。

在走上山坡的时候，我忽然想起丽娟和朵朵来，去年或是前年的有一天下午，我们一同踏着这条路走上去过，其情景正像现在的徐迟夫妇和徐律一样。但是这幸福的时候离开我已那么远那么远了！在走上这山坡的时候，丽娟，你知道我是带着怎样的惆怅想着你啊！到了山顶的时候，巴尔富和马师奶已等了我们长久了，于是围坐下来饮茶吃点心，并随便闲谈，一直谈到天快晚的时候才下山来。下山来却坐不到公共汽车，每辆车子都是客满，没办法了，只好拔脚走，一直走到快到香港仔的时候，才拦到了一辆巴士，坐着回来。匆匆吃了夜饭就上床，因为实在疲倦极了。

十一日　晴

上午到报馆去领稿费，出来随即把丽娟的三百元交上海银行汇出去，恐怕她又等得很急了吧。汇费是十七元七角四分港币，真是太大了，上次汇五百元的时候，我觉得十七元余的汇费已太大，不料这次汇三百元都要十七元余。如果再加，如何能负担呢?

银行里出来后，又到跑马会去买了三张马票，两张是要寄给丽娟的，一张留着给自己。希望中奖吧！

上午屠金曾对我说，上海同人今天下午到丽池去游泳，叫我也去，所以下午也到报馆去，可是光宇、灵凤等又不想去了。屠氏兄弟周新等以为他们失信，心中不太高兴，便仍旧拉着我去。在丽池游了三小时光景，我觉得已比从前游得进步一点了。在那里吃了点心回来。

十二日　晴

上午写信给丽娟，并把两张马票附寄给她。在信中，我把我收到她的信的那一天的思想告诉了她。……这个天真的人，我希望她一生都在天真之中！我要永远偏护她，不让她沾了恶名。她不了解我也好，我总照着我自己做，我深信是唯一能爱她而了解她，唯一为她的幸福打算的人，等她年纪再大一点的时候，等她从迷梦中清醒过来的时候，她总有一天会知道我的。

身边还余五十余元，交了三十五元给阿四，叫她明天把丽娟去沪时的当赎出来。

十三日　晴

早上阿四把丽娟所典质的东西取了回来，一个翡翠佩针，一个美金和朵朵的一个戒指。见物思人，我又坠入梦想中了。这两个我一生最宝爱的人，我什么时候能够再看见她们啊！在想到无可奈何的时候，我的心总感到像被抓一样地收紧起来。想她们而不能看见她们，拥她们在怀里，这是多么痛苦的事啊！我总得设法到上海去看她们一次，就是冒什么大的危险也是甘愿的！现在还有什么东西使我害怕呢？死亡也经过了，比死更难受的生活也天天过着。我一定得设法去看她们。

晚间到文化协会去讲小说研究，因为是七点半开始的，所以没有吃饭，九时许回家的时候，袁水拍在这里，便和他以及徐迟夫妇到大公司去，他们吃茶我吃饭，回来不久就睡。

十四日　晴

徐迟这人真莫名其妙，对陈松一会儿好，一会儿坏，对朋友也是这样。现在，他自己觉得是前进了，脾气也越来越古怪了。我看到他一张纸，写着说，以后要只和“朋友”来往，即日设法搬到朋友附近去住。所谓“朋友”是指那些所谓“前进”的人，即夏衍，郁风，乔木，水拍等。如果他要搬，我也决不留他，反正他们住在这里我也便宜不了多少。他们管饭以来，菜总是不够吃的。丽娟，你什么时候能够回来啊！

饭间复陆侃如夫妇和吴晓铃的信，又把他们在《俗文学》的稿费寄给他们。

十五日　晴

上午到邮政局去，出于意外地，收到了丽娟在本月七日所发的信。我以前写信请她搬到前楼去，她回信却说宁可省一点钱，将就住在亭子间里。其实这点钱何必省呢？也许因住得不好而生病，反而多花钱。再说，我已答应多的房钱由我来出的。她说她身体不好，轻了六磅，这也是使我不安心的，我真希望她能回到香港来，让我可以好好地服侍她，为她调理。她劝我不要到上海去，看看照片也是一样。唉，哪里能够一样！信上有一句话使我很以为惊喜，即就是她说“也许我过了几天已在香港也说不定”。也许真会有这样的事吧！于是我想到她没有入口证，上海也不能领，就是要来也来不成的，于是在抽斗里找出了她的两张照片，饭后去讨了领证纸，填好了又去找胡好作保，然后送到旅行社请他们去代领。这次是领的两年的，七元，这样可以用得时间长一点。旅行社说现在领证颇多困难，能否领得犹未可知。出来的时候，颇有点担心，可是总不至于会有什么大困难吧。

出了旅行社又回报馆去，因为今天是十五，是报馆上海同人茶叙的日子。今天约在丽池，既可以饮茶，又可以游泳。发好稿子后，便和他们一同出发去。游泳的仅有周新屠金曾麋文焕和我四人，其余的都坐着吃茶点看看。在那里玩了三时光景，然后回家来。今日领薪。

十六日　晴

昨天收到了丽娟那封信，高兴了一整天，今天也还是高兴着。丽娟到底是一个有一颗那么好的心的人。在她的信上，她是那么体贴我，她处处都为我着想，谁说她不是爱着我呢？一切都是我自己不好，都是我以前没有充分地爱她——或不如说没有把我对于她的爱充分地表示出来。也许她的一切行为都是对我的试验，试验我是否真爱她，而当她认为我的确是如我向她表示的那样，她就会回来了（但是我所表示的只是小小的一部分罢了，我对于她感情深到怎样一种程度，是怎样也不能完全表示的）。正像她是注定应该幸福的一样。我的将来也一定是幸福的，我只要耐心一点等着就是了。这样，我为什么常常要想起那种暗黑的思想呢？这样，在我毁灭自己的时候，我不是犯了大错误吗？我为什么要藏着那包药？这样一想，我对于那包药感到了恐怖，好像它会跳进我口中来似的，我好像我会在糊涂时吞下它去似的。这样，我立刻把这包小小的东西投在便桶中，把它消灭了，好像消灭了一个要陷害我的人一样。而这样心里十分舒泰起来。是的，我将是幸福的，我只要等着就是了。

心里虽则高兴，却又想起丽娟在上海一定很寂寞。我怎样能解她的寂寞呢？叫别人去陪她玩，总要看别人的高兴。周黎庵处我已写了好几封信去，瑛姊、陈慧华等处也曾写了信去，不知她们会不会常常去找找她，以解她的寂寞呢？咳，只要我能在上海就好了。

十七日　晴

晚间写信复丽娟，并把赎当等事告诉她。她来信要我写信给周黎庵，要他教书，所以我又写了一封信给黎庵。不过报酬如何算呢？我们已麻烦他的太多了，这次不能再去花他许多时间。可是信上也不能如何说，还是让丽娟自己去探听他一声吧。

我平常总是五点钟回家后就工作着的，每逢星期六、日，徐迟夫妇要出去的时候，我总感到一种无名的寂寞之感。今天又是星期日，可是吃完晚饭，天忽然下起雨来。这样，徐迟夫妇不出去了，我也能安心地工作写信了。

今天去付了房租。又把母亲的六十元封好了，准备明天去寄。

下午遇见正宇，说翁瑞吾要回上海去。现在忽然想起，给丽娟的衣料等物何不请他带去？他可以交给孙大雨，由丽娟去拿。明日去找他，托托他吧。

十八日　晴

下午带了一包要带到上海去的东西去找翁瑞吾，可是他已经出去了。便把东西留在那儿，并托正宇太太对瑞吾说一声。我想他总答应带的吧。好在东西不多，占不了多少地方。

晚间马师奶请她的三个女学生吃饭，叫沈仲章何迅和我三人做陪客。一个是姓何的，名叫 geitunde，两个姓余的，是姊妹，一叫 maguatt，一忘掉。三个人话很多，说个不停，一直说到十一点光景才走。姓何的约我们大家在下下星期日到赤柱去钓鱼野宴并游水，她在赤柱有一个游泳棚，可以消磨一整天。

十九日　晴

一吃完中饭就去找翁瑞吾，他正在午睡。醒来后，他对我说，他明天就要去上海了，东西可以代为带去，这使我放了一个心。我请他把东西放在大雨家里，让丽娟去拿。然后道谢而出，回家写信告诉丽娟。

从报馆回来的时候，在邮局中取到一封丽娟的信。那是八月十一日发的，还没有收到我的钱，可是却收到了我的日记。我之寄日记给她看，是为了她可以更充分一点地了解我，不想她反而对我生气了。早知如此，我何必让她看呢？她说她的寂寞我是从来也没有想到过，这其实是不然的。我现在哪一天不想到她，哪一个时辰不想到她。倒是她没有想到我是如何寂寞，如何悲哀。我所去的地方都是因为有事情去的，我哪里有心思玩。就是存心去解解闷也反而更引起想她。而她却不想到我。

她来信说周黎庵已经在教她读书了。这很好。我前天刚写出了给黎庵的信，不知现在报酬如何算法？丽娟信上说，书已上了几天，但她已吃不消了。她是不大有长性的，希望她这次能好好地读吧。

二十日　晴

今天是文化协会上课的日子，我还一点也没有预先预备，一直等下午报馆回来后才临时预备了一下。上课的时候，居然给我敷衍了两小时。上完了课，已九时半，肚子饿得要命，一个人到加拿大去吃了一顿西餐，一瓶啤酒。吃过饭坐三号 A，一直坐到摩星岭下车，然后一个人慢慢地踱回家来。这孤独的散步不但不能给我一点乐趣，反而使我格外苦痛。没有月亮的黑黝黝的天，使我想起了那可怕的梦，想起了许多可怕的事。我想到梁蕙在西贡给日本人杀害了（这是我第一次想起她），想到我睡在墓穴里，想到丽娟穿着染血的嫁衣。……一直到回家后才心定一点。

二十一日　晴

从报馆回来的时候，又收到了一封丽娟的信，告诉我电汇的三百元已收到了，但是水拍划的那二百元却没有提起，我想不久总会收到的吧。

她说她也赞成一月来港取钱一次的办法，但是她却很害怕旅行。她说她也许今年年底或明年年初能到香港来一次。这是多么可喜的消息啊！丽娟，我是多么盼望你到香港来。我哪里会强留你住？虽则我是多么愿意永远和你在一起，但是如果这是你所不愿意，我是一定顺你的意去做的。……这一点你难道到现在也还不明白啊？

她叫我把箱子在八月底九月初带到上海去，可是陶亢德沈仲章现在都不走，托谁带去好呢？小东西倒还可以能转辗托人，这样大的箱子别人哪里肯带呢？

二十二日　晴

下午中国旅行社打电话来，说丽娟的二年入口证已领到了，便即去拿来。

这几天真忙极了，除了天主教的耶稣传，《星座》上的长篇外，还要赶天主堂托我改的稿子，弄得一点空儿也没有，连丽娟的信也没有回，真是要命。今天的日记也只得寥寥几行了。

二十三日　雨

下午灵凤找我吃茶，拿出新总编辑给他的信来给我看。那是一封解职的信，叫他编到本月底，就不必编下去了。陈沧波来时灵凤是最起劲招待的，而且又有潘公展给他在陈沧波面前打招呼的信，想不到竟会拿他来开刀。他要我到胡好那儿去讲，我答应了，立刻就去，可是胡好不在。于是约好明天早晨和光宇一起再去找他。

今天徐迟在漫协开留声机片音乐会，并有朗诵诗。我本来就不想去，刚好马师奶来请吃夜饭，便下楼去了。客人是勃脱兰和山缪儿。谈至十一时，上楼改译稿。睡已二时。

二十四日　阴

叶灵凤昨天约我今天早晨到他家里，会同了光宇一同到报馆里去找胡好，所以我今天很早就起来，谁知到了灵凤家里，灵凤还没有起身，等他以及光宇都起来一起到报馆的时候，已经快十一点钟了。我和光宇先去找胡好。胡好在那里，说到灵凤的事的时候，胡好说陈沧波说灵凤懒，而且常常弄错，所以调他。但是胡好说，他并不是要开除他，只是调编别一栏而已。这是陈沧波和胡好不同之处。这里等到一个答复后，便去告诉灵凤，他也安心了。可是陈沧波的这种行为，却激起了馆中同事的公愤。他的目的，无非是要用私人而已。恐怕他自己也不会长久了吧。

下午很早就回来，发现抽斗被人翻过了。原来是陈松翻的。我问她找什么，她不说，只是叫我走开，让她翻过了再告诉我，我便让她去翻，因为除了梁蕙的那三封信以外，可以算作秘密的东西就没有了。我当时忽然想到，也许她收到了丽娟的信，在查那一包药吧。可是这包药早已在好几天之前丢在便桶里了。等她查完了而一无所获的时候，我盘问了她许久她才说出来，果然是奉命搜查那包药的。我对她说已经丢了，不知道她相信否？她好像是丽娟派来的监督人，好在我事无不可对人言，也没有什么对不起人的地方，随便她怎样去对丽娟说是了。

晚间灵凤请吃饭，没有几样菜，人倒请了十二个，像抢野羹饭似地吃了一顿回来。又赶校天主堂的稿子。

二十五日　雨

午饭后把校好的稿子送到天主堂去，可是出于意外地，只收到了十元的报酬，而我却是花了五个晚上工夫，真是太不值得了。下次一定不干了。

报馆里回来的时候，陈松对我说，想请我教法文。我真不知道她读了法文有什么用处，可是我也不便把这意思说出来。丽娟曾劝我要把脾气改得和气一点，所以我虽则已没有什么时间了，却终于硬着头皮答应下来，而且即日起教她。龙龙每星期要白花我三小时光景，而现在她又每天要白花我半小时，这样下去，我的时间要给人白花完了！陈松相当地笨，发音老教不好，丽娟要比她聪明得多呢。

二十六日　雨

今天感到十分地疲劳，头又胀痛得很，晚饭后写信给丽娟，并把入口证寄给她。现在，我感到剧烈的头痛，连日记也不想多写了。

二十七日　晴

今天头痛已好了一点，但是仍感疲倦。大约是这几天工作的时间太多了吧。为此之故，我上午一点事也没有做，可以得到一点休息。但是实际上这一点点的休息又有什么用呢？

徐迟回来午饭的时候带了一封秋原的信来，附着一张法文的合同。这是全增嘏的一个律师朋友托译的，说愿意出一点报酬。我想赚一点外快也好，在夜饭后就试着译。可是这东西不容易译，花了许多时间只译了一点点，而头却又痛起来，就决计不去译它，请徐迟带还秋原去。

收到大雨的信，要我代寄一封信给重庆任泰，可是信是分三封寄来的，要等三封齐了之后才可以代他寄出去。

今天又到文化协会去讲了一小时许诗歌。

二十八日　晴

中饭菜不够吃，我饭吃得很少，到报馆办公完毕，肚子饿得厉害，便一个人到美利坚去吃点心，快吃完的时候，报馆的同事贾纳夫跑到我座位上来，原来他在我后面，我起先没有看见。他便和我闲谈起叶灵凤的事来。后来，他忽然对我说，他最近有一个朋友经过香港回上海去，是丽娟的朋友，在我这次到上海去时和我见过，这次本来想来找我，可是因为时间匆促，所以没有来。这真奇怪极了！我在上海除了极熟的朋友外，简直就一个人也没有遇到过。更奇怪的是贾纳夫说这些话时候的态度，吞吞吐吐地好像有什么秘密在里面似的，好像带着一点嘲笑口吻似的。我立刻疑心到，这人也许就是姓×的那个家伙吧。他到内地去鬼混了一次，口称是为了她去吃苦谋自立，可是终于女人包厌了，趣味也没有了，以为家里可以原谅他仍旧给他钱用，便又回到上海去。我猜这一定是他，又不知他在贾纳夫面前夸了什么口，怎样污辱了她的名誉。我便立刻问贾纳夫这人叫什么名字，他又吞吞吐吐了半天，才说是姓梁叫月什么的（显然是临时造出来的）。我说我不认识这个人，也没有见过这个人。他强笑着说，也许你忘记了。这样说着，推说报馆里还有事，他就匆匆地走了。

这真使我生气！……我真不相信这人会真真爱过什么人。这种丑恶习惯中养成的人，这种连读书也读不好的人，这种不习上进单靠祖宗吃饭的人，他有资格爱任何女人吗？他会有诚意爱任何女人吗？他自己所招认的事就是一个明证。他可以对一个女人说，我从前过着荒唐的生活，但是那是因为我没有碰到一个爱我而我又爱她的女人，现在呢，我已找到我灵魂的寄托，我做人也要完全改变了。有经验的女人自然不会相信这种鬼话，但是老实的女人都会受了他的欺骗，心里想：这真是一个多情的人，他一切的荒唐生活都是可以原谅的，第一，因为他没有遇到一个真心爱他的人，其次，他是要改悔成为一个好人，真心地永远地爱着我，而和我过着幸福的生活了。真是多么傻的女人！她不知道这类似的话已对别的女人不知说过多么遍了！如果他哪一天吃茶出来碰到的是另一个傻女人，他也就对那另一个傻女人说了！女人真是脆弱易欺的。几句温柔的话，一点虚爱的表示，一点陪买东西的耐心，几套小戏法，几元请客送礼的钱，几句对于容貌服饰的赞词，一套自我牺牲与别人不了解等的老套，一篇忏悔词，如此而已。而老实的女人就心鼓胀起来了，以为被人真心地爱着而真心地去爱他了。这一切，这就叫爱吗？这是对于“爱”这一个字的侮辱。如果这样是叫做爱，我宁可说我没有爱过。

二十九日　晴

下午到报馆去的时候，屠金曾对我说，陈沧波已带了一个编“中国与世界”栏的人来，又不要灵凤发稿了。我以为灵凤的事已结束了，谁知道还是有花样。问题是如此：要看灵凤自己意思如何，如果他可以放弃这一栏而编其他栏，那么就让开，反正胡好已答应不停他的职。如果他决定要编“中国与世界”栏呢，我们也可以硬做。于是便和馆中上海人一齐到中华阁仔去谈论这事。灵凤的主见没有一定，又想仍编这一栏，又怕闹起来位置不保。于是决定今天由他自己再和胡好去相商一次然后再作计较。

饮茶出来，在邮局中收到了丽娟十九日写的信，说水拍划的二百元已收到了。她这封信好像是在发脾气的时候写的。我不知道她为什么又生气，难道我前次信上说让朵朵到香港来，她听了不高兴了吗？她也是很爱朵朵的，她不知道朵朵在港身体可以好一点，读书问题也可以解决了吗？

三十日　晴

小丁来吃中饭。他刚从仰光回来不久，所以我约他再来吃夜饭谈谈。我叫阿四买一只鸡，又买牛肉，徐迟买酒及点心，他自己也带一样菜来。这样一凑，菜酒就不错了。他七时就来，先吃茶点，然后饮酒吃饭，谈谈说说，讲讲笑话，也是乐事，所可惜者，丽娟不在耳。饭后余兴未尽，由小丁请我们到大公司饮冰，十二时许始返。

三十一日　晴

早上睡得正好，沈仲章来唤醒了我。原来今天是何姑娘约定到赤柱去钓鱼的日子，我却早已忘记了。匆匆洗脸早餐毕，马师奶何迅已等了长久了。便一起出发到何家去。何家相当富丽堂皇，原来她是何东的侄女。到了那里，她也等了长久了。余家姊妹不在，说是直接到赤柱了，却另加了赵氏姊妹二人，都是何的表姊。一行七人到码头乘公共汽车去赤柱，何虽则已带了大批食物，沿途又还买了水果等物。到了赤柱，就到她家的游泳棚，不久玛格莱特·何也来了，可是她姊姊却没有来。于是除了仲章和马师奶外，大家都下去游水。在这些人之中，我是游得最坏，而且海边石子太多，把我的脚也割破了，浸了一会儿，就独自上岸来和马师奶闲谈。等他们上来，就一同冷餐。冷餐甚丰。饭后躺在榻上小睡一会儿，又下海去游了一下，这时她们坐着小船去叫钓鱼船，叫来后，大家一齐上船。唯有何、余和何迅三人不坐船，跟着船游出去，游了一里多路。船到海中停下来，吃了点心然后钓鱼。钓鱼不用竿子，只用一根线，以虾为饵。起初我钓不着，后来却接连钓到了三条，仲章钓到了一条河豚鱼，因为有毒，弄死了丢下水去。差不多大家都钓到，一共有二十几条，各种各类都有，可惜都不大。其间我曾跳到水中去游了几分钟。那地方水深五十余尺，可是他们都是游水好手，又有船去，所以我敢跳下去，可是一跳下去就怕起来，所以不久就上来了。马师奶也跳下去的，我以为她是不会游的，哪知她游得很好。八时许才回到游泳棚，天已黑了。我因为报馆要聚餐，所以不在棚中晚饭，独自先行，可是脱了九点一刻的公共汽车，而且也赶不及聚餐了（在九龙桂园），只好再回游泳棚去吃饭。饭后在沙滩上星光下闲谈，余小姐老提出傻问题来问我，如写诗灵感哪里来的之类。乘末班车归，即睡。整天虚度了！

九月一日　晴

馆中遇屠金曾，说昨日叙餐未到者，除我外尚有光宇兄弟二人，大众决议，要双倍罚款。

馆中出来在邮局收到丽娟八月二十五日写的信。告诉我朵朵病已好了，胖了点，她自己也重了三磅，这使我多么高兴而安慰。她告诉我国文已不再读了，只读英文。这真太没长性了。读英文没有什么大用处，黎庵也不见得教得好，还是仍旧读国文的好。她的国文程度，从写信上看来，已有了一点进步，写字也写得好一点，有了这样的根基，再用一点功一定会大有进步的。读英文她却很少有希望，根底实在太差了。要能够看看普通的书并说几句，恐非三五年不行，她那里会有这样的耐心呢？

二日　晴

上午写信复丽娟，并问她认不认识贾纳夫所说的那个姓梁的人。看她如何回答我吧。到邮局去寄信的时候，看见有人在用挂号信封保险寄钱到上海，便问局中人是否可寄。局中人说香港可以，上海方面不很清楚。便又去问柳存仁，存仁说，听说上海限一千五百元，到底如何不大清楚，至多退回来，不会收没的。这样，我决计将这月的钱用挂号寄去了，可以省许多汇费，明天向报馆去预支薪水吧。(昨夜梦丽娟)

三日　晴

上午从报馆中借了六十元薪金，预备凑起现在所有的一起寄给丽娟，房金用稿费付。这样就没有问题了。

下午收到了蛰存的信。他很关心我的事。他只听得我和丽娟有裂痕的话，以为她现在得到了遗产，迷恋上海繁华（如果他知道真情，他不知要作何感想呢?)。他劝我早点叫她回来，或索性放弃了。别人都这样劝我，他也如此。……我也不是不明白这种道理，但是我却爱她，我知道她在世界上是孤苦零丁，没有一个真心对她的人。对于我，对于她这两方面说，我不能让她离开我；再说，还有我们的朵朵呢？说起朵朵，我又想到了她的教育问题。今天午饭的时候，徐迟陈松商量把徐律送到圣司提反幼稚园去，我想到朵朵在上海过寂寞的生活，不能受教育，觉得很感伤……

晚饭后去文化协会讲诗歌，回来后和沈仲章陈松出去吃宵夜。

四日　晴

上午去换了六百元国币，合港币一百〇二元。回来写信给她（即穆丽娟——编者)，告诉她钱明天寄出。我又向她提议，请她最好能回香港来。如果她能来，我当每月至少给她百元零用。其实，如果她能回来，我有什么不愿意给她呢？我有什么事不愿为她做呢？又收黎庵信，云或将即来香港。

张君干约我下午去游泳，便和他一同到丽池去。在那里游泳，谈心并在海里划船。出来已八时许，他请我在新世界吃饭，又请我到皇后看电影，返已十二时许。

五日　晴

上午写信给丽娟，告诉她六百元分二封保险信寄，叫她收到与否均打电报给我。可是下午到邮局去寄的时候，出乎我意外的，邮局说国币不收了，说是刚从昨天起收到上海邮局的通知才这样办的。我很懊丧，但也庆幸着，因为这金钱如果昨天寄了，丽娟是一定收不到了。就在邮局中把上午写的信上加了几句，说钱改明天寄出，寄港币百元，因为港币是可以寄的。当即将钱又换港币。

晚饭后去访亢德和林臧庐。在他们那儿坐了一时光景。亢德说月底光景回上海去，我就说想托他带箱子，可是他不大愿意，我也就不说下去了。臧庐送了我一部《战地钟声》。回来后又写信给丽娟，告诉她寄港币百元，这几天在报馆中听到上海将被封锁的消息，便在信上告诉了她，劝她早点来港，以免受难。

六日　晴

一早就去寄保险信，谁知今天是公共假期，寄不出，明天又是星期日，只得等到星期一。丽娟收到这笔钱，一定将在二十号左右了，奈何！

下午复了蛰存的信，请他多写文稿来。关于丽娟的事，我对他说我不愿多说（因为他问我详情如何），以及我相信她会回来的。

陈松法文进步了不少，只是读音读不好，照这样学下去四个月可以说法文了。龙龙甚懒，教了从不读，我也不太高兴教她了。

七日　晴

报馆出来后，在拔佳门口看看皮鞋，因为我的白皮鞋已有点破，而且也将不能穿了，先看一看，将来可以买，不意陈福愉正买了皮鞋出来，便拉我去他所住的思豪酒店去闲谈。他已进了星岛，所谈无非星岛的事。出来即乘车返，可是在车上遇到灵凤一家老小，他们是到大公司去饮冰的，邀我同去，便跟着他们一同去，饮冰后即返家工作。

八日　晴

一早就到邮政局把丽娟八月份的港币一百元保险寄出，心里舒服了不少，可是她收到一定要在二十号光景了。她一定要着急好几天了。为什么要让她着急呢，想着想着，我又不安起来了。以后还是多花一点汇费电汇给她吧。

从报馆里回来的时候，在邮箱里收到丽娟的九月一日发的信。她告诉我带去的衣料已收到，可惜今年已不能穿了。她说那件衣料她很喜欢。只要她能喜欢，我心里就高兴了。她叫我买两件呢衣料，当时我就到各衣料店陈列窗去看，可是因为香港天气还热，秋天的衣料还没有陈列出来，只得空手回来。回来时徐迟夫妇已去吃马国亮双胞胎的满月酒去了，想到丽娟信上叫我吃得好一点，趁他们出去吃饭，便吩咐阿四杀了一只鸡，一个人大吃一顿。说来也可笑，这算是听丽娟的话吧。

九日　晴

上午复了丽娟的信。报馆回来之后，忽然想起，我为什么不自己出版一点书赚钱呢？我有许多存稿可以出版，例如《苏联文学史话》，例如《西班牙抗战谣曲选》都是可以卖钱的，为什么不自己来出版呢？至少，稿费是赚得出来的，或再退一步说，印刷成本总不会蚀去的。所麻烦的只是发行问题。于是吃过夜饭后，便去找盛舜商量。他现在做大众生活社的经理，发行是有办法的。他一口答应给我发行，而且说一千本是毫无问题的，便很高兴地回来。现在，问题是在一笔印刷费。可是这也不成问题，星马可以欠账印。从明天起，我该把文学史话的稿子加以整理了。

十日　晴

今天从早晨九时起，一直到晚间二时止，整天地把《苏联文学史话》用原文校译着，只有在下午到报馆里去了一次。

报馆里出来的时候，我去配了一副眼镜，因为原来的一副已不够深，而且太小了。一共是九元，付了五元定洋，后天就可以取了。

十一日 晴

上午仍旧校读《史话》，校到下午三时，校毕。到报馆去的时候，就把稿子交给印刷部排。现在，这部稿子还缺两个附录。找到时再补排就是了。

我的还有一部可卖钱的稿子《西班牙抗战谣曲选》是在刘火子那里。可是他的微光出版部现在既已不办，我便可以向他索回来了。当时我曾支过版税国币一百元，合到港币也无几，将来可以还他的。问题是在于他现在肯不肯先把稿子还我。工毕之后，我便打电话约他到中华阁仔饮茶，和他商量这件事。他居然说可以，而且答应后天把稿子还给我。

致赵景深

景深兄：

请你活动的事不知已替我设法了没有，甚念。

我已于前天回杭州来了，在上海没事干，太没劲儿了。现在是躲在家里，整天吃饭睡觉吃西瓜而已。

London Mercury 一册奉还。已挂号寄出。

空了的时候请常常写信给我，我实在太空了。

望　舒

三十日夜

致舒新城

新城先生赐鉴：

奉到大札，嘱译西班牙 Ayala 所著 Belarminoy Apolonio 一种，敢不从命。该书西班牙文原本已直接向原出版处定购，书到手后即着手迻译，大约四月后，可以脱稿。至于译名，现暂照原名译为《倍拉卡米诺与阿保洛钮》。待全书脱稿后，再行酌改，较为妥善，未知先生以为何如。专此敬请

撰安

弟　戴望舒上　十五日

（一九三二年一月十五日）

致叶灵凤

灵凤:

几乎有半年没有见面了，你生活好吗?你或许要怪我没有写信给你，你或许会说我懒。但是这实在是冤枉了我。我在这里是一点空也没有。要读书，同时为了生活的关系，又不得不译书，而不幸的又是生了半个月的病，因此便把写信的事搁了起来。好在老兄是熟朋友，我想你总能原谅我的。

在《现代》中读到老兄的两篇大作:《紫丁香》和《第七号女性》，觉得你长久搁笔之后，这次竟有惊人的进步了。你还有新作吗?这两篇中，我尤其爱《第七号女性》这篇，《紫丁香》没有这一篇好。这是我的意见，不知你以为如何?

你给我的那张介绍片我尚未用，因为我没有到里昂去。或许下半年要去一趟。你有什么话要我转言吗?

知道你现在爱读 Heimingway，John Dos Passos 诸人的作品，我记得巴黎 Crosby 书店有 Heimingway 的作品出版，明后天进城去时当去买来送你，和《陶尔逸伯爵的舞会》第三次稿同时寄奉。

祝你快乐!

望舒　二十二年三月五号

（一九三三年三月五日）

致郁达夫

达夫兄：

前函已收到否？因为通邮不便，把什么事情都弄糟了。关于星岛日报事，已详前函。这里的经理是个孩子，性急，做事无秩序，所以什么都弄得乱七八糟。其实我也太把细，太要做得漂亮一点，而某一些人又无耻钻营，再加上道远音讯阻隔，结果造成了这个现在的局面。这里，我只得向他致万分的歉意。

《星座》的稿费始于十八日领到，我怕你也许要用钱，在十三号去预支了薪水在十四日寄你，这时想已收到了吧。这里的事什么都不顺手，例如稿费的事，纠葛就发生了不少，编辑部在七月三十一日就把稿费单发下去，会计部却搁到五六号才发通知单（而且不肯直接寄钱，要等作者寄回收据后才寄）。在本地的作者，竟有领到七八次才领到的（例如马国亮），不知是没预备好还是什么，今天发一点，明天发一点，最迟竟有等到二十一号才领到的（如叶秋原），使我们感到异常苦痛，自领的说我们侮辱他们，代领的更吃了挪用的冤枉，谁知道实际情形是如此。这月底以后，我决定和会计部办交涉，得一个妥善的办法，这样下去作者全给他们得罪到了（特稿稿费收据请寄下，我替你去代领寄奉）。

《星岛》是否天天收到？星座稿子很是贫乏，务恳仍源源寄稿，至感，至感。中篇小说究竟肯答应给我写否？因为看见你给陶公信上也说写中篇，到底是一个呢，还是两个？

家里孩子病还没有好，自己也因疲倦至而有点支持不下去，什么时候能过一点悠闲的生活呢！精神生活也寂寞得很，希望从你的信上得到一点

安慰。即请　俪安

望舒二十三日

映霞均此（如达夫离开汉寿，此信务烦转去）行迹已决定后乞来示告知。

（一九三八年）八月二十三日

致艾青

……这样长久没有写信给你，原因是想好好地写一首诗给你编的副刊，可是日子过去，日子又来，依然是一张白纸，反而把给你的信搁了这么久，于是只好暂时把写诗的念头搁下，决定在一星期内译一两首西班牙抗战谣曲给你——我已收到西班牙原本了。

……诗是从内心的深处发出来的和谐，洗炼过的；……不是那些没有情绪的呼唤。

抗战以来的诗我很少有满意的。那些浮浅的，烦躁的声音，字眼，在作者也许是真诚地写出来的，然而具有真诚的态度未必是能够写出好的诗来。那是观察和感觉的深度的问题，表现手法的问题，各人的素养和气质的问题。

我很想再出《新诗》，现在在筹备经费。办法是已有了，那便是在《星座》中出《十日新诗》一张。把稿费捐出来。问题倒是在没有好诗。我认为较好的几个作家，金克木去桂林后毫无消息，玲君到延安鲁艺院后也音信俱绝，卞之琳听说也去打游击，也没有信。其余的人，有的还在诉说个人的小悲哀，小欢乐，因此很少有把握，但是不去管他，试一试吧，有好稿就出，不然就搁起来，你如果有诗，千万寄来。……

致赵景深

景深兄：

承赐大作《小说闲话》及卫聚贤君《薛仁贵征东考》，已于上月底收到。弟忽染时疫，几致不起，今日才能起床握管，特奉函道谢。卫君所考《薛家府演义》作者为赵炯，然弟觉甚为勉强。如照这样推测，则吾人颇有理由说《金瓶梅》为于慎行作，《今古奇观》为顾有孝所选，且理由比卫君充足也。《醉翁谈录》消息如何？承允赐大作何久不寄下，均请赐复。即颂

文祺

弟　望舒

十一月九日

《北红拂记》已出版未？

致陈敬容

敬容女士：

大札早收到，因为没有你的地址，故未即奉复，昨天又收到你的信，才知道你的通讯处，这里赶快回答你。

你的朋友打算译 Les Miséables，如果我可以有帮忙的地方，一定效力，我的拉丁文是马马虎虎的，已经有二十年没有理过了，而书中拉丁文其实并不多，怕还是西班牙字多一点。现在这样好吗：请他将不识的字抄出来，注明页数（他大概是用的 Nelson 本子吧，我只有这个版本），我知道的就解释了寄还他，这样可以免得奔走，只须陆续一来一往写信就是了。你以为如何？

我病还没有好，可是不得不上课，每上二小时课，回来就得睡半天。

《中国新诗》什么时候集稿请示知，一定有稿子给你。你的《交响集》什么时候可以出来？不要忘记送我一部。即请撰安

望舒

（一九四八年）四月二十四日

致杨静

丽萍：

到平已月余，可是还没有给你写一封信，这种心情也许你是能理解的吧。我一直对自己说，我要忘记你，但是我如何能忘记！每到一个好玩的地方，每逢到一点快乐的事，我就想到你，心里想：如果你在这儿多好啊！一直到上星期为止，我总以为朵朵暂时不记得你了：从上船起一直到上星期这一个多月中，她从来没有提到你一个字，我以为新年快乐使她忘记了一切，可是，在上星期当她打了防疫针起反应而发高烧的时候，她竟大声喊着："妈咪，你作免呒要我第，顶呒解我第嗨里处！"这呓语泄漏出了她一个月以来隐藏着的心情，使我眼泪也夺眶而出。真的，你为什么抛开我们？我们为什么会在这里的啊！

可是不要说这些感伤的话了，且把我们分手后的情形告诉你吧。那一天，船一直到晚上九点才开，上船后，我的气喘就好多了。我和二朵朵，卞之琳和邝先生各占一个房舱（大朵朵在我们隔壁的房舱）。房舱很舒服，约等于普通船的头等舱。大菜间也是我们独占的，我们整天在那里玩。伙食也不错，而且餐餐有酒喝。在海上除了第一二天有雾外，一路风平浪静，船上的人，除了大朵朵外，一个晕船的也没有。三月十七日晨，船就到了大沽口，可是并没有当天上岸，因为从北平派来接我们的人，一直到十八日下午才开了小轮船来接我们（我们的船太大了不能一直开到天津）。那天晚上，我们到了塘沽，宿在海关的宿舍里，受着隆重的招待，第二天十九日，塘沽公安局招宴，宴毕，才上了专为我们而备的专车。十二时到天津，市政府又在车站中款待我们，休息了一小时，在四时到了北平，当即来到翠明庄。翠明庄是从前日本人造来做将校招待所的，胜利后国民党拿来做励志社，现在是人民政府拿来做招待民主人士的地方，虽不及北京饭店或六国饭店大，但比前二处更清静而进出自由。我住的三十一号是全庄最好的一间，有客厅，卧室，浴室，贮藏室等四间，小而精致，房中有电话，十分方便。在军调部时代，据说是叶剑英将军住的，而北平解放后人民政府副市长徐冰也曾住在这里，可以算是有历史性的房间了。卧室有两张沙发床，我和二朵朵睡，大朵朵独自睡一张，一个多月来我们就一直生活在这儿。在刚来的那一天，二朵朵高兴兴奋得了不得，变成小麻雀一样地多话了。真的，一切在她都是新鲜的，我一辈子也没有做过专车，她却第一次坐火车就坐了，高耸着的正阳门，故宫的琉璃瓦，这一切都是照她所说那样，是“从来也没有看见过”的。（以后她还吃了她“从来也没有吃过”的糖葫芦，炒红果，蜜饯，小白梨等。）这里，我们的一切需要他们都管，如洗浴，理发，洗衣，医药等，饭食是每日三餐，早晨吃粥，午晚吃饭，饭菜非常丰富，每餐有鱼有肉，有时是全只的鸡鸭，把嘴也吃高了，不知将来离开此地时怎样呢？

这一个多月差不多是游玩过去的，不是看戏就是玩公园故宫等等。孩子们成天跟着我，直到四月一日以后，我才比较松一点。因为她们是在四月一号起进了孔德学校的。孔德学校是北平有名的中小学，虽然现在已不如以前，可是总还不错。因为校长和主任都是认识的，所以她们两人就毫无困难地进了去。大朵进了五年级，二朵进了幼稚园大班。麻烦的是二朵只上半天课，下午还是缠住了我。她现在北京话已说得很不错了。

我身体仍然不大好，所以本来计划从军南下的计划，只能搁起而决定留在北平。也许最近就得到新的工作岗位上去，不再过这种舒适有闲的生活了。我希望仍能带着孩子，可是事情只能到那时再说。政府的托儿所是很好的，好些同志的孩子们都是红红胖胖的，恐怕比我管好得多。

前些日子和二朵到颐和园去玩，请朋友照了像，这里寄奉，大朵因为在读书，所以没有去。

预料你回信来时我一定不住在这里了，所以你的信还是写下列地址好：“北平宣武门外校场头条二十一号吴晓铃先生转”。

你的计划如何？到法国去呢，到上海去呢，还是留在香港？我倒很希望你到北平来看看，索性把昂朵也带来。现在北平是开满了花的时候，街路上充满了歌声，人心里充满了希望。在香港，你只是一个点缀品，这里，你将成为一个有用的人，有无限前途的人。如果有意，可去找沈松泉设法，或找灵凤转夏衍。我应该连忙声明这是为你自己打算而不是为我。

昂朵好否？你身体如何？请来信告知一切。

望舒　四月二十七日灯下

（一九四九年四月二十七日）

致杨静

丽萍：

你的信收到已有半个多月了，因为在开文学艺术工作者代表大会，一点空也没有，开完会搬到华北大学来。病了，本来还想搁一搁，二朵朵天天催我写信，只好就写了。现在先把这几个月的生活状态报告你吧：我是在六月初离开翠明庄招待所的，本来应该就到华大来，可是因为大朵朵、二朵朵都还没有放假，所以暂时在离学校很近的北池子八十三号文管会旧剧处住了一个月，等孩子们一放假，接着就开文代大会了，就一家子住到前门外的留香饭店去，一直到七月二十六日才搬到华大来。二朵已在幼稚园毕业了，成绩很好，如下：唱歌甲，美术甲，故事甲，工艺乙，常识乙，游戏甲，运动甲，智力程度甲，体格发育甲，操行考查甲。大朵则较差，有一门算术不及格，要补考。二朵认识了很多的大朋友，如舒绣文，周小燕等，连我也都不熟的；马思聪家我也常带她去，她和思聪的次女雪雪是好朋友，她认戴爱莲做姑姑。她很有机会接近音乐和舞蹈，然而我哪里有工夫去管她？自从你写信来说要带昂朵来平后，她时常问你什么时候来，你叫我怎样回答她呢？我以为你到这里来也很好，做事和学习的机会都很多，决不会落空的。筹一笔船费就是了，一到天津就有人招待你的。如果连船费也没有办法，那么让我去和沈松泉商量，叫他们的货船带你来。我这几天工作上就要有调动，调到国际宣传局去（将来有出国可能），孩子们下半年读书的问题，须待调过去后决定。母亲决计请她来平，因为上海没人照顾，而此地生活比上海便宜。

二朵已长了不少，去年的夏衣已短小了，在开文代会的时候，她天天看戏，看了差不多一个月。现在在华大，每天除写一点字以外，就跟同住的孩子们玩，看华大同学排戏，她不断地想你和昂朵，所以你能来就好了。你来了有这些工作可以由你选：进华大学习，进文工团参加音乐或戏剧活动，（音专的贺丽影、郑兴丽都在文工团，马思聪、李凌也在那里。）进电台，其他机关的工作也很多，孩子们也不必自己管，只是要严肃地工作，前途是无量的。广州，不久就要解放，香港畸形的繁荣必然要结束了，你应该为自己前途着想。如果决定来而又可自筹旅费，请即打电报给我（北平煤渣胡同四号沈宝基转戴望舒），告知行期，到天津后找沈松泉（天津马场道三盛里二十五号），他自会招待你，不能筹钱也打电报给我，让我和沈去商量坐他们的船。不过后者要麻烦人家，还是自筹船费的好。来时不必使叶灵凤等人知道，会生许多麻烦。秋天是北平最好的季节，你的女儿日夜望你来。我身体还不错，就是常发病。上月照的一张相，这里寄上。

祝好。

阿宝也有意思来平否？请代致候！

望舒　八月四日

（一九四九年八月四日）

附：　杨静致戴望舒三封信

望舒：

两封信都已收到了。当我收到第一信后因邮政不通。所以曾给一电报您，在末收到您的信之前，也曾有一信寄北京饭店转交给您。此信想您未必能收到，我很感谢您的关怀。

我们在港都很平安，昂朵头上的疮已将痊愈了，只有耳朵旁一点点烂。前个星期，曾经病过一次。大概是因为初次游泳受凉之故。看了医生后，现在已好了。但是身体并不强健。我正预备给她上学，般含道英华女书院招生要有出世纸才有资格报名。

我的生活一如从前，没有多大改变，每星期二、四、六上法文课，也没有找到事情做，偶然做做经纪赚一点钱。而这是不正常的入息，尤其是最近手头很拮据，不然我倒想由沪转平玩玩。我极想送昂朵来平。她在这里是很寂寞的，常常想念着朵朵。如果北平有工作给我做，生活不致丛生问题，那我即能设法带昂朵来北平。当然我是不敢冒险而行，法国之行，我已取消。这是为了昂朵，我不能遗下她而远行。况且经济方面，也是不可能的事。

以后来信，请详细写些孩子日常生活的情形，我更希望，您能给朵朵受音乐的训练，她的性情喜爱音乐，别埋没了她的天才。告诉朵朵及大朵朵，常给信我，免我挂念着她们的平安，如果她俩需要在港买东西，那就写信给我好了，有便人去平，即可带上了。

朋友们常问起您，我每天总上宝处。她的生活如旧，新波昨天碰见，他将去沪，老蔡已去法国。蔡太太曾找我帮她忙，接东西。她没有钱虽则我是不高兴，但是总觉她可怜，还是愿意替她奔走。别的朋友，没有遇见，如果您有要事，可给电报我，以后写信别写我的名字，家里不高兴的。

致好！

静

八日

望舒：

两封信今天才收到，一切详知，谢谢您还是那样地关怀我，电报给宝遗失了，所以没有看到。我在八月一日离港到渝去了一趟，十月二日才回来，因此您的信及电报耽搁了一时期，照片一张，同时收到了，旅行了两个月，身体很好，胖了七磅，生活依旧，家里各人都很好，昂朵的疮时愈时发花了很多钱，可是，还不能医好，她的身体并不好，常常看医生，每次游泳后，总发热，现在她长大了很高，也很懂事，没有像从前那样爱哭，不讲理，本来送她到岛幼稚园读书，然而为了头上的疮，便不可以去上学。

我决定来平，过几天我要去找黄先生商量，然后给电报您，我希望自己能筹到一笔钱，但是很不容易，经济拮据得很，欠了别人钱都无法可想。老实说，现在的我，已经变多了。因为没有人管我，而我也很会自爱当心，交际场中已经绝迹，去看看电影，熟朋友家里玩玩。香港也是没有意思的，我是很想能挣扎过来，所以我一定会来平的，常为自己前途焦急，对任何的东西，我都不留恋，也许，我爱孩子的心强极，常梦见朵朵，尤其在离渝前，差不多每天梦见朵朵，于是急忙赶回港对我太影响了。

宝病了一场，痢疾，几乎活不了。她也是那么穷，表妹全家搬到她家里，别的朋友就一无所知，根本就没有遇见过。且我也不爱去谈论他人，自顾不及。孩子们的身体可好，读书问题解决了没有？这是使我最忧心的事。我想一定会替她们解决，这一点，在以前早已信任您了，希望您恨我的心，别放在孩子们身上，假如来平，我一定会给孩子们带些东西及衣服，脚踏车可有钱就买，如果我筹不到一笔钱，那是不可能去平，但愿不要失败，有空叫孩子们给信我为盼，二朵写一些字给我看。

致好！

静

一九四九．十．六

望舒：

前信收到否？念念，我暂无法来平，详情已见前信，家里各人都平安，昂朵的疮已痊愈了，但愿以后不会重发，就好了，她的身体也还好，比从前乖得多了，我的一切如旧，生活得更安静，我希望在年底之前，设法筹一笔旅费就妥当了。十月廿九日有友人王缉庵和赵家瑀两位先生转津赴平。我托他们带上一点东西给朵朵，麻烦人家真是不大好意思，您见到他们，谢谢之。另由邮局寄上圣诞卡，在圣诞夜希望您能给孩子们去受洗。孩子应有宗教的认识，总是担忧着她们，因为她们是失去母亲的爱护之下生活着，别让她们有一种遗憾存在内心对她们的影响太大了，我常在梦中惊醒，也许是我太想念之故吧！盼望您们有空之时不断地给信我以免远念，请代致候老太太，谢谢她照顾着孩子们。

致好！

静

（一九四九年十月）二十九日

读李贺诗杂记

李贺箜篌引“吴质不眠倚桂树，露脚斜飞湿寒兔”两句，借月作喻，然吴质与月桂无涉也。按段成式《酉阳杂俎》卷一云：

> 旧言月中有桂，有蟾蜍，故异书言：月桂高五百丈，下有一人，常斫之，树创随合。人姓吴名刚，西河人，学仙有过，谪令伐树。

据此，吴质当为吴刚之误。

张固《幽闲鼓吹》云：

> 李贺以歌诗谒韩吏部，吏部时为国子博士分司，送客归极困，门人呈卷，解带旋读之，首篇雁门太守行曰：“黑云压城城欲摧，甲光向日金鳞开。”却援带命邀之。

今传金刊本，“日”字作“月”字。按《文苑英华》卷一九六，亦作“日”字；据此，月字必误。如系月字，则此句当为“甲光向月银鳞开”矣。

杨生青花石砚歌“数寸光秋无日昏”句，“光秋”当作“秋光”，《全唐文》卷八二吴融《古瓦砚赋》云："陶甄已往，含古色之几年，磨莹俄新，贮秋光之一片"，可为一证。王琦注本云："光秋，姚经三本作秋光"，宋苏易简《文房四谱》卷三《砚谱》四之辞赋，引此诗亦作"秋光"，可见旧本原不误也。

李绅《莺莺歌》逸句

唐元微之作《莺莺传》，记张生、莺莺遇合事，流布甚广，影响至远，后人传之歌咏，被之管弦者不一而足。如宋有赵令畤之《商调蝶恋花》十二阕，金有董解元《西厢记》诸宫调，元有王实甫之《西厢记》杂剧，明有李景云、陆采等《南西厢》传奇，清有查继佐之《续西厢》杂剧等等，均为人所熟知，而与微之同代之李绅所作《莺莺歌》，虽微之传中已言“贞元岁九月，执事李公垂宿于余靖安里第，语及于是，公垂卓然称异，遂为《莺莺歌》以传之”等语，然终默默无闻。作品之传与不传，其亦有幸与不幸也。

李绅字公垂，润州无锡人，为元稹、白居易好友，为人短小精悍，于诗最有名。乐天诗：“笑劝迂辛酒，闲吟短李诗”，所谓“短李”即公垂也。有《追昔游诗》三卷、《杂诗》一卷。《追昔游诗》今有传本，《杂诗》则收入《全唐诗》李绅诗卷四。

《全唐诗》本第四中，有《莺莺歌》，注云：“——作东飞伯劳西飞燕歌，为莺莺作”，然仅八句，录之如下：

> 伯劳飞迟燕飞疾，垂杨绽金花笑日，绿窗娇女字莺莺，金雀丫鬟年十七；黄姑上天阿母在，寂寞霜姿素连质，门掩重关萧寺中，芳草花时不曾出。

此仅《莺莺歌》之篇首而非全诗，而《全唐诗》则认为全篇辑入。康熙时编纂《全唐诗》，搜罗书籍不可谓不广博，而此歌仅此八句。日本河世宁辑《全唐诗选》，用力至劬，然亦未收录此诗逸篇，可见此诗失传久矣。然此诗逸篇，至今犹有存者，且在一吾人习见之书中，即董解元《西厢记》诸宫调是也。

董解元《西厢记》诸宫调征引公垂《莺莺歌》凡四处。虽仍不全，然据本事测度，至少已得三分之一。为使读者对于此重要仅次于微之《莺莺传》之名篇加以注意起见，为使公垂逸篇不再湮没起见，兹将《莺莺歌》现存诗句，录之如下。虽仍为断简残篇，然在治文学史者，亦一重要资料也。（《西厢记》诸宫调不论，即唐末韦庄《秦妇吟》，似亦颇受此诗影响。）

一，“伯劳飞迟燕飞疾”等八句，已见前，不再录。（卷一）

二，“河桥上将亡官军，虎旗长战交垒门，凤凰诏书犹未到，满城戈甲如云屯。家家玉帛弃泥土，少女娇妻愁被虏，出门走马皆健儿，红粉潜藏欲何处？呜呜阿母啼向天，窗中抱女投金钿，铅华不顾欲藏艳，玉颜转莹如神仙。”（卷二）

三，“此时潘郎未相识，偶住莲馆对南北，潜叹恓惶阿母心，为求白马将军力。明明飞诏五云下，将选金门兵悉罢，阿母深居鸡犬安，八珍玉食邀郎餐；千言万语对生意，小女初笄为姊妹。”（卷二）

四，“丹诚寸心难自比，曾在红笺方寸纸，常与春风伴落花，仿佛随风绿杨里。窗中暗读人不知，剪破红绡裁作诗，还把香风畏飘荡，自令青鸟口衔之。诗中报郎含隐语，郎知暗到花深处，三五月明当户时，与郎相见花间语。”（卷三）

无鬼论

《晋书》阮瞻传云：

瞻素执无鬼论，物莫能难，每自谓此理足可以辨正幽明。忽有一客通名诣瞻，寒温毕，聊谈名理。客甚有才辩，瞻与之言良久，及鬼神之事，反复甚苦，客遂屈，乃作色曰：“鬼神古今圣贤所共传，君何得独言无？即仆便是鬼。”于是变为异形，须臾消灭。瞻默然，意色大恶。后岁余，病卒于仓垣，时年三十。

殷芸《小说》据《晋书》节抄，又从《杂记》抄出了下列一则（据晁载之《续谈助》引）：

宋岱为青州刺史，禁淫祀，著《无鬼论》，人莫能屈，邻州咸化之。后有书生诣岱，岱理稍屈，生乃振衣而起曰：“君绝我辈血食二十余年，君有青牛髯奴，所以未得相因耳。今奴已叛，牛已死，此日得相制矣。”言讫，失书生，明日而岱亡。

在牛僧孺的《玄怪录》中，也有着一则同样的故事（见《太平广记》卷第三百三十“崔尚”条）：

开元时，有崔尚者著《无鬼论》，词甚有理。既成，将进之，忽有道士诣门求见其论。读竟，谓尚曰：“词理甚工，然天地之间，若云无鬼，此谬矣！”尚谓：“何以言之？”道士曰：“我则鬼也，岂可谓无？君若进本，当为诸鬼神所杀，不如焚之。”因尔不见，竟失其本。

上列三则，都是关于著《无鬼论》而遇鬼的故事，大同小异，尤其是牛僧孺所记，差不多是因袭《晋书》的。

查《南村辍耕录》卷二十五《诸杂大小院本》著录金代院本，有《无鬼论》，罗烨《醉翁谈录》甲集卷一《小说开辟》著录宋代市人小说，在灵怪一类，也有《无鬼论》。院本和小说的本事，是否演《晋书》中阮瞻的故事，或是殷芸《小说》中宋岱的故事，或是《玄怪录》中崔尚的故事呢？在院本和小说连断简残篇也不存在的今日，我们是不能轻易下断语的。

可是有一点我们是可以断言的，就是前抄故事三则，情节都太简单了一点，没有曲折，没有穿插，没有好关目，在伶人敷演和小说人做场上，都是不大相宜的。因而猜想，那也许是别一个故事。

偶然在冷摊上买了一本宋李献民的《云斋广录》，是上海中央书店出版的一折八扣书。在该书的卷七中，不意看到了一篇《无鬼论》，记宋陇右进士黄肃事，情节复杂，亦异亦艳，最适合技艺人作场之用；且《云斋广录》所收小说，多为当时流行故事，技艺人取材，决不会舍近而求远。所以院本和小说，必是敷演这一段故事的。

该篇原文较长，兹节其梗概如下。好在《云斋广录》甚易购得，欲读全文者，请去找原书就是了。

《无鬼论》梗概：

进士黄肃，字敬之，陇右人，蹉跎场屋十余年，无妻子，久寓都下，厌其尘冗，谋居京西入角店，以聚学为业。清明日，乘闲著《无鬼论》，方欲下笔，忽有村仆入云：“主人王大夫二子方幼，欲令从学。”邀生往晤。生随往，至一大庄，主人紫袍金带，风观甚伟。命二子出拜，约次日邀生就馆。生辞出，抵舍，恍然梦觉，心颇疑之。翌日，正色危坐以待，仆果来邀就馆，至则主人已设席待之，出二青衣备酒，皆殊色。酒数巡，大夫谓生曰：“吾有一女，今始笄，未有佳婿，如不鄙门阀卑微，使得亲箕帚，吾女可谓得夫矣。”生犹豫未有以应。大夫遽令二青衣扶女出，明艳绝世；生几不能自持。大夫复叩之，生意允焉。乃召媒至，以绛绡囊为定，约三日后行礼，并赠生以诗曰："忽忽席上莫相疑，百岁光阴能几时，携取香囊归去后，吾家风谊亦当知。"酒阑，生辞归，豁然乃省。又梦也。然香囊在怀，宿酒未消，大异之。再玩大夫诗，始知遇鬼。三日后，凌晨闻车马喧，则王大夫已遣人来取新郎。生摄衣上马，顷刻而至，见庭宇严洁，倡优骛列以俟。顷之，大夫命生就席；至暮，一青衣出请生行礼，导引而前，至其室，珠翠纵横，人间天上无以过也。侍儿侍母，环列于前，结缡合卺，一如世俗之礼。至晓，媪促生起谢姻属，内外相庆。大夫乃留生于其家。居月余，忽谓生曰："近承弥命，功忝汀南宪使，不敢稽留，又不得与子偕往，女子骄妳须当挈行，子可复归，容吾到任，来岁清明日，遣人迓子，可乎?"生如命。抵暮，妻复具酒展别，复赠生以诗曰："人别匆匆□□□，须知后会不为赊，黄陇用事当青蜣，骍骑翩翩踏落花。"拂旦，生乃与妻诀别还，至舍则又悟其梦。及来岁清明，生忽暴亡，盖生妻之诗，皆隐生死之年并其月日，无少差焉。

读《李娃传》

一

白行简所著《李娃传》现在的存本计有两种：一种是繁本，即《太平广记》卷四八四杂传记类所收的《李娃传》；一种是删节本，即曾慥《类说》卷二六上所收的《汧国夫人传》（罗烨《醉翁谈录》癸集卷一所收的《李亚仙不负郑元和》虽少有异文，但其源即出《类说》）。而这两种本子的来源就只有一个，那就是唐末屯田员外郎陈翰所编的《异闻集》。

《异闻集》所收唐人小说，以单篇为多，然率皆润饰增删，和原本恐有不同，《太平广记》卷八三所收出自《异闻集》之《吕翁》，与《文苑英华》卷八八三所收沈既济之《枕中记》，《太平广记》所收出自《异闻集》之《太学郑生》（卷二九八）、《邢凤》（卷二八二），与《沈下贤集》所收之《湘中怨词》，《异梦录》，文字有异，是其一证。删节本仅及原本十一，不足为据。但是《广记》所收《李娃传》，大概也因为经过了润饰增删，还加上缮写刊刻的错误，所以还是留下了好些令人置疑的地方。如已经张政烺先生指出为陈翰手笔的本传开端的三十一字：

> 汧国夫人李娃，长安之娼女也，节行瓌奇，有足称者，故监察御史白行简为传述。

以及我认为颇有问题的结尾的：

> 贞元中，予为陇西公佐话妇人操烈之品格，因遂述汧国之事，公佐拊掌竦听，命予为传，乃握管濡翰疏而存之，时乙亥岁

秋八月，太原白行简云。

等语，皆有使人怀疑到《李娃传》不是白行简作的可能。

关于前者，张政烺先生在他的《一枝花》那篇短文中已说得很清楚；关于后者，这里有一点说明的必要。因为唯有弄清楚这个写作日期，我们才不会对本篇的作者有所怀疑，才可以对于古往今来伪托之说，得据以辨正。

主张《李娃传》不是白行简所著的说法，近年来颇为流行。如日本盐谷温博士，最近刘开荣先生，都曾这样主张。盐谷温博士说："这传奇与那赋（按指《天地阴阳交欢大乐赋》）固然都是假托的，但文笔非老手到底不能办。"刘开荣先生说："不过就《李娃传》的形式及所反映的社会背景来看，很像是较晚的作品。假如说是另一作者，假托白行简之名而写《李娃传》，倒有可能。"

盐谷温博士和刘开荣先生的论断是相当主观的，这样三言两语就剥夺了白行简的著作权，到底是不能令人心折的。言之似有理的，是远在宋朝刘克庄的意见。在他的《诗话》前集中，他说：

……郑畋名相，父亚亦名卿，或为《李娃传》诬亚为元和，畋为元和之子。小说因谓畋与卢携并相不咸，携诟畋身出娼妓。按畋与携皆李翱甥，畋母，携姨母也，安得如《李娃传》及小说所云？唐人挟私忿，腾虚谤，良可发千载一笑。亚为李德裕客，白敏中素怨德裕及亚父子，《李娃传》必白氏子弟为之，托名行简，又嫁言天宝间事，且传作于德宗之贞元，述前事可也。亚登第于宪宗之元和，畋相于僖宗之乾符，岂得预载未然之事乎？其谬妄如此……

郑畋和卢携不咸，不止互诉而已，甚至几乎动手打起来，如《北梦琐言》所记的那样，可是这和《李娃传》有什么关系？然而刘克庄却固执地认定，传中所说的荥阳公子，正就是诬指郑亚，因而就牵出白敏中和李党郑亚父子的嫌隙，说这篇小说必是白氏子弟造作而托名于行简。这是大前提的错误，这样就一路错到底。

附和刘克庄《诗话》的意见的，在清代有俞正燮，他虽然先对克庄之说表示怀疑，但终为曲为辩护，因而否定了《李娃传》是白行简的作品；

当代亦有一位杰出的教授，认为，像《白猿传》之嘲欧阳询是猴子一样，《李娃传》的作者的用意是在嘲骂时宰是娼妇之子，因而断定说，郑亚和郑畋的时代既后于传中所伪称的贞元乙亥十一年（七九五），而郑畋显贵之日白行简早已在敬宗宝历二年（八二六）逝世了，那么《李娃传》便断然不可能是行简写的了。

《李娃传》意在诬郑亚郑畋之说是丝毫没有事实根据的猜测之辞，我们可以置之不辩。我们要来讨论的，倒是那个大可置疑而一向未有人注意及之的传中所说的“贞元乙亥秋八月”这个年代。贞元乙亥是贞元十一年。《李娃传》是否真是在这一年写的？白行简是否有可能在这个时候写《李娃传》？

我们的回答是否定的：因为那时以古文笔法写小说的风气尚未大开，白行简和其兄居易丁父忧，居丧于襄阳，决无认识那鼓励他写小说的李公佐的可能，说这二十岁的白行简会独开风气之先，背了居丧之礼而会友纵谈而写起小说来，恐怕是不可能的事。

这样说来，是否我们也同意于《李娃传》是伪托作品之说呢？并不。我认为“乙亥”二字，是一个缮写或刊刻的错误，或多半是《异闻集》编者的误改。那么原文是什么年份呢？什么理由会错成“乙亥”呢？

原文上应该是“乙酉”。乙酉是顺宗永贞元年（八〇五）亦即贞元二十一年。那时行简之兄白居易已在京师做着校书郎那份闲散的卑官，行简也已经“驱车迤逦来相继”和白居易一起交友，游赏，饮酒，玩女人，写文章。那个时候白行简写小说便是可能的了。

可是“乙酉”有什么理由会误作“乙亥”呢？这里是我们的解释：我们知道，德宗是在贞元乙酉正月癸巳（二十三日）驾崩的，太子于同月丙申（二十六日）即位，是为顺宗。可是顺宗在位之日并没有改元，而仍沿用贞元的年号。到了这年八月庚子（初四），顺宗下诏内禅宪宗，自称太上皇，于九日册皇帝于宣政殿，并将贞元二十一年改为永贞元年以志庆。（这次的改元，虽出于顺宗之意，然而永贞这年号，照理却是属于宪宗的，而一般史家均把它归在顺宗名下，这是欠妥的。）可是顺宗的太上皇亦没做了多久，次年正月甲申（十九日），他就驾崩了，而在他驾崩之前十七日，即正月丁卯（初二），宪宗就已经改元为元和了。所以永贞这个年号，实际上只用了不到五个月，在当时人看来，那一年还是贞元二十一年，可是在后代读史的人看来，那年却是永贞元年了。《异闻集》的编者很可能也是这些人中的一个，以为贞元中并无乙酉年，而贞元元年乙丑年又似乎太早了一点，便把传中的“乙酉”自作聪明地改为“乙亥”了。

这便是“乙酉”之所以误成“乙亥”的理由，而《李娃传》写作的年代，是应该放在贞元二十一年，即永贞元年的八月初，而且必然是在初一至初三这三天之中的。

这个写作年代的推定，如果没有更确切的证据来作依傍，那么要驳倒《李娃传》非白行简作之说，辨正它并不是写来诬郑亚郑畋父子理由，总还是显得薄弱的。

《李娃传》为白行简作的有力的证据，却并不在什么罕见的书上，那就是元稹的《元氏长庆集》。在该集卷十《酬翰林白学士代书一百韵》中，我们看到这两句诗：

> 翰墨题名尽，光阴听话移

而在这两句诗下面，又有元稹自注云：

> 乐天每与予游，从无不书名屋壁；又尝于新昌宅说一枝花话，自寅至巳，犹未毕词也。

元稹的这篇诗，是酬答白居易的那篇《代书诗一百韵寄微之》而作，两篇皆作于元和五年（八一〇）。在这篇追缅旧游，特别是念念不忘于从贞元十九年（八〇三）至元和元年（八〇六）元白二人均任校书郎那一段时期的生活的诗和诗注中，正如以前我们曾提出过的，最可注意的是“话”、“一枝花”这几个字眼。“话”是什么？吴晓铃和张政烺二先生都认为是“说话”，即现在的“说书”，可是我认为还是仅仅解作“故事”也就够了，原因就为了“自寅至巳”（自上午三至五时至上午九至十一时）这个时间。我以为与其说半夜里请了说书人来一直讲到早晨，不如说自己朋友间宵谈遣夜更为合理一点。“一枝花”是什么呢？就是汧国夫人李娃。宋曾慥《类说》卷二十六上有陈翰《异闻集》，其中《汧国夫人传》末有注云：“旧名《一枝花》”；元罗烨《醉翁谈录》癸集卷一《李亚仙不负郑元和》条，开端即云“李娃，长安娼女也，字亚仙，旧名一枝花……”；明梅禹金《青泥莲花记》卷四载《李娃传》，题下有注云：“娃旧名一枝花。元稹诗注。”陈翰、罗烨、梅禹金等都一致认为一枝花为李娃旧名，当非皆从“光阴听话移”那句诗的注凭空附会出来，而必有现在已经失传了的根据的，尤其是去白元时代不远的唐末的陈翰。

这里我想附带说到的，就是诗注中的“新昌宅”的问题。因为这个问题常被人忽略了或误解了。新昌宅当然不是元稹的住所，因为元稹当时住在靖安里。那么是不是白居易的住所呢？徐松《唐两京城坊考》卷三《昭国坊》条按语云：“按白居易始居常乐，次居宣平，又次居昭国，又次居新昌……”现在我们且从《唐两京城坊考》来看一看白居易住在这些坊里的时期：

一，常乐里《养竹记》云：

> 贞元十九年春，居易以拔萃选及第，授校书郎，始于长安求假居，得长乐里故关相国私第之东亭而处之。

可见白居常乐里始于贞元十九年（八〇三），迄于何年则尚待考。

二，宣平里《旧唐书》《白居易传》云：

> 居易奏曰：“臣闻姜公辅为内职，求为京府判司，为奉亲也。臣有老母，家贫养薄，乞为公辅例。”……于是除京兆府户曹参军。

白居易《襄州别驾府君事状》云：

> 夫人颍州陈氏……元和六年四月三日，殁于长安宣平里第。

按居易于元和五年（八一〇）五月除京兆户曹参军，奉母居京，当为移居宣平里之始，至元和六年（八一一）母卒，乃离京丧居渭村。计在宣平里居约一年。

三，昭国里　居易居昭国里当始于元和九年（八一四）入朝拜太子左赞善大夫时（有《昭国闲居》诗），迄于元和十年（八一五）居易贬江州司马时，（白氏《与杨虞卿书》云：“仆左降诏下，明日而东，足下从城西来，抵昭国坊，已不及矣。”）居约一年。

四，新昌里　居易为主客司郎中知制诰的次年即长庆元年（八二一）二月初，始买宅新昌，《竹窗》诗云：“今春二月初，卜居在新昌。”又有《新居早春》、《新昌新居书事》等诗。

除了这四个住所以外，徐松还说：“乐天始至长安，与周谅等同居永崇里之华阳观。”这里我们要补充说：那时候是贞元十九年的春天，白居易的《重到华阳观旧居》诗“忆昔初年三十二，当时秋思已难堪”等可证。可见在贞元二十一年夏，他也在华阳观住过，可能是短时间的寄居。

从上面看来，白居易居新昌里始于长庆元年（八二一），而元稹在元和五年（八一〇）所写的回忆贞元十九年至元和元年（八〇三～八〇六）的生活诗中，竟会说到白居易十几年后的住所，岂不大大的荒唐吗？

错在什么地方呢？错在徐松不知道白居易在新昌里买宅之十余年前，即在居常乐里和宣平里之间，也曾经在新昌里住过，而且住了相当长久。白居易在元和三年所写的那篇《醉后走笔酬刘五主簿长句之赠，兼简张太贾二十四先辈昆季》诗中，我们看到有：

晚松寒竹新昌第，职居密近门多闭，日暮银台下直回，故人到门门趁开。

等语，可证元和三年（八〇八）白居易居新昌里；白居易在元和五年所写的《和答诗十首》诗序，有：

五年春，微之从东台来，不数日，又左转为江陵士曹掾，诏下日，会予下内直归，而微之已即路，邂逅相过于街衢中，自永寿寺南抵新昌里北，得马上话别。

等语，可证元和五年春（八一〇）白居易尚居新昌里；而元稹的《酬翰林白学士代书一百韵》又为我们证实了居易为校书郎时住在新昌里。那么我们假设白居易第一次居新昌里的时代为贞元二十年（八〇四）至元和五年春（八一〇），大约不会差得很远吧。

我之所以要提到新昌宅的问题，是为了说明元稹诗注所说的他们从而听说一枝花话的新昌里，确实就是白氏的住所，而白氏住新昌里的时期，也包括白行简写《李娃传》的贞元二十一年（八〇五）在内，听故事和写小说，可能就在同一个短时期之内。

既然听讲故事和写小说是在先于郑畋显贵之日数十年，那么《李娃传》刺郑亚郑畋父子之说，便不攻自破了。在另一方面，那处处追随着其兄的白行简，听到这个瑰奇的故事，又经友人李公佐的怂恿，而将它写了出来，也是一件很自然的事。这是《李娃传》为白行简作之证一。

其次，在宋代许觊的《彦周诗话》中，我们见到这样的一则：

> 诗人写人物态度，至不可移易，元微之《李娃行》云："髻鬟峨峨高一尺，门前立地看春风。"此定是娼妇。

而在任渊的《后山诗注》卷二《徐氏闲轩》一诗的注里，我们又看到：

> 元微之《李娃行》："平常不是堆珠玉，难得门前暂徘徊。"

元稹的《李娃行》全诗已佚，所剩下的就只有这短短的四句诗，前二句已经《全唐诗》采辑，而后二句却从来也没有人注意到过。可是这短短的几句残诗，却替我们对于《李娃传》的时代和作者的可信，提出了一个有力的证据。

现在我们可以看到，元稹和李娃故事的关系，不只是在新昌宅听了人讲而已，而且还写了诗来歌唱这个奇特的娼女了。贞元末至元和间，在白居易兄弟、元稹、李绅、李公佐、陈鸿以及其他青年的文士们之间，我们显然看到有一种新的文体在那里流行出来。那就是当他们遇到瑰奇艳异或可歌可泣的事的时候，便协力合作，一人咏为歌行，一人叙作传记，一诗一文，相偶而行，这样地创造了一种以前所没有的新体，如杨贵妃故事有陈鸿的《长恨歌传》和白居易的《长恨歌》，莺莺故事有元稹的《莺莺传》和李绅的《莺莺歌》；以后的无双故事有薛调的《无双传》和无名氏的《无双歌》，汜人故事有韦敖的《湘中怨》和沈亚之的《湘中怨辞》。所以李娃故事之有白行简作传，元稹作诗，也是一件很自然的事。元稹在白氏家中听到讲李娃故事是确实的了，那么我们有什么理由来说白行简不会把这个故事写成小说呢？《李娃传》之确为白行简所作，这是第二个证据。

我们已把白行简在哪一年，哪一个地方，由于什么原故，跟什么人合作写了这篇《李娃传》说明白了，那么所谓《李娃传》是托行简之名以诬谤郑亚郑畋之说，便不攻自破；至于主张传中荥阳公子系指元和十一年状元郑澥之说，当然也不值一提了。

二

《李娃传》中有一段文字，常为读者所注意而且加以怀疑的，那就是记述荥阳公子床头金尽之后，中了李姥姥计，和李娃求孕嗣回来，途经宣阳里，止于娃之姨宅，忽有人报姥暴疾，李娃先行，生为娃所留，日晚始往平康里李氏宅，则李已他徙，生将驰赴宣阳里以诘其姨，然已日晚，计程不能达，乃赁榻而寝的那一段。

凡是略知当时长安坊里的细心读者都会觉得，宣阳平康二里毗邻，路途迩近，即便日晚，也可以连夜赶去，何至于计程不能达？

清代的大学者俞正燮对于这一段文字也抱着同样的怀疑。在他所著的《癸巳存稿》卷十四《李娃传》条中，我们可以看见他这样说：

> ……此传所言坊曲，颇合事理。《长安图志》，平康为朱雀街东第三街之第八坊，其第九坊即宣阳；以丹凤街言，则第五坊平康，第六坊宣阳。传云："平康里北门东转小曲，即宣阳。"是平康宣阳路皆直南北，其街则直东西。传又云："日暮计程不能达"，则作传者信笔漫书之，非实情也。……又案《北里志》云："平康里入北门东回三曲，即诸妓所居之聚也"，又"其南曲中者，门前通十字街"。盖宣阳，平康，南北俱有曲可通，不必外街……

从这些话里，我们可以看出：俞正燮认为作者是错误了的，然而他却曲为回护，说"作传者信笔漫书之，非实情也"。

然而，实际上作传者并没有错误，也并没有漫笔书之。像白行简那样熟悉于长安静坊小曲的人，还会把那有名的平康里的地理弄错吗？俞正燮之所以这样说，正就是因为他自己对于长安坊里的组织完全没有明白。他据《长安图志》来数平康宣阳二里的次第有没有数错，我们这里不必提，因为这还无关重要。可是就在俞正燮的这几句短短的话中，我们就看到了三个错误：第一，他说平康里北门东转小曲即宣阳里；第二，他说平康宣阳路皆直南北，其街则直东西；第三，他说宣阳平康二里南北俱有曲可通，不必外街。

关于第一点，俞正燮的误解是可以原谅的，因为他所见到的《李娃传》是《太平广记》本，文中有脱漏之处，因而看去不很明白。所谓“至里北门”者，初看上去好像是指平康里，然而仔细看下去，就明白是指宣阳里。如果传中说“至宣阳里北门”，那么俞正燮就不会误解了。按平康里宣阳里均在长安东城，其西为朱雀街东第二街，其东为朱雀街东第三街，隔街对着东市；平康里在北，宣阳里在其南，故宣阳里的北门，正面对着平康里的南门。荥阳公子和李娃求孕嗣归，原拟自平康里南门入，所以当他们到了平康里的南门前的时候，也就是到了宣阳里北门。李娃所谓“此东转小曲”是指宣阳里北门内东转小曲，因《太平广记》本“里”字前漏了“宣阳”两字，致俞氏有此误。

关于第二点，俞氏之所谓路和街，不知其分别何在，不知是否以里内的街道称路，里外的官街称街。可是无论如何，俞氏总是错误。因为唐代长安各坊里，除了皇城之南的三十个里内只有东西横街以外，其余各里之内，均有自东至西及自北达南的十字街。十字街是在坊内的，因其形如十字，故称，这是俞氏所没有理解的。

关于第三点，俞氏的话是十分武断的。查唐代长安各坊里，都是互相隔绝的，坊里的四周是里垣，垣外为官街，非三品以上和坊内三面皆绝者，不得向官街开门的，坊里和官街的交通，非经里门不可，如果我们以现在对于那些热闹的大街的观念来理解唐代长安的官街，那就大错了。所以俞氏的“宣阳平康，南北俱有曲可通，不必外街”之说，完全是毫无根据之谈，其原因是没有看懂《北里志》，以为其中所谓十字街就是官街。

现在，我们来看一看从李娃宅到李娃姨所税宅的路程吧：李娃宅是在平康里内横街西南的鸣珂曲，而李娃姨所税的空宅，是在宣阳里内直街东北方的小曲中。所以，要从平康里西南的鸣珂曲到宣阳里东北的小曲，我们必须走平康里中的横街（其全程长六百五十步），向东，至十字交叉点，然后向南走直街（其全程长三百五十步），出平康里南门，过朱雀门南之第二横街（宽四十七步），入宣阳里北门，走直街，东转，始抵小曲。这就是最捷近的路，算起来大约有五六百步左右，路并不算近。

可是这样解释了之后，读者之疑仍不能明，因为从平康里到宣阳里，虽则要经过我们前面所说的路径，但是两坊究竟还是邻坊，何至于会像传中所说的那样“日已晚矣，计程不能达”？这里，我们除了要了解唐代长安街里组织之外，还要知道唐代京师的夜禁之律。

当时长安是京畿之地，帝皇之居，为了治安起见，有执行很严的夜禁的必要。这夜禁是由金吾掌执的。天晚昼漏既尽，顺天门（神龙元年以后改称承天门）击鼓，各坊里闭里门，官街上就断绝交通，不听人行，只许在坊里之内来往。直到五更三筹，顺天门再击鼓，坊门复开，官街上始听人行。夜禁中还在官街上走的，就是犯夜，按律就得处罚。

在《李娃传》中，当荥阳公子初至李娃家，推说住处路远，想赖在那里的时候，姥曰："鼓已发矣，当速归，无犯禁"；在沈既济的《任氏传》中，当郑六在妖狐任氏那里宿了一宵出来的时候，"及里门，门扃未发。门旁有胡人鬻饼之舍，方张灯炽炉。郑子憩其帘下，坐以候鼓"；薛用弱《集异集》的《裴通远》条（《太平广记》卷三四五引），记裴通远自通化门归来，有白头妪随之，"至天门街夜鼓将动，车马转速，妪亦忙遽而行"；而牛肃《记闻》的《张无是》条（《太平广记》卷一百引）也记"天宝十二载冬，有司戈张无是，居在布政坊，因行街中，夜鼓绝，门闭，遂趋桥下而跧"等事。这些记载，都可以作为唐朝严厉执行夜禁的旁证。

夜禁的法令，在《唐律疏义》上说得更明白。该书卷二十六《杂律上》《犯夜》条律云：

> 诸犯夜者笞二十，有故者不坐。
>
> 注曰："闭门鼓后，开门鼓前，有行者皆为犯夜；故，谓公事急速及吉凶疾病之类。"疏义曰："宫卫令，五更三筹，顺天门击鼓，听人行。昼漏尽，顺天门击鼓四百槌讫，闭门。后更击六百槌，坊门皆闭，禁人行，违者笞二十。故注云：'闭门鼓后，开门鼓前，有行者皆为犯夜；故，谓公事急速……'但公家之事须行，及私家吉凶疾病之类，皆须得本县或本坊文牒，然始合行。若不得公验，虽复无罪，街铺之人不合许过。"既云"'闭门鼓后，开门鼓前禁行'，明禁出坊外者，若坊内行者，不拘此律。"

律又云：

> 其直宿坊街，若应听行而不听，及不应听行而听者，笞三十；即所直时有贼盗经过而不觉者，笞五十。

《疏义》曰：

诸坊应闭之门，诸街守卫之所，有当直宿，应合听行而不听及不应听行而听者，笞三十。若分更当直之时，有贼盗经过所直之处，而宿直者不觉，笞五十；若觉而听行，自当主司故纵之罪。

这两条律文和注疏，把唐代夜禁令的施行方法解释得明明白白。《李娃传》中李娃姨氏之所以要等到日晚才对荥阳公子说“郎骤往觇之，某当继至”，就是利用了这犯夜的禁令，算定荥阳公子到了平康里之后，坊门即闭，不能即刻再回到宣阳里来质问李娃何以迁居，而她又可以从容收拾器物，退了税屋而去；而荥阳公子之所以“计程不能达”，至于弛其装服，质馔而食，赁榻而寝，及质明始策蹇而赴宣阳，也就是为了这个夜禁。总之，我们应该注意，娃姥施行她的奸计，其最大关键全在于利用这个犯夜律，使荥阳公子两面扑空，而金蝉脱壳之计始遂。

白行简在写这一段文章的时候，是确实有他的理由，而且也完全出于实情，决不是“漫笔书之”的，只是时移代转，当时人尽皆知的事，便不再为后人所理解了。后世的人不明白当时坊里的组织，不明白当时夜禁的法令，便至于不了解这一段文章的用心之处，反而怀疑到作者的错误了。

三

这里，我想对于作者白行简的生卒来作一番考察。但是，要想确定他的生卒，却并不是一件容易着手的事。

关于他的卒年，除了一个不可靠的异说以外，白居易的《祭弟文》、《旧唐书》、《新唐书》、《唐诗纪事》等，都一致说他是卒于唐敬宗宝历二年丙午（八二六）冬。这是确实可靠的。

可是他活了多大岁数呢？他是在哪一年生的呢？关于这一点，在我的狭窄的阅读范围中，至今还没有见到明确的记载。白居易在《祭弟文》中没有提到，而他的常常说到自己的年岁的诗里，又极少说到他弟弟的年龄。

然而，在白居易的诗章中，却有一首诗可以作为我们探测白行简的年龄的线索，那就是《白香山诗集后集》卷七中的《闻行简恩赐服章，喜成长句寄之》：

> 吾年五十加朝散，尔亦今年赐服章！齿发恰同知命岁，官衔俱是客曹郎；荣传锦帐花联萼，彩动绫袍雁趁行。大抵著绯宜老大，莫嫌秋鬓数茎霜。

而在“官衔俱是客曹郎”一句下面，还有他的自注，说：

> 予与行简俱年五十始著绯，皆是主客郎中。

白居易对于官衔和服章都看得很重，“著绿”、“赐绯”，在他的诗中都被视为一件大事般地记下来。弟弟升官赐服章，自然也是可庆的大事，所以亦见于他的诗章。靠了这首诗，我们知道，白行简到了五十之年方才升任那“从五品上，著绯”的主客郎中。这也是确实可靠的。

可是，他是在哪一年升任的这个官职的，他在哪一年是五十岁呢？关于这一点，我们可以参考一下《旧唐书》卷一六六，《列传》卷一一六，《白居易传》附的《白行简传》：

> 十五年，居易入朝，为尚书郎。行简亦授左拾遗，累迁司门员外郎，主客郎中。

《新唐书》卷一一九，《列传》卷四四，《白居易传》附的《白行简传》也说：

> 与居易自忠州入朝，授左拾遗，累迁主客员外郎，代韦词判度支，按进郎中。

根据新旧两个《唐书》的《白居易传》，我们知道了：白居易是在唐宪宗元和十三年戊戌（八一八）“量移忠州刺史”的；元和十四年己亥（八一九）三月，白居易和元稹在入蜀的途中相会，“停舟夷陵三日，时季弟行简同行”；当年的冬天，白居易又被“召还京师，拜司门员外郎”。所以《旧唐书》所记的“十五年”应该是元和十五年庚子（八二〇），白行简是随着哥哥一同入都的，而且，也和哥哥同时升了官，做了左拾遗。这个，白居易还写了一首《行简初授拾遗，同早朝入阁，因示十二韵》的诗作纪念。至于白行简的迁司门员外郎是哪一年的事，现在我们还无法知道，可是关于他在任主客员外郎的时间，我们却在《唐会要》卷五十九的《度支员外郎》条看到如下的记载：

> 长庆三年十二月，度支奏：主客员外郎判度支案白行简，前以当司判案郎官刑部郎中韦词，近差使京西勾当和籴，遂请白行简判案。今韦词却回，其白行简合归本司，伏以判案郎官，比有六人，近或止四员，伏请更置郎官一员判案，留白行简充。敕旨：依奏。

从这一段记载，我们可以知道，一直到唐穆宗长庆三年癸卯（八二三）十二月止，白行简尚任“从六品上”的主客员外郎，那么，他的迁升主客郎中，必然是在长庆四年甲辰（八二四）唐敬宗宝历元年乙巳（八二五）和宝历二年丙午（八二六）这三年之中了。可是，白行简到底是在这三年之中的哪一年做了主客郎中呢？

我们应该重新提出白居易的那首《闻行简恩赐章服，喜成长句赠之》的诗来研究一下：

白居易在那首诗的题目上既然是说“闻”又说是“寄”，很明显的可以看出来白氏兄弟二人并没有住在一起。长庆四年甲辰（八二四）初，白居易在杭州，同年五月离开杭州，除太子左庶子分司东都于洛中；次年，宝历元年乙巳（八二五）授苏州刺史，五月至任；又在宝历二年丙午（八二六）秋冬之交去任之洛。在白居易转徙无定的这三年间，白行简却一直居京未动。同时《白香山诗集》所收的诗章是按着写作时日的先后次序排列的，而后集卷七所收的诗章则都是白居易在苏州的时候写的。《闻行简恩赐章服，喜成长句赠之》一诗的写成，正是白居易到任苏州刺史第一年的秋天，也就是宝历元年乙巳（八二五）的秋天；那么，五十岁的白行简擢迁主客郎中一定是在同年的夏秋之交。从这年向上推到唐代宗大历十一年丙辰（七七六），白行简生，比白居易小四岁。我们已经知道他死在唐敬宗宝历二年丙午（八二六），因之也可以计算出来他得年只有五十一岁。他的生卒应当是：七七六～八二六。这样，拿来和白居易的活了七十五岁比较，我们对于这位“文笔有兄风，辞赋尤称精密，文士皆师法之”的《李娃传》作者的萎谢得那么快、那么早，真是感到无限惋惜。

附记：本文第三节中曾谈到白居易所写的《行简初授拾遗，同早朝入阁，因示十二韵》诗，是写于元和十五年庚子（八二〇）。在一九五一年承叶德均先生来信指出该诗中有“秋风桦烛香……人健得天凉”句，是应作于秋天；又，诗中有“传鼓到新昌”句，而白氏兄弟于元和十五年冬才回京，居易移居新昌里却又是长庆元年二月的事，故叶先生认为此诗当为居易作于长庆元年（八二一）的秋天，而不是元和十五年（八二〇）。

由于戴、叶二位先生皆已故去，故只能将叶先生的意见附记在这里，供读者参考。

吴晓铃识　一九五七年八月十八日

《古小说钩沉》校辑之时代和逸序

郑振铎先生在《鲁迅的辑佚工作》一文中（见《文艺阵地》第二卷第一期），对于鲁迅先生的《古小说钩沉》这样说：

> 在鲁迅先生的辑佚工作里，《古小说钩沉》最为重要，却可惜是未完成之作，虽经写定清本，却未见著作序跋，说明每一部辑出的古佚书的作者及原书卷帙，搜辑经过，像他在《会稽郡故书杂集》所著的序跋一样。这是我们所最引为遗憾的；因为没有了这些序跋，便不易见出他艰苦搜辑的经过。

后面，根据了许寿裳所编《鲁迅年谱》之未列入《古小说钩沉》校辑年代，郑先生就作了如下的断语：

> 鄙意《古小说钩沉》的校辑时代，当在《中国小说史略》上卷完成之前（即一九二三年前），因为这部书正是史略的副产物之一，或史略的长篇的工作的一部分，自必写于史略印出之前也。其开始校辑的时期则当在一九二〇年在北京大学等校讲授小说史之时。这时期，他在教育部做佥事，恰正有余力来做这个工作。可惜，以后他便不再有机会再来完成它了！

可是郑先生的断语和事实是有出入的：他以为《古小说钩沉》是史略的副产物之一，而实际上却是因为鲁迅先生早已从事古小说的辑佚工作，然后才来写《中国小说史略》的。郑先生把《古小说钩沉》的校辑年代移后了十年，把因果颠倒了。关于这一点，周岂明的话是有力的证据：

> ……豫才因为古小说逸文的搜集，后来能够有小说史的著作，说起缘由来很有意义。豫才对于古小说虽然已有十几年的用力（其动机还在小时候所读的书里），但因每不喜夸示，平常很少有人知道。那时我在北京大学中国文学系做“票友”，马幼渔先生正当主任，有一年叫我讲两小时的小说史，我冒失地答应了回来，同豫才说起，或者由他去教更为方便，他说去试试也好，于是我去找幼渔换了别的什么功课，请豫才教小说史，后来把讲义印了出来，即是那一部书……（见《瓜豆集》《关于鲁迅》）

这里明白地告诉我们，当鲁迅先生于一九二〇年秋到北京大学去讲《中国小说史》的时候，是对于中国古小说的搜集已下十余年的工夫，而《中国小说史》的编著，便是十余年前校辑古小说的自然趋势。

可是《古小说钩沉》的校辑，究竟是在什么年代呢？在《关于鲁迅》一文中，周岂明这样说：

> ……鲁迅于庚戌（一九一〇年）归国，……归国后他就开始抄书。其次是辑书。……他一面翻古书抄唐以前的小说逸文，一面又抄唐以前的越中史地书。……

这就是说，《古小说钩沉》的校辑工作，是当鲁迅先生在一九〇九年返国后就开始，而且是和《会稽郡故书杂集》的校辑工作同时进行的。《会稽郡故书杂集》是在一九一四年十月辑成，次年二月以周岂明的名义出版的。他说：

> ……其所辑录的古小说逸文也已完成，定名为《古小说钩沉》，当初也想用我的名字刊行，可是没有刻板的资财，托书店出版也不成功，至今还是搁着……

则《古小说钩沉》辑成的时期，也决不后于《会稽郡故书杂集》出版的年代。即《古小说钩沉》的校辑，当在从一九〇九年至一九一四年这一段时期中。

可是这样重要的一部书，怎样连一点序跋文也没有呢？关于这一点，鲁迅的昆仲没有说起过。鲁迅全集编辑委员会花了极大的精力去搜集鲁迅先生的遗文逸篇，也没有找到这部力作的序跋，以致郑振铎先生认为这是一部未完成之作，而觉得没有序跋是他所最引为遗憾的事。

然而，偶然的机缘却使我们知道了，鲁迅先生不但的确写了《古小说钩沉》的序文，而且早在三十三年以前，即一九一二年将它发表了。

《古小说钩沉》的序是于一九一二年二月在浙江绍兴一个叫做《越社丛刊》小刊物第一集上发表的。所谓越社者，即清末最大的文学团体“南社”在越的分社。正如《会稽郡故书杂集》之用周岂明名义出版一样，这篇《古小说钩沉》的序也是用周岂明的名字起孟发表的。这是鲁迅先生不求闻达之处，用周岂明的话来说，“这就是证明他做事全不为名誉，只是由于自己的爱好”。但是我们也可以说：鲁迅先生之所以这样做，也许是因为像对《会稽郡故书杂集》一样，对于《古小说钩沉》周岂明也曾贡献过一部分力量。

还有一点要附带说明的，就是《古小说钩沉》的“钩”字，最初是写作“拘”字，字面虽则不同，意思还是一样的。要做小考据的人们，应该注意一下。

现在，请看这篇序文吧。

《古小说钩沉》

小说者，班固以为出于稗官，闾里小知者之所及，亦使缀而不忘，如或一言可采，此亦刍荛狂夫之议。是则稗官职志，将同古采诗之官，王者所以观风俗知得失矣。顾其条最诸子，判列十家，复以为可观者九，而小说不与；所录十五家，今又散失，惟《大戴礼》引有青史氏之记，《庄子》举宋钘之言，孤文断句，更不能推见其旨。去古既远，流裔弥繁，然论者尚墨守故言，此其持萌芽以度柯叶乎？余少喜披览古说，或见伪敚，则取证类书，偶会逸文，辄亦写出；虽丛残多失次第，而涯略故在大共；贞语支言，史官末学，神鬼精物，数术波流；真人福地，神仙之中驷，幽验冥征，释氏之下乘。人间小书，致远恐泥，而洪笔晚起，此其权舆。况乃录自里巷，为国人所白心；出于造作，则思士之结想。心行曼衍，自生此品，其在文林，有如舜华，足以丽尔文明，点缀幽独，盖不第为广视听之具而止。然论者尚墨守故言，惜此旧籍，弥益零落，又虑后此闲暇者尟，爰更比辑并校定昔人集本，合得如干种，名曰《古小说钩沉》。归魂故书，即以自求说释，而为谈大道者言，乃曰稗官职志，将同古采诗之官，王者所以观风俗知得失矣。

《古小说钩沉》校读记

《郭　子》

按：标题下应补"东晋中郎郭澄之撰"八字。

《全集》本页一六三，《三十年集》本页四九。

《笑　林》

按：标题下应补"后汉邯郸淳撰"六字。

《全集》本页一八一，《三十年集》本页六七。

《小 说》

《汉武帝尝微行》条，按：见《幽明录》。

《全集》本页二〇五，《三十年集》本页九一。

《张子房与四皓书》条，按："辉神爽乎云霄"句，《能改斋漫录》八，"辉"作"耀"。"而渊游山隐"句，"游"作"潜"。"良以良薄"句，下一"良"字作"顽"。"骐骥岳遁"句，"骐骥"作"麒麟"。"不步于郊莽"句，"步"作"涉"。

《全集》本页二一四至二一五，《三十年集》本页一〇〇至一〇一。

《列异传》

按：标题下应补“魏曹丕撰”四字。

《全集》本页二四七，《三十年集》本页一三三。

《任城公孙达》条，按：此甘露中事，非丕作。

《全集》本页二五〇，《三十年集》本页一三六。

《汉中有鬼神栾侯》条，按：此甘露中事，时丕已死。

《全集》本页二五〇，《三十年集》本页一三六。

《正始中中山王周南为襄邑长》条，按：见《幽明录》。

《全集》本页二六一，《三十年集》本页一四七。

《古异录》

按：标题下应补“宋袁王寿撰”五字。

《全集》本页二六五，《三十年集》本页一五一。

《甄异传》

按：标题下应补“晋戴祚撰”四字。

《全集》本页二六九，《三十年集》本页一五五。

《河南杨丑奴》条，按：见《幽明录》。本条第一行“衣裳不甚□□而容貌美”句，应补“鲜洁”二字。第三行“我在西湖侧”句，“我”字应改为“家”字。第三行至第四行“俄灭火共寝，觉其臊气”句，“其”字应改为“有”字。

《全集》本页二七四，《三十年集》本页一六〇。

《述异记》

按：标题下应补“齐祖冲之撰”及“梁任昉撰”九字，作二行并列；盖祖任二氏所作俱名《述异记》，而鲁迅先生所辑则二书混淆，未为剔别也。

《全集》本页二七九，《三十年集》本页一六五。

《晋元兴末，魏郡民陈氏女名琬》条，按：出祖冲之《述异记》。

《全集》本页二八五，《三十年集》本页一七一。

《符健皇始四年，有长人见》条，按：出祖冲之《述异记》。

《全集》本页二八六，《三十年集》本页一七二。

《漆澄豫章人，有志干绝伦》条，按：出祖冲之《述异记》。

《全集》本页三〇三，《三十年集》本页一八九。

《陈留周氏婢》条，按：出祖冲之《述异记》。

《全集》本页三〇四，《三十年集》本页一九〇。

荀氏《灵鬼志》

《人姓邹坐斋中》条，按：见《幽明录》。

《全集》本页三一七，《三十年集》本页二〇三。

祖台之《志怪》

按：标题下应补“晋祖台之撰”五字。

《全集》本页三二一，《三十年集》本页二〇七。

《汉武帝与近臣宴会于未央殿》条，按：见《幽明录》。

《全集》本页三二一，《三十年集》本页二〇七。

孔氏《志怪》

按：标题下应补“晋孔约慎言撰”六字。

《全集》本页三二九，《三十年集》本页二一五。

《楚文王好田》条，按：见《幽明录》。

《全集》本页三二九，《三十年集》本页二一五。

《神 录》

按：标题下应补“梁刘之遴撰”五字。

《全集》本页三四一，《三十年集》本页二二七。

《齐谐记》

按：标题下应补“宋东阳无疑撰”六字。

《全集》本页三四五，《三十年集》本页二三一。

《有范光禄者，得病》条及“余杭县有一人，姓沈名纵”条，按：以上二则均见《幽明录》。

《全集》本页三四八至三四九，《三十年集》本页二三四至二三五。

《张然滞役多年》条，按：见《续搜神记》。

《全集》本页三五〇，《三十年集》本页二三六。

《幽明录》

按：标题下应补“宋刘义庆撰”五字。

《全集》本页三五三，《三十年集》本页二三九。

《楚文王少时好猎》条，按：见孔氏《志怪》。

《全集》本页三五七，《三十年集》本页二四三。

《汉武帝尝微行过人家》条，按：见《小说》。

《全集》本页三五七，《三十年集》本页二四三。

《汉武帝与群臣宴于未央殿》条，按：见祖台之《志怪》。

《全集》本页三五八，《三十年集》本页二四四。

《汉明帝永平五年，剡县刘晨》条与下条《阮肇共入天台山取谷皮》条，按：当是一条，分立不当，应连书。

《全集》本页三六一，《三十年集》本页二四七。

同条“君已来是，宿福所牵，何复欲还邪?”句，按：应断为“君已来，是宿福所牵，何复欲还邪?”

《全集》本页三六二，《三十年集》本页二四八。

《汉末大乱，颍川有人将避地他郡》条，按：见《异闻记》。

《全集》本页三六五，《三十年集》本页二五一。

《钟繇忽不复朝会》条，按：见陆氏《异林》。

《全集》本页三六六，《三十年集》本页二五二。

《魏齐王芳时，中山有王周南者》条，按：见《列异传》。

《全集》本页三六七，《三十年集》本页二五三。

《河东常丑奴》条，按：见《甄异传》。

《全集》本页四〇二，《三十年集》本页二八八。

《余杭人沈纵》条，按：见《齐谐记》。

《全集》本页四〇三，《三十年集》本页二八九。

《一士人姓王，坐斋中》条，按：见荀氏《灵鬼志》。

《全集》本页四〇五，《三十年集》本页二九一。

《安定人周敬，种瓜时亢旱，鬼为□水浇瓜》条，按：缺文应是“梿”字。

《全集》本页四一〇，《三十年集》本页二九六。

《会稽施子然》条，按：见《续异记》。

《全集》本页四三二，《三十年集》本页三一八。

谢氏《鬼神列传》

《下邳陈超为鬼君弼所逐》条，按：参看颜之推《冤魂志》王范妾桃英事。

《全集》本页四三九，《三十年集》本页三二五。

《集灵记》

按：标题下应补“颜之推撰”四字。

《全集》本页四四七，《三十年集》本页三三三。

《妒 记》

按：标题下应补“宋虞通之撰”五字。又按《隋书经籍志考证》十三：“《宋书》《后妃传》：宋世诸主，莫不严妒，太宗每疾之。湖熟令袁慆妻以妒忌赐死，使近世虞通之撰《妒妇记》。”《南史》《王藻传》亦载此言。

《全集》本页四七五，《三十年集》本页三六一。

《异闻记》

按：标题下应补“东汉陈实仲弓撰”七字。

《全集》本页四八一，《三十年集》本页三六七。

《郡人张广定者，遭乱避地》条，按：见《幽明录》。

《全集》本页四八一，《三十年集》本页三六七。

《玄中记》

按：标题下应补“晋郭璞撰”四字。

《全集》本页四八五，《三十年集》本页三七一。

《姑获乌夜飞昼藏》条，按：此则亦见《搜神记》。

《全集》本页四九二，《三十年集》本页三七八。

陆氏《异林》

《钟繇尝数月不朝会》条，按：见《幽明录》。

《全集》本页四九九，《三十年集》本页三八五。

曹毗《志怪》

按：标题下应补“晋曹毗撰”四字。

《全集》本页五〇三，《三十年集》本页三八九。

《神异记》

按：标题下应补“晋王浮撰”四字。

《全集》本页五一三，《三十年集》本页三九九。

《续异记》

《晋义熙中，零陵施子然》条，按：见《幽明录》。

《全集》本页五一八，《三十年集》本页四〇四。

《宣验记》

按：标题下应补“宋刘义庆撰”五字。据唐临《冥报记序》，当为齐竟陵王萧子良撰。

《全集》本页五四九，《三十年集》本页四三五。

《吴主孙皓》条，按：见《旌异记》。

《全集》本页五五四，《三十年集》本页四四〇。

《冥祥记》

按：标题下应补“齐王琰撰”四字。

《全集》本页五六三，《三十年集》本页四四九。

《晋竺长舒者》条，按：此则当出傅亮《观世音应验记》。

《全集》本页五七五，《三十年集》本页四六一。

《晋徐荣者》条，按：此则恐亦出傅亮《观世音应验记》。

《全集》本页五八八，《三十年集》本页四七四。

《晋兴宁中，沙门竺法义》条，按；可证傅亮《应验记》为言释氏因果之书。

《全集》本页五八八至五八九，《三十年集》本页四七四至四七五。

《旌异记》

按：标题下应补“侯白君素撰”五字。又按《隋书经籍志考证》十三：“《北史》《李文博传》：同郡侯白字君素，著《旌异记》十五卷。”《隋书》附《萧爽传》。

《全集》本页六五一，《三十年集》本页五三七。

《吴时，于建业后园平地获金象一躯》条，按：此条见《宣验记》。

《全集》本页六五一，《三十年集》本页五三七。

《唐宋传奇集》校读记

《任氏传》

“每相狎昵，无所不至，唯不及乱而已。是以崟爱之重之，无所怪惜。”按：“怪”字疑是“悭”字之误，原作“悋”字。

《全集》本页二一六，《三十年集》本页三六。

《编次郑钦悦辨大同古铭论》

“孟去齐而接淅，贾造湘而投吊，又眷恋如此。岂大圣大贤，犹惑于性命之理欤?”按：姚宽《西溪丛语》下：“孟子言去齐接淅而行。淅，渍米也。接字殊无理。许慎《说文》引孟子去齐境淅而行。境音其两切，漉干渍米言不待炊而行也。”《异闻集》李吉甫铭曰：“孟子去齐而境淅”，唐本作境字。

《全集》本页二二六，《三十年集》本页四六。

《柳毅传》

“后居南海，仅四十年，其邸第舆马珍鲜服玩，虽侯伯之室，无以加也。”按：“仅”字作“余”字解。

《全集》本页二三八，《三十年集》本页五八。

《霍小玉传》

按：姚宽《西溪丛语》下："蒋防作《霍小玉传》书大历中李益事，有一豪士，衣轻黄衫，挟朱筋弹，李至，霍遂死，乃三月牡丹时也。老杜有《少年行》二首，一云：'巢燕引雏浑去尽，江花结子已无多，黄衫年少宜来数，不见堂前东逝波。'考作诗时大历间，甫政在蜀，是时想有好事者传去，作此诗尔。"

《全集》本页二四五，《三十年集》本页六五。

"他亦知有李十郎名字，非常欢惬。住在胜业坊古寺曲，甫上车门宅是也。"按："甫"字疑是"角"字之误。

《全集》本页二四六，《三十年集》本页六六。

《李娃传》

按：《剧谈录》卷上："胜业坊王氏，于左广列职。一日与宾朋过鸣珂曲，有妇人靓妆立于门首，王氏驻马迟留……自此舆辇资货，日输其门……遂至贫乏。"与此事相类。

《全集》本页二七一，《三十年集》本页九一。

"天宝中，有常州刺史荥阳公者，略其名氏，不书。"按：天宝元年，天下诸州改为郡，刺史改为太守。

《全集》本页二七一，《三十年集》本页九一。

"姥访其居远近。生绐之曰：'在延平门外数里。'冀其远而见留也。姥曰：'鼓已发矣。当速归，无犯禁。'"按：唐有夜禁，参看《任氏传》、《集异记》、《裴通远》条（《太平广记》卷三四五）。

《全集》本页二七二，《三十年集》本页九二。

"娃谓生曰：'与郎相知一年，尚无孕嗣。常闻竹林神者，报应如响，将致荐酹求之，可乎？'"按：韩愈有《祭竹林神文》。

《全集》本页二七三，《三十年集》本页九三。

"信宿而返。策驴而后，至里北门"。按：《类说》及《醉翁谈录》本，并无"策驴而后，至里北门"句，而在"信宿而返"句后并多"路出宣阳里"五字。

《全集》本页二七三，《三十年集》本页九三。

“生将驰赴宣阳，以诘其姨，曰已晚矣，计程不能达。”按：唐有夜禁，《唐律疏义》二十六《杂律上》：“诸犯夜者笞二十，有故者不坐。注曰：闭门鼓后，开门鼓前，有行者皆为犯夜；故，谓公事急速及吉凶疾病之类。疏义曰：宫卫令，五更三筹，顺天门击鼓，听人行。昼漏尽，顺天门击鼓四百槌讫，闭门。后更击六百槌，坊门皆闭，禁人行，违者笞二十。故注云：闭门鼓后，开门鼓前，有行者皆为犯夜；故，谓公事急速……但公家之事须行，及私家吉凶疾病之类，皆须得本县或本坊文牒，然始合行。若不得公验，虽复无罪，街铺之人不合许过。既云‘闭门鼓后，开门鼓前禁行’，明禁出坊外者，若坊内行者，不拘此律。”

《律》又云：“其直宿坊街，若应听行而不听，及不应听行而听者，笞三十；即所直时有贼盗经过而不觉者，笞五十。”

疏义曰：“诸坊应闭之门，诸街守卫之所，有当直宿，应合听行而不听及不应听行而听者，笞三十。若分更当直之时，有贼盗经过所直之处，而宿直者不觉，笞五十；若觉而听行，自当主司故纵之罪。”

《全集》本页二七四，《三十年集》本页九四。

“初，二肆之佣凶器者，互争胜负”。按：《太平广记》二六〇《李佐》记凶器有党。

《全集》本页二七五，《三十年集》本页九五。

《三梦记》

“天后时，刘幽求为朝邑丞。”按：《唐诗纪事》卷十三：“幽求，冀州人，临淄王入诛韦庶人，预参大策。先天中为相，在同列下，意望未满。已而窦怀正、崔湜附太平公主，有逆谋，幽求说明皇图之，谋泄，睿宗流之于封州。明年，公主诛，召复旧官。开元初，进左丞相，以太子少保罢。姚崇忌之，奏幽求郁郁散职有怨言，诏有司鞠治；卢怀慎等奏幽求轻肆不恭，失大臣体。贬睦州刺史，迁杭、郴二州。恚愤卒于道。”

《全集》本页二八〇，《三十年集》本页一〇〇。

《长恨传》

“鸿与琅邪王质夫家于是邑。”按：《白氏长庆集》卷五有《招王质夫》及《只役骆口因与王质夫同游秋山偶题三韵》；卷九有《翰林院中感秋怀王质夫》，注云：“王居仙游山”，又有《赠王山人》；卷十一有《寄王质夫》、《哭王质夫》；卷十三有《和王十八蔷薇涧花时有怀萧侍御兼见赠》、《酬王十八李大见招游山》、《期李二十文略王十八质夫不至独宿仙游寺》；卷十四：《送王十八归山寄题仙游寺》、《酬王十八见寄》。

《全集》本页二八六，《三十年集》本页一〇六。

《东城老父传》

按：此篇陈鸿祖撰。其名四见传中（其一作洪祖），与《长恨歌传》作者非一人。

《全集》本页二八九，《三十年集》本页一〇九。

《莺莺传》

“是岁，浑瑊薨于蒲。”按：《旧唐书》卷十三《本纪》十三《德宗》下：“……十二月（贞元十五年）庚午，朔方等道副元帅、河中绛州节度使检校司徒兼奉朔中书令浑瑊薨。……丁酉以同州刺史杜确为河中尹、河中、绛州观察使。”

《全集》本页二九九，《三十年集》本页一一九。

“今天子甲子岁之七月，终今贞元庚辰，生年十七矣。”按：甲子岁当为兴元元年；“贞元庚辰”当为贞元十六年。

《全集》本页三〇〇，《三十年集》本页一二〇。

“待月西厢下，迎风户半开。拂墙花影动，疑是玉人来。”按：见李益《竹窗闻风诗》：“开帘风动竹，疑是故人来。”

《全集》本页三〇一，《三十年集》本页一二一。

“大凡天之所命尤物也，不妖其身，必妖于人。……予之德不足以胜妖孽，是用忍情。”按：《唐诗纪事》卷七九《莺莺》条云：“张后以为妖于身也绝之，既而淫其所居……”不知何本。

《全集》本页三〇五，《三十年集》本页一二五。

《湘中怨辞并序》

“元和十三年，余闻之于朋中，因悉补其词，题之曰《湘中怨》，盖欲使南昭嗣‘烟中之志’，为倡偶也。”按：南昭嗣名卓，有《羯鼓录》、《南卓解题叙》。会昌元年为洛阳令（见《羯鼓录》）；“烟中之志”似即《绿窗新话》卷上所载《谢生娶江中水仙》条，盖取自《南卓解题叙》者，《丽情集》亦收此篇，题《烟中怨》。

《全集》本页三一二，《三十年集》本页一三二。

《异梦录》

“西望吴王国，云书凤字牌。连江起珠帐，择水葬金钗。满地红心草，三层碧玉阶。春风无处所，凄恨不胜怀。”按：“择水”当作“择土”为是，下有“满地红心草”句可证。

《全集》本页三一四，《三十年集》本页一三四。

《飞烟传》

“……昨日瑶台青鸟忽来，殷勤寄语。蝉锦香囊□赠，芬馥盈怀，佩服徒增，翘恋弥切。……”按：“囊”字缺文应是“之”字。

《全集》本页三三〇，《三十年集》本页一五〇。

《东阳夜怪录》

按：参《太平广记》四三四引《传奇》《宁茵》条。

《全集》本页三四四，《三十年集》本页一六四。

《隋遗录》卷上

“……后主复诗十数篇，帝不记之，独爱《小窗》诗及《寄侍儿碧玉》诗。”按：姚宽《西溪丛语》下：“《南部烟花录》文极俚俗，又载陈后主诗云：‘夕阳如有意，偏傍小窗明。’此乃唐人方域诗，六朝诗语不如此。《唐艺文志》所载《烟花录》记幸广陵事，此本已亡，故流俗伪作此书，与裴铏《传奇》载秦人事及赋唐人俚诗无异。”

《全集》本页三七〇，《三十年集》本页一九〇。

稗边小缀

《古镜记》

“由隋入唐者有王绩。”按：《唐诗纪事》卷四：“绩字无功，绛州人。兄通，大儒也。绩诞纵与李播、吕才善。大业末，仕为六合丞，嗜酒不任事，因解去，居河渚间，与仲长子光友以周易、老子置庄头，他书罕读也。著《五斗先生传》、《醉乡记》、《无心子传》。预知终日，自志其墓，自号东皋皋子。”

又按：王泒系另一人，见《唐诗纪事》卷五，云：“泒，武德、贞观间人，有集五卷。”

《全集》本页四七六，《三十年集》本页二九六。

《补江总白猿传》

“汉焦延寿《易林》《坤之剥》已云：‘南山大玃，盗我媚妾。’”按：见《易林》卷一；“南山大玃，盗我媚妾。”下有“怯不敢逐，退然独宿。”

《全集》本页四七七，《三十年集》本页二九七。

《枕中记》

“沈既济，苏州吴人（《元和姓纂》云吴兴武康人），经学该博，以杨炎荐，召拜右拾遗史馆修撰。”按：“右拾遗”当作“左拾遗”。

《全集》本页四七八，《三十年集》本页二九八。

《柳氏传》

按：《太平广记》卷四九六《邢君牙》条有许尧佐事：“贞元初，邢君牙为陇右临洮节度进士，刘师老、许尧佐往谒焉。”

又《旧唐书》一八九下，《列传》一三九《许康佐传》：“父审，弟尧佐、元佐。尧佐子道敏，并登进士第，历官清显。”《唐诗纪事》四一：“尧佐正元十六年与敦煌张宗本、荥阳郑权皆佐征西府，后位谏议大夫卒。”《唐会要》七六：“贞元十年十二月，贤良方正能直言极谏科许尧佐及第。”

《全集》本页四八〇，《三十年集》本页三〇〇。

《柳毅传》

按：《柳毅传》，旧作《洞庭烟传》，见《墨庄漫录》卷五（《稗海》本《洞庭灵怪传》）。

《全集》本页四八一，《三十年集》本页三〇一。

《李章武传》

“景亮，贞元十年详明政术可以理人科擢第，见《唐会要》，余未详。”按：见《唐会要》卷七六。

《全集》本页四八二，《三十年集》本页三〇二。

《霍小玉传》

按：《翰苑群书》上《重修承旨学士壁记》：“蒋防长庆元年十一月十六日自右补阙充二十八日赐绯；二年十月九日加司封员外郎；三年三月一日加知制诰；四年二月六日贬汀州刺史。”

《全集》本页四八二，《三十年集》本页三〇二。

“长庆中，绅得罪，防亦自尚书司封员外郎知制诰贬汀州刺史（《旧唐书》《敬宗纪》)，“寻改连州”。按：《唐诗纪事》四一：“元和中，李绅及防荐庞严为翰林学士。李逢吉诬绅，罪逐之，出严刺信州，防刺汀州；于敖封还诏书，摺绅意伸共枉曰：‘于给事犯宰执之怒，申庞、蒋之屈，不亦善乎?’奏下，乃论贬严太轻，众嗤噪。防作《连州廖先生碑》云‘长庆末，余自尚书司封郎中知制诰翰林学士，出守临汀，寻改此郡。’”

又《唐文粹》卷六五载蒋防作《连州静福山廖先生碑铭》云：“……长庆末，余自尚书司封郎中知制诰翰林学士得罪，出守临汀，寻改此郡。”

又《唐会要》卷六一：“长庆元年九月，中使二人充行营粮料馆驿使。左补阙蒋防等以非故事，恐惊物听，上疏切谏，遂罢之。”

《全集》本页四八二，《三十年集》本页三〇二。

“李肇（《国史补》中）云：‘散骑常侍李益少有疑病’。”按：辛文房《唐才子传》四《李益》条：“益少有僻疾，多猜忌，防闲妻妾过为苛酷，有散灰扃户之谈。时称为妒痴尚书李十郎。”

《全集》本页四八三，《三十年集》本页三〇三。

“《全唐诗》末卷有李公佐仆诗。其本事略谓公佐举进士后，为钟陵从事。……未知《全唐诗》采自何书。”按：见杜光庭《神仙感遇传》三《李公佐》条：“李公佐举进士后，为钟陵从事，有仆夫自布衣执役勤瘁，尽夕恭谨，迨三十年，公佐不知其异人也。一旦告去，留诗一章，其辞曰：‘我有衣中珠，不嫌衣上尘；我有长生理，不厌有生身。江南神仙窟，吾当混其真；不嫌市井喧，来救人间人。苏子迹已往（苏耽是也），颛蒙事可亲（公佐字颛蒙）；莫言东海变，天地有长春。’自是而去，出门不知所之。邻里见其距跃凌空而去。”

《全集》本页四八四，《三十年集》本页三〇四。

《李娃传》

“行简字知退（《新唐书》《宰相世系表》云，“字退之”。）居易弟也。贞元末，登进士第。元和十五年，授左拾遗，累迁司门员外郎主客郎中。”按：《唐诗纪事》四一：“行简字知退，敏而有词。元和二年登第，为度支郎中，宝历二年卒。”《闻行简恩赐服章，喜成长句寄之》诗云：“吾年五十加朝散，尔亦今年赐服章！齿发恰同知命岁，官衔俱是客曹郎（予与行简俱年五十始著绯，皆是主客郎中）。”

《全集》本页四八七，《三十年集》本页三〇七。

“宝历二年冬，病卒。……有集二十卷，今不存。……其刘幽求一事尤广传。”按：柳理有《刘幽求传》与《上清传》同附“常侍言旨”后。又：尚有《崔徽传》恐亦行简作。

《全集》本页四八七至四八八，《三十年集》本页三〇七至三〇八。

《长恨传》

“陈鸿所作传因连类而显，……惟《新唐书·艺文志》小说类有陈鸿《开元升平源》一卷，注云：‘字大亮，贞元主客郎中。’又《唐文粹》（九十五）有陈鸿《大统纪序》云：‘少学乎史氏，志在编年。贞元丁（案当作乙）酉岁，登太常第。’”按：徐松《登科记考》一五三云，“陈鸿为贞元二十一年乙酉进士。”又按：《唐文粹》（七十五）有陈鸿《庐州同食馆记》，作于大和三年太岁己酉正月壬午朔二十日辛丑。

《全集》本页四八九，《三十年集》本页三〇九。

《东城老父传》

“《宋史·艺文志》史部传记类著录陈鸿《东城老父传》一卷。”按：《东城老父传》系陈鸿祖作。

“又记时人语云：‘生儿不用识文字，斗鸡走马胜读书。贾家小儿年十三，富贵荣华代不如。”按：见杜甫《斗鸡篇》。

“《宋史·艺文志》史部传记类著录陈鸿《东城父老传》一卷。”按：《东城父老传》，系《东城老父传》之误。

《全集》本页四九一，《三十年集》本页三一一。

《无双传》

“调，河中宝鼎人……以户部员外郎加驾部郎中，充翰林承旨学士，次年，加知制诰。”按：《翰苑群书》卷上《重修承旨学士壁记》：“薛调咸通十一年十月十七日自户部员外郎加驾部郎中充。十二年正月二十六日加知制诰，依前充。十三年二月二十六日卒官。三月十一日赠户部侍郎。”

《全集》本页四九九，《三十年集》本页三一九。

《杨娼传》

“原题房千里撰”按：《唐文粹》卷七四有千里《庐陵所居竹室记》云：“予三年夏，待罪于庐陵。”卷九四《骰子选格序》云：“开成三年春，予自海上北徙……。”《唐诗纪事》卷五一：“千里以罪居庐陵，作《所居竹室记》云：‘予方穷不能奋其处，于是亦宜矣。’”

又按：马使君与千里俱贬端州，李群玉留别诗云：“……俱来海上叹烟波，君佩银鱼我触罗；蜀国才微甘放荡，专城年少岂蹉跎。应怜旅梦千重思，共怆离心一曲歌；唯有管弦知客意，分明吹出感恩多。”

又，黄彻《䂬溪诗活》卷七：“房千里作《骰子选格序》云：‘以六骰双双为戏，以数多少为进身官职之序，而且条其迁黜之目焉。’”

《云溪友议》（上）又有《南海非》一篇，谓房千里博士初上第，游岭徼。有进士韦滂自南海致赵氏为千里妾。千里倦游归京，暂为南北之别。按：“致”字系“邀”字之误。

《全集》本页五〇一，《三十年集》本页三二一。

《飞烟传》

“明姚咨跋云”按：姚咨跋系据《续谈助》跋语，原必出自序。

《全集》本页五〇二，《三十年集》本页三二二。

《虬髯客传》

“杜光庭字宾至，处州缙云人。”按：《宣和书谱》有《光庭传》。

又按：张唐英《蜀梼杌》卷上：“十一月（通正二年）大赦，改元天汉元年，国号改称大汉，以广成先生杜光庭为户部侍郎。”

又按：“八月（乾德三年）衍受道箓于苑中，以杜光庭为传真天师，崇真馆大学士。光庭字宾至，京兆杜陵人，寓居处州，方士见之，谓曰：

‘此宗庙中宝玉大圭也。’与郑云叟应百篇举，不中，入天台为道士。僖宗召见，赐紫衣，出入禁中。上表乞游成都，隐青城山白云溪，卒于蜀，年八十五，颜貌如生，众以为尸解。有文十余卷，皆本无为之旨。”

《全集》本页五〇二，《三十年集》本页三二二。

释“常卖”

日前言及吉川幸次郎读《东京梦华录》句读有误时，顺及赵景深先生误将“尹常卖：《五代史》”读为“尹常，卖《五代史》”。或以为赵先生原未误读，谓“霍四究说《三分》，尹常卖《五代史》”句中，说《三分》与卖《五代史》相对成文，尹常是姓名，固无可非难者。此未考“常卖”系一专门称呼之误也。“常卖”系一种专业之特称，今人称质库司事为“朝奉”，称卖针线花粉者为“货郎”，“常卖”一辞，亦即类此。宋赵彦卫《云麓漫钞》卷七记朱勔，谓其父朱冲者，“吴中常卖人。方言以微细物博易于乡市中，自唱曰常卖……”则常卖之为一种专称，常卖之为何等人物，可以明矣。意者尹某原为行贩，及改业小说人，仍袭其旧称也。

谈《东京梦华录》里的一个句读问题

最近读到日本京都东方文化研究所出版的《东方学报》第十四册第二分册。内中最引起我注意的是吉川幸次郎先生的《元杂剧之构成》那一篇。吉川幸次郎是日本少壮的中国学家，近年从事元曲研究，于学术界贡献甚巨，曾著有《元曲札记》，译有乔梦符的《金钱记》，并在编纂《元曲辞典》。惜乎因交通的阻隔，这些可宝贵的研究成绩，都没有机缘拜读，所以第一次读到吉川幸次郎先生的论文，其欣喜是可想而知的。

《元杂剧的构成》在本号所载者仅是上篇，第一节论杂剧的题材与说话的关系；第二节论题材的剪裁与变更，兼及楔子；第三节论关目，并阐明曲与白是否出于一手的问题。

可是却也有一个小小的错误，那便是关于引用《东京梦华录》的句逗问题。《梦华录》卷五《京瓦伎艺》条说："……孙宽、孙十五、曾无党、高恕、李孝祥：讲史。李慥、杨中立、张十一、徐明、赵世亨、贾九：小说。……霍四究：说三分。尹常卖：五代史。文八娘：叫果子。……"吉川先生却读为："讲史：李慥、杨中立、张十一、徐明、赵世亨、贾九等"以及"说三分：尹常卖。五代史：文八娘。"同书卷六《元宵》条有"尹常卖：《五代史》"等语，即可为吉川先生误读之证。《东京梦华录》是一部极可爱而又极不易读的书，而遇到这种地方，文字之连上读或接下读又是毫无标准的，读错了原无足怪。赵景深先生曾经把"尹常卖：《五代史》"读为"尹常：卖《五代史》"。孙楷第先生读此节时句逗的错误又完全和吉川先生一样。

释“呼保义”

《水浒传》中，宋江绰号有二，一曰“及时雨”，一曰“呼保义”。“及时雨”传中已有解释，“呼保义”则世多不明其义。周密《癸辛杂识续集》上载袭圣与《宋江三十六人赞》，赞语于绰号之解说，颇多阐明，顾其宋江一赞云：

> 不假称王，而呼保义，岂若狂卓，专犯忌讳。

则仍言而不明，于“呼保义”一解未有所发挥，仅言其不称帝称王，而自呼为“保义”而已。

然则欲明“呼保义”为何，当先明“保义”为何。“呼”字则言自呼或人称，固可了然者。

按“保义”者，“保义郎”之简称也，宋时旧称“右班殿直”，为武职使臣之一，政和二年，易新名，始称“保义郎”。据《宋史》卷一六九《职官志》，武选目太尉至下班祗应，凡五十二阶，而保义郎居第四十九阶。盖一武职稗官耳，或谓保义既系稗官，宋江何以取为绰号？答曰：宋江原系郓城小吏，其志非高，武勇堪充使臣，于愿已足；此其一。

今人有未得学位而称博士，未经选举而称太史者，宋时亦复如是，文人辄称宣教，仕族辄称承务，其尤可发一噱者，仕宦仆隶，亦有仆射、大夫等称。宋曾慥《高齐漫录》云：

> 文潞公尝戏云：“某平生作官，赶家仆不止，方为从官时，

> 家仆已呼仆射，比为宰相，渠先为司徒矣。”近年贵人仆隶，以仆射、司徒为小，则称保义，又或称大夫也。

可知贵家隶仆，亦有称“保义”者。则小吏如宋江者之称“保义”，提高身分，自呼人称，均无足奇；此其二。

跋《醉翁谈录》

宋椠本《醉翁谈录》十集二十卷，题庐陵罗烨撰，簿录家所未载，仅明李翌《戒庵老人漫笔》一语引及。罗烨何人？亦不可考。书为日本长泽规矩也发现，云传自朝鲜者，由文求堂主人以珂玨版影印行世，湮没迄今，盖已七百余年矣。书中市语杂出，胥近浅陋，当为南宋坊刻，然卷首《舌耕叙引》，于宋代小说家数，颇有阐明。其分小说为灵怪、烟粉、传奇、公案、朴刀、杆棒、神仙、妖术等八类，并罗列小说名目百余种，为治小说学者前所未闻。另有八卷本《醉翁谈录》，题从政郎新衡州录事参军金盈之撰，明黄虞稷《千顷堂书目》、清阮元《研经室外集》、莫友芝《郘庭知见传本书目》均著录，收入张氏《适园丛书》、方氏《碧琳琅馆丛书》，流传较广，然与前者实为二书，惟第七卷《平康巷陌记》与罗书丁集卷一《花衢记录》相同者凡七则，疑同据别本《北里志》挦撦者，不得谓为互相因袭也。

跋《雨窗欹枕集》

明嘉靖间洪楩清平山堂所刊话本，今传世有《清平山堂话本》，计十五种；《雨窗》、《欹枕》二集，计十二种；合长乐郑氏所得阿英旧藏二种，共得话本二十九种。《雨窗》、《欹枕》二集残本，马廉先生得之宁波大西山房，为天一阁旧藏，《玉简斋丛书》无名氏《天一阁藏书目录》著录。马先生以为洪氏刊刻话本，随刻随出，每五篇为一册，至《雨窗》、《欹枕》等集名，则以为或系天一阁主人亲题，而非洪氏原定。此说恐不足据。今按嘉庆己未顾修《汇刻书目初编》，载《六家小说》，有《雨窗》、《长灯》、《随航》、《欹枕》、《解闲》、《醒梦》等六集，《雨窗》、《欹枕》二集，俱在其中。顾修编目时，未必得见天一阁藏书也；又，明嘉庆间晁氏《宝文堂分类书目》卷中子杂目，亦载《随航集》十种，晁氏编目，更无据天一阁范氏之理。据此可知，各集题名，为刊书者洪氏所定，每集包含话本十篇，分为二册，此其一；洪氏所刊话本，至少有六集六十种，此其二。而各话本最初刊行时，当系单篇，但观各篇版式参差不一，而宝文堂及也是园之书目亦载各单篇之目，皆可为各篇非刻于一时之明证，合印分集，乃后来为之耳。

跋《欢喜冤家》

右赏心亭刊八卷本《欢喜冤家》二十四回，题西湖渔隐主人编，其山水邻原刊本，盖亦不可多见矣。此书为明人著作，然长乐郑氏撰《明、清二代的平话系统表》竟列之于顺治康熙间，云作者与李渔辈为同时人，而不能确定其著作年代。今按是书叙言，有“庚辰春王遇闰，瑞雪连朝”等语，查明末庚辰年以正月遇闰者，为崇祯十三年，此书之成于是年，当无疑义矣。

袁刊《水浒传》之真伪

袁无涯刊一百二十回本《忠义水浒全传》，首有李贽序、杨定见小引，一般都认为是伪托李卓吾批评的。孙楷第先生以为这是杨定见的改编本，鲁迅先生则以为是叶昼辈伪托的。诸专家都断为赝刻，铁案如山，差不多已成为不易之论了。

叶昼托卓吾之名评《水浒传》之说，远在明季就已有了。钱希言的《戏瑕》（一六一三）卷三赝刻条中说：

> ……比来盛行温陵李贽书，则有梁溪人叶开阳名昼者，刻画摹仿，次第勒成，托于温陵之名以行。……于是有李宏父批点《水浒传》……并出叶笔，何关于李？……昼，落魄不羁人也……近又辑《黑旋风集》行于世，以讥进贤，斯真滑稽之雄已。

清初周亮工承袭其说。在他的《书影》（一六五七）卷一中，我们可以看到这样的话：

> 叶文通，名昼，无锡人。……当温陵《焚书》、《藏书》盛行时，坊间种种借温陵之名以行者，如《四书》第一评、第二评；《水浒传》、《琵琶》、《拜月》诸评，皆出文通手。……

关于叶昼托龙湖之名评《水浒》，这是最早的记载。鲁迅先生的论断，就是根据《书影》而来的。钱希言和李卓吾以及叶开阳是同时代的人，见闻所及，其言自当可信。然而，以李卓吾批本标榜的《水浒传》，至今犹存的。据孙楷第先生《中国通俗小说书目》，共有三种，我们怎样就可以断定袁无涯刊本是叶开阳的赝本呢？那三种本子是：

一，容与堂刊本李卓吾批评《忠义水浒传》一百卷一百回。

二，袁无涯刊本李氏藏本《忠义水浒全传》一百二十回。（有郁郁堂及宝翰楼复印本）

三，芥子园刊本李卓吾评《忠义水浒传》一百回。

芥子园本刊于明末清初，当非《戏瑕》所指，故不论及。袁无涯刊本呢，在现存各本中均未记刊行年岁，可是在袁小修的《游居柿录》卷九中，我们却看到：

> 袁无涯来，以新刻卓吾批点《水浒传》见遗……

的话。这些话记于万历四十二年（一六一四），可以证明袁无涯刊本《水浒传》是在这时刻成的。这样，这个本子又非钱希言在编《戏瑕》时所能见得到的。这一个本子和芥子园刊本当时钱希言都没有看到，那么除非有其他的版本，钱希言的话一定是指容与堂刊本的了。

容与堂刊《水浒传》中土无传本，今惟日本内阁文库藏有一部。据孙楷第先生《日本东京所见中国小说书目提要》，此本亦不载刊行年月。惟在卓吾序后，另行题云："庚戌仲夏日虎林孙朴书于三生石畔"，大概就是这个刻本的书手所记。晚明的庚戌年有两个，一为嘉靖二十九年（一五五〇），一为万历三十八年（一六一〇）。此本刻于卓吾殁后，则这庚戌无疑是万历三十八年。这个本子的"述语"中还有这样的话：

> 和尚有《清风史》一部……又手订《寿张县令黑旋风集》，令人绝倒。不让《世说》诸书……

以及小记：

> 本衙已精刻《黑旋风集》、《清风集》，将成矣。

等语，则又与《戏瑕》中所说叶开阳"近又辑《黑旋风集》以讥进贤"等语恰相符合。

从这些看来，都可以明白钱希言所云伪托卓吾批评的《水浒传》，正就是容与堂刊行的这一部，和袁无涯本一点关系也没有。

这一部书作伪的伎俩是相当地精到。如采用已载于《焚书》的《忠义水浒传》序（胡适以为《焚书》辑于李氏死后，实误。按蔡弘甫在万历十九年（一五九一）已著《焚书辩》指斥李氏《焚书》；焦竑在万历二十七年序李卓吾的《藏书》也说到："书三种，一《藏书》，一《焚书》，一《说书》。《焚书》、《说书》刻于亭州"，均可证明《焚书》刊于龙湖在世之日），如在述语后题"小沙弥怀林记"这个已见于《焚书》卷四三《大士象议》的卓吾侍者的名字（褚人获《坚瓠甲集》卷三《卓吾侍者》条记怀林，并引袁小修随笔载其一绝），如到处都自称"李载贽"、"李秃翁"、"和尚"、"李和尚"等等，用这些来造成一个此本确系宏父所为的印象，均可见其用心之深。然而文字的恶劣，议论的可笑，就已露了马脚，再加上书坊的宣传广告，作伪的原形就完全显露出来了。

容与堂刊《水浒传》是叶开阳托李卓吾本，已经昭然在目，现在我们就要来谈到袁无涯刊本了。我们所要研究的，第一是李卓吾是否曾批评《水浒传》？第二，从杨定见的小引上看看有没有杨定见和袁无涯通同作弊的踪迹？第三，杨定见和李卓吾的关系究竟怎样？第四，袁无涯是怎样一个人，有没有刊行赝籍的可能？

关于李卓吾是否曾评《水浒传》这个问题，我们可以立刻作一个肯定的回答：他批过《水浒传》。卓吾对于《水浒传》推崇备至，可以在收入《焚书》的《忠义水浒传》序中看出来。《焚书》刊于一五九〇年左右，那么至少这时候卓吾就有评《水浒传》之意，或竟已着手批评了。在前引袁小修《游居柿录》卷九的文字下面，还这样说：

> ……记万历壬辰（二十年，一五九二）夏中，李龙湖方居武昌朱邸，予往访之，正命僧常志抄写此书，逐字批点。常志者，乃赵瀫阳门下一书吏，后出家，礼无念为师。龙湖悦其善书，以为侍者，常称其有志，数加赞叹鼓舞之，使抄《水浒传》。……

这里，李卓吾在哪一年，在什么地方评《水浒传》，以及是由什么人誊录的，都有了明白的解答。因此，李卓吾曾否评《水浒传》的问题，便很快地解决了。

现在我们来看一下杨定见的小引吧。在袁无涯刊本《水浒传》的杨定见小引上，有着这样的话：

> ……自吾游吴，访陈无异使君，而得袁无涯氏。揖未竟，辄首问先生，私淑之诚，溢于眉宇，其胸中殆如有卓吾者。嗣是数过从，语语辄及卓老，求卓老遗言甚力，求卓老所批阅之遗书又甚力。无涯氏岂狂癖耶？吾探吾行笥，而卓吾所批定《忠义水浒传》及《杨升庵集》二书与俱，挚以付之。无涯欣然如获至宝，愿公诸世。吾问："二书孰先？"无涯曰："《水浒》而忠义也，忠义而《水浒》也，知我罪我，卓老之春秋近日。其先《水浒》哉！其先《水浒》哉！……"

从这几句话中，我们可以看到这几点：一，李卓吾遗稿之藏于杨定见处者，至少有《水浒传》及《杨升庵集》二种；二，杨定见和袁无涯之相遇是偶然的，并不是挟着卓吾遗著远迢迢从湖北赶来找出版家；三，袁无涯是因为爱好李卓吾的著作而为之刊出，并非为博利。（关于这一层，我们但看袁无涯所刊各书，以及他所师事的袁中郎是对龙湖执弟子礼这些关系，就可以明白。以后当更言及）写小引的杨定见和刊书的袁无涯，非叶昼、容与堂所能比拟，这是很显然的事。怀疑到袁无涯本是赝刻，实在有点不大可能。

还有两件事可以间接说明袁刊之非伪作：第一，此书刻成时为万历四十二年，则交稿时最多是万历四十一年。在那个时候，容与堂伪本刊行已有四年，袁无涯自无再接受另一伪本之理。第二，和《水浒传》同时交给袁无涯的尚有《杨升庵集》一部。此书今尚有传本，题《李卓吾先生读升庵集》，凡二十卷，有卓吾及焦弱侯评语，其出版日期，当不致迟过万历四十三年，即《水浒传》刊行后一年。按焦竑殁于万历四十八年，则《读升庵集》出时尚在世，当非伪作。由此而推及《水浒传》，当亦非赝品。

杨定见是怎样一个人呢？胡适以为不可考，这是没有去查考之故。其实要知道杨定见，却也并不难，在最习见的袁中道的《李温陵传》（《珂雪斋前集》卷十六）中，我们可以看到杨定见的名字：

> ……公（按指李卓吾）遂至麻城龙潭湖上，与僧无念、周友山、丘坦之、杨定见聚，闭门下捷，日以读书为事。……

而在李卓吾的《焚书》上，杨定见凤里的名字更数见不鲜。如卷一及卷二有致杨书四通，卷六有《喜杨凤里到摄山》二绝句，其一云：

> 十年相守似兄弟，一别三年如隔世，今日还从江上来，孤云野鹤在山寺。

而卷四《八物》篇中，说到杨定见更详：

> ……如杨定见，如刘近城，非至今相随不舍，吾犹未敢信也。直至今日，患难如一，利害如一，毁谤如一，然后知其终不肯畔我以去，夫如是则予之广取也固宜。设余不广取，今日又安得有此二士乎？夫近城笃实人也，自不容有二心，杨定见有气人也，故眼中亦常常不可一世之士。夫此二人，皆麻城人也。……

从这些记载，我们可以归纳出：杨定见，字凤里，湖北麻城人，为人有气节，师事李卓吾，从之学，追随无间，甘苦同尝，毁誉与共，十载如一日。

此外，在马经纶的《与当道书》（《续焚书》附《李温陵外纪》卷四）中，我们又可以看到万历二十九年（一六〇一）李卓吾第二次被驱于麻城时，杨定见也因受累的情形：

> ……闻年丈檄令县学，行查杨生定见。……杨生笃志向道，雅为刘晋老、焦漪老所敬重，其人可知。人言波及，盖恐卓吾或匿于家，未曾远避。夫杨生亦有家室之累，亦惧池鱼之殃，非但不能匿，实不敢匿。……

以一个和李卓吾关系这样深，这样久，身为入室弟子，位处友朋之间的，气节学问均为人所敬重的人，难道会伪为他的先师故人的书，以博蝇头微利的吗？可能的是他保藏着卓吾的遗稿（因为当时禁李氏书，故没有机会刊印），可能的是他把卓吾的书设法刊出来匡正容与堂的伪本。

刊书的袁无涯是怎样的人呢？胡适亦以为不可考。据我所知道的，袁无涯名叔度，无涯是他的号。苏州人，为书林中之白眉。其刊书之所称书植堂，公安袁氏三弟兄的集子，差不多都是他刊行的，而且对袁中郎执弟子礼（袁中郎《锦帆集》题“门人袁叔度无涯校梓”），当时文士，多乐于交往。在万历崇祯间文人的书翰中，我们常常可以见到写给袁无涯的信札，袁小修的日记中，也记着和无涯往还的事。而在《太霞新奏》第五卷上，我们又可以看到冯梦龙的一套散曲，题为《送友访伎》，是赠无涯的，其小序云：

> 王生冬，名姝也，与余友无涯氏一见成契，将有久要，而冬迫于家累，比再访，已鬻为越中苏小矣。无涯氏固我情种，察其家侯姓，并其门巷识之，刻日治装，将访之六桥花柳中……

均可见无涯和当时文士的关系，并不只是书店老板和作家的关系而已。和当代著名文士有很深切的关系的人，既何屑又何必刻赝本呢？还有，在袁小修的《珂雪斋前集》卷二十三中，有《答无涯》函一通，谈到中郎和卓吾的伪本的事，说道：

> ……近日书坊赝刻，如《狂言》等，大是恶道，恨未能订正之；李龙湖书亦被人假托搀入，可恨，可恨。比当至吴中与兄一料理也。

小修要和他共同料理袁中郎和李卓吾被人伪托的事，难道他自己反而刻卓吾的伪本？这也是不可能的事。

从这些看来，袁无涯本李卓吾评《忠义水浒传》确为真本这件事，大概是可信的。

但是，我们却也有一两个可疑的地方，似乎可以证明袁刊本《水浒传》中也有杨定见的笔墨在。第一，还是袁小修《游居柿录》卷九中的话。在见到袁无涯赠他的新刻的《水浒传》以后，他说：“……今日偶见此书，诸处与昔无大异，稍有增加耳。……”所谓“昔”者，盖指万历壬辰（一五九二）小修在武昌朱邸时所见卓吾的批点稿本，而这新刻本却比稿本稍有增加。那么这增加部分，是不是杨凤里所为的呢？也许是的。但是卓吾在小修别后又有增加，也是很可能的事，况且小修既云“稍有增加”，当不至过多。一部放在案头的未刊稿，作者总难免要稍加改动的，未必系杨定见所为也。

第二是在“发凡”中有这样的话：“记事者提要，纂言者钩玄，传中李逵，已有提为《寿张传》者矣……”按容与堂刊本《水浒传》有“……又手订《寿张县令黑旋风集》，令人绝倒”，及“本衙已精刻《黑旋风集》、《清风史》，将成矣”等语；设若《发凡》所云《寿张传》即《黑旋风集》，那么这就是杨定见伪托的一个明显的证据，因为《黑旋风集》出来的时候，李卓吾去世已有八年光景了，安能见及？然而我们又安能断定此处所云《寿张传》就是容与堂所刊的《黑旋风集》呢？卓吾在世之日已有人将李逵故事提为《寿张传》刊行，也是很可能的事。在没有更充分的证据以前，我们是很有理由说这是出于李卓吾手笔的。

至于袁刊本与以前各本不同之处，优越之点，郑振铎先生的《水浒传的演化》已详言之，不赘。

西班牙爱斯高里亚尔静院所藏中国小说、戏曲

西班牙与我国交通，始于明季，我国珍籍，或有由传教士流传彼土者。曩游西班牙，即留意访寻。然该国藏书最富之马德里国立图书馆，所藏我国旧籍，为数寥寥，多为习见坊本，无足观者，为之怅然。后游马德里近郊爱斯高里亚尔静院，始得见中土逸书二三种。其关于通俗文学者，有《三国志演义》一种，为诸家所未著录。书名《新刊案鉴汉谱三国志传绘像足本大全》，首页题“新刊通俗演义三国志史传，东原罗本贯中编次，书林苍溪叶逢春彩像”，有嘉靖二十七年钟陵元峰子序，序中有“书林叶静子加以图像，中郎翁叶苍溪镌而成之”等语。书凡十卷，二百四十段，每页十六行，每行二十字，图在上端，两边题字，古朴可爱，惜缺第三、第十两卷耳。案《三国志演义》，除元至治刊《全相平话三国志》及嘉靖元年刊《三国志通俗演义》外，见存诸本，当以此为最早，以滞留时期不多，未遑细览，至今引为憾事。静院所藏，尚有明嘉靖刊本《新刊耀目冠场擢奇风月锦囊正杂两科全集》，亦系天壤间孤本，所选传奇杂剧时曲甚富。时曲无论，传奇杂剧，亦颇多今已失传者，虽系选本，且仅录曲文而无宾白，然亦弥觉可珍。当时曾抄目录一份，并摄书影数页，返国后谋将全书影出，曾与静院僧侣通函数次，终以摄影索价过昂未果。未几而西班牙内战突起，爱斯高里亚尔沦为战场，静院所藏，未知流落何所，而余所抄目录及书影，亦毁于炮火，仅赵景深及郑振铎二位先生曾借抄目录各一分尚存而已。思之怅然。

日本日光轮王寺所藏中国小说

日本日光轮王寺慈眼堂，所藏我国平话小说甚富。此为德川时代黑衣宰相天海师谥慈眼大师者遗书，向未为世人注意。其中可称为天壤间孤本者，有四十卷全本初刻《拍案惊奇》（传本仅三十六卷，缺第三十七卷《屈突仲任酷杀众生，郓州司马冥全内侄》，第三十八卷《占家财狠婿妒侄，延亲脉孝女藏儿》，第三十九卷《乔势天师禳旱魃，秉诚县令召甘霖》，第四十卷《华阴道独逢异客，江陵郡三拆仙书》。其第三十八卷，即《今古奇观》第三十回所本），及全本《水浒志传评林》二种，其余亦多善本。兹就所知，列举如下：

一，《初刻拍案惊奇》四十卷，明尚友堂原刊足本。

二，《新镌国朝名公神断详刑公案》八卷，明刊本。（大连满铁图书馆藏本不全）

三，《金瓶梅词话》一百回，明万历刊本。（此书日本京都大学及我国北京图书馆均藏）

四，《新刻出像官板大字西游记》二十卷一百回，明世德堂刊本。（北京图书馆亦藏一部）

五，《全像唐僧出身西游记传》十卷，一名《西游释厄传》，明万历刊本。（北京图书馆亦藏一部）

六，《新镌扫魅敦伦东度记》二十卷一百回，明金阊万卷楼刊本。

七，《禅真逸史》八集四十回，明白下翼圣斋刊本。（故马隅卿氏亦藏一部，今归北京大学）

八，《禅真后史》十集六十回，明峥霄馆刊本。（按孔德图书馆及日本广岛浅野图书馆所藏均系复刊本）

九，《京本增补校正全像忠义水浒志传评林》二十五卷，明双峰堂刊本。（内阁文库藏本不全）

释“葫芦提”、“酩子里”

在《西厢五本解证》中，说到“颠不剌”一辞的时候，这样说道：

> “颠不剌”词中用之不少，如“颠不剌情理是难甘”，“颠不剌乔症候”等语，岂以颠为轻狂而反起可喜耶？译其意似言没头脑、没正经之意，如“葫芦提”、“酩子里”之类，可解不可解之间云云。

“颠不剌”是蒙古语 Tein bolai 的音译，意为“如此样的”。可是我不想在这里多说，我想来谈谈的，是那所谓“可解不可解”的“葫芦提”和“酩子里”。

“葫芦提”和“酩子里”均见于董解元《西厢记》诸宫调。“葫芦提”一辞见下：

卷一：一夜葫芦提闹到晓。

卷二：葫芦提把寺院荧烧。

“酩子里”（或作“瞑子里”）一辞见下：

卷二：瞑子里归去。

卷二：酩子里忍饿。

卷二：诵笃笃地酩子里骂。

现在先说“葫芦提”。《西厢记》诸宫调上的汤显祖的批注是对的。他说：“葫芦提，方言，糊涂也。”宋张耒《明道杂志》云：

> 钱穆内相，本以文翰风流著称，而尹京为近时第一。余尝见其剖决，甚闲暇，杂以谈笑浑语，而胥吏每一顾问，皆股栗不能对。一日，因决一大滞狱，内外称之。会朝处，苏长公誉之曰："所谓霹雳手也。"钱曰："安能霹雳手，仅免葫芦蹄也。"葫音鹘。

宋吴曾《能改斋漫录》卷五上也说：

> 张右史《明道杂志》云："钱内翰穆公知开封府，断一大事，或语之曰：可谓霹雳手。钱答曰：仅免葫芦提。"盖俗语也。然余见王乐道记轻薄者改张邓公《罢政诗》云："赭案当衙并命时，与君两个没操持，如今我得休官去，一任夫君鹘露蹄。"乃作鹘露蹄，何耶？更俟识者。

因为是俗语，所以字无定形，这是无足怪的。而意思却是很明白，作糊涂不辨是非解。可是，这"葫芦提"的来源是怎样的呢？那是从"糊涂"二字变化出来的。同是那位不明白为什么"葫芦提"又作"鹘露蹄"的吴曾，在同书的卷二中说：

> "鹘突"二字，当用"糊涂"，盖以糊涂之义，取其不分晓也。案吕原明《家塾记》云：太宗欲相吕正惠公，左右或曰："吕端之为人糊涂。"（自注云：读为鹘突）帝曰："端小事糊涂，大事不糊涂。"决意相之。……

这样，"葫芦提"这三个字的来历是很分明的了：它们是"鹘突"二字的转音，而"鹘突"就是"糊涂"。这样，这三个字并不是在"可解不可解之间"的。

"酩子里"或"瞑子里"，也是宋代的俗语。汤显祖的批注说："瞑子，调侃暗地也。""暗地"是对的，却没有调侃的成分。就在前面引用过的《明道杂志》中，还有这样一则：

> 掌禹锡学士厚德老儒，而性涉迂滞，尝言一生读书，但得佳赋题数个，每遇差考试，辄用之，用亦几尽。尝试监生，试砥柱

> 勒铭赋。此铭今具在，乃唐太宗铭禹功，而掌公误记为太宗自铭其功。宋涣中第一，其赋悉是太宗自铭。韩玉女时为御史，因章劾之。有无名子作一阕嘲之云："砥柱勒铭赋，本赞禹功勋，试官亲处分，赞唐文；秀才冥子里，銮驾幸并汾，恰似郑州云，出曹门。""冥子里"，俗谓昏也。

昏，日冥也；冥，幽暗也，夜也；瞑，闭目也。意义都是可以相通的，总之是"暗地里"的意思。这也并不是在"可解不可解之间"的。

元曲中这一类的宋代俗语，是大量地保存着，比蒙古语还多。我这里提出这两个辞来谈谈，无非是想提起人们的注意，对元曲中的宋元俗语不要随便放过，不求甚解，而应加以更深的研究、探讨而已。